# 幻魔降世

Shaswahn Story Online II

重返創世★我們在這裡等你

給我最心疼，也最希望能夠獲得幸福的人：

哥哥，當你看到這封信時，我想我已經不在這世上了吧。

記得小時候，我們常常比賽從學校奔跑回家，誰先到家，誰就能吃掉媽媽準備的雙份餅乾。我跑得慢，總是追不上哥哥，只是每每快到家門時，我總是會奇蹟似的超越你，先抵達家門。

其實我知道，哥哥在每一次快要抵達家門時就會刻意放慢腳步，將原本自己該得到的禮物讓給我。

很多事情也都是如此，哥哥原本該得到的東西，你都不保留的全送到我面前……你說，只要看見我開心，對你來說就是最好的禮物。

一直以來哥哥總是為了我付出了很多很多，不管是為了我下定決心離家出走，或是為了替我爭取一個床位而兼了好幾份差事，連好好睡上一覺的時間都沒有。

我很自私，就算知道哥哥你在外面受了委屈，卻也不敢說出要你乾脆扔下我的話語。

我沒有辦法像正常人一樣陪伴在你的身邊，只能等你來醫院探望我。

其實我並不像哥哥所見的那麼堅強，我害怕那些療程，也害怕死亡，怕你哪天感到累了會真的扔下我。但其實我更怕看哥哥孤單的傷心難過。

哥哥你常說是你放不開我，但你錯了。

其實最捨不得放開的人，是我……

▶▶Loading...

第一伺服器

# 崩潰的，喪禮。

失去，是什麼樣的感覺？

就算說出口，對方也無法感同身受；就算心臟停止跳動也無法抑止痛楚。似乎從血液裡、細胞裡蔓延出陣陣的刺痛，遍布全身的疼痛讓人難以呼吸。

想忘，忘不了；想忽略，卻也做不到。只能任由那股精神壓力緩慢的吞噬自己。

他永遠都忘不了這股感覺，他只能祈禱時間能夠停在這一刻不再前進，這樣他就不用再次感受那股快要穿透自己心肺的痛，並且欺騙自己——

其實他，並沒有失去。

▲▲▲◎▼▼▼

天空烏雲密布，雷聲隱隱作響，毛毛細雨淅淅瀝瀝的從空中滴落而下。

遠離市區中心靠近與他市交接之處，以瓦楞斜頂及木柱梁板為主要屋構的建築佇立於此。紅漆圓柱直撐天花板的頂梁，無門的廣大通口直通室內，幾名保全站在由伸縮紅龍繩隔起的通口雙邊，一一查閱客人們手持的白帖放行通過。

被紅龍繩隔在室外庭園無法進入的數名記者，即便穿著雨衣或是撐著傘，也不忘手持各種拍攝設備記錄訪客前來的模樣。

穿著輕便雨衣的吳堳么扛著剛拍攝了幾段影像的攝影機，來到旁邊的屋簷下躲雨。將攝影機暫時固定在腳架上，吳堳么屈膝蹲下休息，接過隔壁男子遞來的便當，他道了聲謝：「謝了，智元哥。」

「我看今天要在這裡耗很久，還是先顧好肚子，等等才有力氣搶贏那些人。」呼嚕嚕的吸起一大口炒米粉，楊智元邊咀嚼邊含糊的說著。

「希望能順利在第一時間搶到勁爆的頭條，不然我們兩個真的又會被削一頓……不過今天這喪禮是科斯特．桑納的親人，還能有新鮮話題嗎？」

剛出道兩年多的新人歌手，最具有話題性的新聞就是半年多前接下《月華夜》男主角的角色，拍攝期間完全沒緋聞，天天只和經紀人一起行動，不是工作就是買晚餐回公寓吃，生活單調到連他都覺得要從科斯特．桑納身上挖新聞根本是一件不可能的事情，更別說這是人家家人的喪禮，總不可能會突然挖到某藝界大咖女星其實正和科斯特交往的這種驚人八卦吧？

「誰知道呢？我看上面的人也沒抱什麼期待，不然怎麼會叫七、八個人去卡雅飯店前埋伏，只派我們兩個來喪禮會場？而且你看，這裡的記者也不算多，我想大概都是抱著姑且一試的心態，看能不能拍到什麼新鮮話題吧！」楊智元吞下嘴裡的食物，晃了晃筷子，「雖然我是覺得人家辦喪禮，我們卻跑來搶新聞有些不道德，可是能怎麼辦？拿人薪水，也只能顧能不能填飽自己的肚子。」

「也是啦……」吳堳么抿了抿嘴，扒了幾口飯。很顯然的，其實他的想法和楊智元差不多。

「不過今天的喪禮是科斯特．桑納的哪一位家人，你有接到通知嗎？」

「聽說是妹妹，因為身體不好一直住在醫院治療，沒想到最後還是捱不過。」

「妹妹啊……」楊智元托著下巴，不自覺的朝室內望去。

——科斯特・桑納不過二十歲，妹妹肯定更年輕，結果還來不及多看一些風景就這麼過世了，想想……唉，有點可憐。

「智元哥，怎麼了嗎？」

「……沒什麼。」楊智元合上便當蓋，為突然感到沉重的心情嘆了口氣：「只是覺得上天有時候真的很殘忍罷了。」

室內前廳是由木頭打造的和室設計，地面鋪設著木質地板，兩旁擺放了數盆花籃，門口處更有兩桌服務臺幫忙登記來客資料。

前廳大約六百多坪，沒有任何阻隔門扇緊接內廳，內廳的陳設採用榻榻米鋪地，約前廳一半大小的橫向空間，內部有四十個左右的座墊；最前方的靠牆處則放置一座用白色玫瑰裝飾的靈堂，靈堂中央掛著一張放大的人像照片，照片裡是露出淺淺笑容的紅髮少女，前方的白色靈牌則寫著——「碧琳・桑納」。

十幾個人分散跪坐，無聲默哀。

來客一半幾乎都是菲爾特經紀公司的工作人員，其中也有幾名中央醫院的醫生與護士，薇薇安與江陵金也身著一襲黑色套裝坐在房間的一角。

「明明說好了……」薇薇安紅著眼眶，忍著眼淚不讓自己哭出來。因為她知道碧琳不會想看到……別人的難過表情。

江陵金輕輕抱住薇薇安，給予安撫的按了按她的肩，也悲傷的垂下眼。

科斯特身穿一襲黑色西裝，跪坐在靈堂前，低垂的髮絲遮掩去所有表情。他沉默不語，即便石川上前勸他先喝點水休息，他也不為所動。

石川知道科斯特此刻的心情有多難受，畢竟是他相依為命許久的妹妹離世。

一直以來科斯特都把碧琳當成活著的重心，悉心呵護，結果卻還是敵不過被拆散的命運，被迫面對失去的苦楚。只是這幾個禮拜下來，石川看科斯特越來越沉默，變回像他們第一次見面時那樣，與人隔絕，最後根本連話都不願再說，只是不停看著那張與碧琳的合照。

他那像是快要淪陷於瘋狂的情緒，讓石川不知道該如何是好。

然後到了今天舉辦喪禮，科斯特從早就不吃不喝的待在主位，不管石川或其他人說了什麼都不回應。石川看了很難過，他很想替科斯特分擔，只是科斯特不願接受他的幫忙。

或許任何人都幫不了這孩子，只能靠科斯特自己跨越了，而他現在唯一能做的就是在身後看顧科斯特。石川祈禱著科斯特能夠早日從這傷痛走出來。

座席稀稀疏疏，幾個人進來、幾個人離去，石川眼角瞄見一道人影，他起身來到剛踏進隔間的夜景項面前。

「夜導演，很感謝您親自前來。」

「不，是我該向你道謝，謝謝你告訴我這個消息。」夜景項望向靈堂的照片，嘆息的垂下眼，輕聲說道：「碧琳是個好女孩，希望今後她能過得更自由自在……還有……」

視線落在前方跪坐著的背影上，夜景項抿脣走上前，在科斯特斜後方的空位跪著坐下。

紅色的頭髮宛如垂簾般遮掩面容，修長的手指平放在腿上，連一絲波動都無法感覺到——科斯特就像是一尊木頭娃娃，寂靜得可怕。

「科斯特。」夜景項終究還是忍不住開口呼喚，只是對方並沒有回頭。

「我很抱歉。」想說的話有許多，但夜景項最後還是只能說出這一句。

希望科斯特能原諒他在遊戲裡沒能對他坦白，還有……

「請節哀。」他不知道該如何安慰科斯特，只好說出這句話。

如果對方哭出來或許還會好一點，他還能拍背給予安慰，但……科斯特卻是將所有情緒悶在心裡，這反而讓他不知道該如何是好。

而在這樣的沉默間，一雙腳帶著遲疑的步伐走進大廳，最後停在科斯特身後。

「科斯特……」

熟悉的猶豫語調讓科斯特的肩膀微微一顫，如死水般的目光顫動，他微微回頭，在看見亞密之後，雙腳不自覺的站起，咬牙問：「為什麼你會在這裡？」

見氣氛不對，石川趕緊快步來到科斯特身旁，低聲安撫：「科斯特，是我請桑納先生來的，我知道你並不想通知他，但畢竟桑納先生也是你和碧琳的……」

「他不是！」

低聲怒吼讓坐在一旁的夜景項也趕緊起身，想讓科斯特的情緒穩定下來卻找不到話勸說。畢竟他對科斯特並不是全然的了解，就算知道科斯特過去曾遭受到親人最不該的對待，可現在的他對科斯特來說就是個「騙子」，科斯特肯定不會聽他勸。

科斯特知道石川要說什麼，石川想說眼前的這個人到底還是他和碧琳的「父親」，不管如何，女兒去世總是該通知父親知曉，但……這卻是他最不想承認、最不願意聽的事實。

亞密忍住喉頭的哽咽，低聲乞求原諒：「對你、對碧琳，我真的很抱歉，我不知道事情會變成這樣……我真的……」

「不知道？這種輕鬆話誰都會說。」科斯特走到靈堂前，指著那張放大的人像照裡那名露出笑容的少女，壓抑的說：「我，一直以來有多努力你知道嗎？我做過那麼多你無法想的不堪事情，為的是什麼？就是希望碧琳的身體能夠恢復健康！」

他剛到這座城市時，根本沒有能力負擔昂貴的住院費用，所以他唯一能做的，就是去偷錢。明明知道他不該這麼做、明明知道這是不對的罪惡，但為了碧琳、為了那高燒不退的妹妹，他還是那麼做了。

看準一個剛從蛋糕店出來的老人，用力撞倒對方、從那人身上偷搶到錢後，他頭也不回的跑了，全身都在發抖，心裡傳來聲音要他回去還錢道歉，但他最後還是選擇前往醫院，回到那張病床前，看著那雙睜開眼的碧色眼眸，他笑了。

因為他感覺到自己的手不再發抖，就算口袋裡裝著從那老伯伯身上偷搶來的錢，但只要碧琳睜開眼對自己喊一聲「哥哥」，他就覺得這世界還是璀璨的。

為了保護這座世界，他付出所有的心力。

只要是為了碧琳，就算是再辛苦、再不堪的事情他都能做，只要碧琳能夠在他身邊陪伴他度過每一天，他就會覺得即使是雨天也沒關係，因為只要擁有她，他的世界永遠都是晴朗的好天。

然後，世界在他付出所有後驟然劇變。

「如果你那時沒有變樣過，那麼我們真的會是一輩子的家人，你會是我最尊敬的那個人；如果你那時在道歉之後，真的重新變回我們所尊敬的那個和藹父親，那麼我和碧琳也不會離開那個家；如果那時候……」

科斯特閉上眼，握在身側的雙拳微微顫抖，低吼：「如果那時候你有發現碧琳身體的異狀，願意帶碧琳去醫院，願意回頭重新開始，而不是選擇繼續沉溺在自己的世界裡喝個爛醉，把我們往死裡打，那麼碧琳——」

身子因憤怒而顫抖，深吸口氣，科斯特重新睜開眼，怒吼：「碧琳不會因為長久以來的傷害導致無法行走，到最後變成這副模樣……」

他用盡心力、付出所有的去挽留，卻是得到這樣的結果，叫他怎麼能接受？

命運正在嘲笑他，嘲笑他一直以來所付出的努力根本是笑話，他想反抗根本是不可能的事情，因為從頭就開始的錯誤，最後又怎麼可能得到完美的結局。

面對死瞪著自己的科斯特，亞密只能忍住心裡的酸澀。他望著靈堂，小心翼翼想要靠近，但卻被科斯特橫身擋下。

「你沒有資格。」

「我知道這一切的過錯都在我，我不會耽誤很多時間，我真的就只是單純的想道歉，讓我和碧琳說句話，拜託，科斯特……」

亞密想去握科斯特的手，但科斯特卻更快的將手縮走。

「科斯特，就讓桑納先生過去吧，我知道你無法原諒過往，但……我想碧琳不會希望你們在這裡爭吵，而桑納先生……就讓他和碧琳說說話吧。」石川雙手放在科斯特的肩膀上安撫的勸著，隨後向亞密點了點頭。

亞密向石川無聲的道了聲謝，看了一眼因為憤怒而深深喘息的科斯特，他慢慢走近靈堂，而這次科斯特就只是死瞪著，並未再出手要亞密退後。

因為石川說了——碧琳不會希望他們在這裡爭吵。

亞密緩慢的停在靈堂前，看著照片裡露出笑容的碧琳，眼眶有些溼潤，雙手合掌，無聲默唸著歉意。

「對不起，碧琳，是爸爸不好、是爸爸錯了，妳不需要原諒我，但如果還有下輩子，我自私的希望妳能再成為我的孩子，讓我能用一輩子來彌補妳。」

心裡祈求著，亞密吸了吸鼻子，抹掉眼眶的酸澀液體，回頭看著科斯特。

本來已經決定要放棄了，但當他知道女兒去世的消息後，他不知道該如何消化那股震驚，他知道自己得負起所有的責任，而與碧琳離家之後便相依為命的科斯特，他又怎麼能放著不管。

「我真的不知道當時為什麼我會那樣做、為什麼會這樣傷害你們……科斯特，我對你、對碧琳真的很抱歉。」手指縮起緊握，亞密像是下定決心般的懇求：「跟我回家吧，我保證一定會盡我所能的彌補你！」

他不會再讓自己回到從前，他來不及給予碧琳的彌補，他會用剩下的半輩子全數、雙倍給予他愧歉的兒子。

「說謊。」科斯特甩開石川的手，重聲道：「你總是這樣，不停的保證，然後不停的食言。

你要拿什麼彌補？」

科斯特伸手指著四周的擺設、那放著照片的靈堂，悲哀道：「你能跟我說我現在看到的一切都是夢？還是你能告訴我碧琳並沒有離我而去？」

科斯特走到亞密面前，看著對方不知所措的表情，絕望的笑了，「只要你說得出口，我就跟你回去。告訴我啊，告訴我其實這只是一場夢，告訴我碧琳只是睡著，她很快就會醒來。你不是一直想要我回去那個『家』嗎？那麼你就告訴我，我並沒有失去，這只不過是場惡夢！」

他有多麼的希望自己真的是在做夢，每天早晨醒來就告訴自己別再去想，但卻又忍不住抱著照片哭泣；他希望時間停止流動，卻只能看著指針滴答走過。

他催眠自己不過就是做了一場惡夢，只要醒來，一定就能發現自己其實是趴在病床邊睡著，而那女孩正對他露出微笑。

但每次早晨醒來，他卻發現自己躺在房間的床上，而枕頭上沾染的全是他的眼淚。

他覺得自己快要瘋了，卻無力阻止世界的崩潰。

亞密不知道該如何是好，只能再次去握科斯特的手，但卻被再次狠狠甩開。

大門外等候的記者被室內的吵雜聲音吸引了注意，紛紛往前擠。阻擋的紅龍繩被擠得歪斜，保全趕緊加派人手拉成人牆擋住通路。即便如此，記者們仍高舉拍攝設備朝室內拚命按快門與收音，其中也包括了慌忙扛起攝影機擠進人群裡的吳場么與楊智元。

楊智元趕緊戴起連線耳機，站在吳場么身旁舉著收音棒往室內伸，從前方其他電視臺的攝影機所顯示的拉近畫面，他可以看見科斯特正與一名中年男子發生爭吵，而鏡頭再拉近，也拍攝到靈堂上的人像照片，隱隱約約的熟悉模樣讓楊智元皺起眉。

——好像在哪裡見過這名少女……

某道影像突然竄進腦海，楊智元瞬間瞪大眼，不顧周圍人群傳來的謾罵，拖著吳堳么就硬擠到最前方，吩咐：「小么，快拉近鏡頭，讓我看看靈堂的照片，快點！」

被命令，吳堳么雖然摸不著楊智元突然激動的頭緒，但還是聽話的趕緊將鏡頭拉到最近，螢幕顯示的人像照與腦海的記憶重疊，楊智元眼裡出現詫異。

吩咐吳堳么待在原處後，楊智元趕緊退離人潮來到一旁的空處撥打電話，在電話接通之後，他立刻道：「波雨羽，是我，愛瑪尼。」

電話裡的聲音帶有疑惑：「……愛瑪尼？！你那邊聽起來很吵，找我什麼事？」

「你和扉空是國小同學吧，那扉空的現實真名叫做什麼？」

面對問話，電話的另一頭並沒有及時做出回答，反而詢問：「為什麼突然問這個？」

「是不是科斯特．桑納？」

面對楊智元的問話，電話裡先是傳來訝異的抽氣聲，隨後回問：「你怎麼知道？」

——居然真的是科斯特．桑納？！

楊智元震驚到說不出話來，他回頭望向那被記者擠得水洩不通的大門口。

扉空就是科斯特．桑納，那麼這場喪禮的逝者、那與他在遊戲裡瞥過一眼的身影相像的照片……該死，這是青玉的喪禮啊！

他現在到底在做什麼！他怎麼沒有早點發現！

「波雨羽，我在青玉的喪禮會場外頭，現在場面有點亂，我先處理好，之後再說。」

急忙掛掉電話，楊智元四處張望，隨後跑向停在路邊的廂型車，打開後車廂，將收音棒放進車內，再取出一條折疊整齊的廣告布條，按了按布，楊智元關上車廂門跑回人群前，死命的往最裡面擠進去，一看見吳堳么，他立刻喊道：「小么，關掉攝影機，別拍了！」

「咦？！」

「咦什麼，叫你關就關！」楊智元直接動手關掉吳堳么扛著的攝影機電源，隨後將布條的一端塞進吳堳么的手裡，命令：「小么，現在你就給我死命的擠到最邊邊！記住，把所有人擋在布條後，不然不用等你回去被總編削，我會先在路上砸爛所有的機器，包括你那臺攝影機！」

「欸？！」活生生的威脅讓吳堳么趕緊抱緊自己手上的生活工具，張著一張嘴發出哀號。

比起得罪在場其他記者或公司總編，吳堳么更怕得罪楊智元，他知道如果不照著楊智元說的去做，楊智元百分之百會砸爛所有拍攝器具。因此他聽話的拉著布條快步往旁邊擠去。

在吳堳么往右方擠去的時候，楊智元也靠著門邊往左方擠去，所有記者只顧著收音拍攝，完全沒發覺前方正開始拉起一道防線。

定點就位，楊智元一聲令下：「拉開！」

印著廣告詞的廣告白布瞬間在所有攝影機前方展開，擋去所有人的視線。

「春亞娛樂你們也太沒品了吧！到底在搞什麼啊！還不快點放下布條！」

四周傳來謾罵，楊智元完全不為所動。但吳堳么卻是一臉驚恐的喊著：「別推！」

此時，身著一襲休閒服飾的青年從人群中快速穿越而來，青年從布條下方鑽過去，站在中央位置幫楊智元與吳堳么一起拉穩布條。

楊智元投去訝異的視線——青年並不是公司的同事。

他不知道這突然出現的青年是誰，而這個人又為什麼要幫他。

青年揹著一個背包，深深喘息的模樣看起來應該是跑了一段時間，隨後青年的目光對上楊智元疑惑的視線，他抿了抿唇，回頭看了一眼室內正在指責中年男子的科斯特，再將視線移回楊智元臉上，無聲提問：「愛瑪尼？」

楊智元瞪大眼，「你是？」

「波雨羽。」青年——東方禹點頭道。

楊智元訝異不已，雖然他與波雨羽交換電話，也通過幾次話，但從未見過面，更沒想到剛剛才通電話的對象竟早已趕往此處。想想也是，身為扉空摯友的他不可能不來。

遊戲網友在現實見面是種很微妙的感覺，只是現在他們沒時間談天論地，因為他們非常清楚，現在他們該做的，就是不能讓這些記者拍攝到更多的畫面來傷害科斯特，這也是他們能為青玉所做的最後一件事情。

不須言語，東方禹和楊智元互相點了點頭示意，努力站穩腳步擋住前方的人群，與上前援助的保全一起擋下記者的推擠與拍攝。

在大門口的記者被廣告布條擋住視野而導致拍攝中斷時，喪禮會場內則是瀰漫著一股令人窒息的氣氛。

薇薇安從座墊上站起，靠在江陵金身旁，不安的注視著亞密與科斯特。

「你總是這樣，做了那些事情後又道歉，然後再次重蹈覆轍。」科斯特別過頭，深深的呼吸。

他一直期待，但每次都是失望，然後他懂了，希望亞密能變回從前的好爸爸是不可能實現的願望，所以他改了心願，把所有的心力付諸在與自己相依為命的碧琳身上。

他告訴自己，他唯一的企盼就只有碧琳能夠永遠待在他身邊，但現在這個願望也無法實現了，而造成這種局面的罪魁禍首就在面前，最可悲的是明明想裝作無所交集，但他的心情卻還是因為亞密的話語起了波瀾。

亞密的話讓他憶起想要遺忘的心痛，他不想聽見那些「彌補」的言詞，也不想再重新拾起那股被他棄扔在地的期待，更不想承認其實他早已「失去」。

亞密想再繼續說，卻在感受到科斯特的拒絕後作罷，只能垂下眼，帶著歉意道：「我真的……對不起。」

他比任何人都要清楚明白，就算再多的道歉也無法挽回他所造成的錯誤，女兒已經去世，不可能再活過來。他的錯，失去了獲得原諒的機會了。

「如果你早幾年說出口，就不會變成現在這副模樣。」科斯特忍住急欲脫口而出的凶惡言語，壓抑道：「石川說得對，碧琳那麼的好，她不會想聽見我們在爭吵，所以我不想再跟你繼續爭論這沒意義的話題，請你離開。」

「但、但是科斯特，現在你只有自己一個人，我不放心……」

「我就是這樣活過來的！」科斯特的眼眶已溼紅，他右掌掩著臉，說道：「我和碧琳，就是這樣一路走過來。這樣的生活是我自己選的，所以拜託你，在我還忍得住不再對你說出那些難聽的話之前，離開這裡。」

亞密還想說些什麼，但話還沒出口就放棄了。

科斯特的態度已經非常明顯，他不願面對他，那麼他再繼續說也只是讓科斯特更反感。思考至此，亞密只能選擇離去。

在離開前，亞密對石川做出請求：「很抱歉造成你們的困擾，是我這個爸爸做不好……石川先生，科斯特就拜託你多多照顧了。」

石川認真承諾：「請放心，這本來就是我的職責。」

依依不捨的再度望了別過頭的科斯特與靈堂的照片一眼，亞密轉身離去，但大門卻堵了一堆記者與保全根本沒出路，正當亞密不知如何是好時，一名會場人員趕緊上前引領著亞密從後門方向離開會場。

聽著那遠去的腳步聲，科斯特跪倒在地。

夜景項和石川趕緊伸手攙扶，而薇薇安與其他人也被嚇了一跳，趕緊上前。

「科斯特，還好嗎？再這樣下去你的身體會撐不到喪禮結束，先休息一下吧。」

整天未進食，又被亞密影響情緒，石川真的很擔心科斯特是否還能支撐到喪禮最後，再兩小時，這告別儀式舉行完還有火化流程，他真怕科斯特會承受不住。

「石川先生說得沒有錯，科斯特，你就休息一下吧。」夜景項皺眉，擔憂的加入勸說。

「我沒事。」

「但是科斯特……」

「不論如何我都會撐到喪禮結束。」科斯特一一抽回被兩人攙扶的手臂，手撐著地板調整回跪坐姿勢，他抬頭看著靈堂上的照片，微微垂下眼，「一定，會撐到喪禮結束，別管我……」

接下來科斯特說了一段小聲到無法聽清楚的碎語，像是在與人對話般，隨後才轉為靜默。

夜景項正要再開口，卻被石川揮手示意停話。

石川蹲在科斯特身旁囑咐：「我知道了，告別儀式再兩小時就會結束，接下來就是最後流程……有任何事情就叫我一聲。」話語在中途轉了詞。

石川站起身，向夜景項做出「到外面談」的手勢。

看了一眼再度變回之前沉默的背影，夜景項起身和石川一起來到大廳。

「石川先生，就這樣放科斯特一個人真的沒關係嗎？」

「裡面有其他人在，如果科斯特不懂得在倒下去時呼救，還有其他人會幫忙注意，這點請不用擔心。」

「不，我不是這個意思，而是科斯特他……」

「很不對勁是嗎？」

夜景項一愣，只見石川拿下眼鏡揉了揉眉心，再重新戴起眼鏡掩飾眼中的疲累與複雜情緒，嘆息道：「從帶著失去心跳與呼吸的碧琳從A市回來後，他就是這副樣子，我想他雖然嘴上說出那些承認碧琳已經死去的話語，但其實心裡還是無法接受，畢竟他是那樣的看重碧琳，他需要時間來讓自己釋懷。」

「但科斯特的樣子看起來需要很長的時間，我怕到時……」

「就算強迫他面對現實、認真理解碧琳已經去世的事實，我想對現在的科斯特來說，這樣的舉動只會逼瘋他。我們只能給他時間和空間……總有一天，我想科斯特會自己走出來，而這段時間我們能為他所做的就是等待。」

夜景項認真思索石川的話語，最後也只能點頭妥協這種做法，只是他還是很不放心。科斯特的狀況其實很不妥，因為他剛剛確實聽見了科斯特用極小的音量如此說著——

「碧琳，哥哥把那個人趕走了，如果妳不認同哥哥的做法，那麼就來罵罵哥哥吧，我一直在等著……妳來見我。」

告別儀式結束後，禮儀人員將碧琳入睡的棺材推往會場後方，從連接的磚石走道來到另一棟建築，數座筆長的煙囪接頂而立。

科斯特跟在棺材後方，而其他人則跟隨著科斯特，一行人來到了火葬處。

棺材停在火化爐口前，由禮儀人員抬上輸送道。

看著那具棺材，科斯特一直努力壓制想衝上前推開那幾名禮儀人員、抱著碧琳逃走的衝動，急促的喘息是為了克制住那股已在崩潰邊緣的情緒。

禮儀人員鬆手退開，棺材被緩速送進火化爐口，熊熊烈火在爐口內燃燒，並且開始吞噬棺材的邊角。

他不知道自己是怎麼熬過那段時間，心胸疼痛到難以呼吸，等他察覺時，才發現石川和其他人正抱著自己不讓他往爐口衝，耳邊聽見的是自己心碎的哭號，臉上濕漉漉一片，分不清楚是眼淚還是鼻水；他死命的往前踏步卻無法前進，也無法知曉自己抓傷了誰、又抓了幾口子，唯一清楚的，就是他只能眼睜睜看著棺材被那熱旋的火海吞噬，最後跪倒在地尖聲哭號。

如同小時候站在母親的靈堂前、看著裝著母親的棺材，聽從大人的指示喊出違心的話語──

「別擔心我們，媽媽，您走吧！」

只是這次他卻無法喊出口，只能痛哭失聲。

他不知道時間過了多久，也不知道自己是怎麼被人從地上拉起，只知道當自己回過神時，手上已經抱著碧琳的照片與靈牌站在會場外的候車區，而石川則站在他身旁替他撐傘。

細細的雨水接觸地面的水漬引起許多漣漪。

黑色廂型車從彎處轉進車道，停駛在一行人面前。許多人都上前要科斯特節哀順變，但科斯特無法聽進那些話，只能緊緊抱著懷中的物品，輕聲說道：「和哥哥一起回家吧，碧琳。」

這次，她再也不用待在那放置著儀器的病房裡獨自一人度過夜晚。

這次，他會永遠陪伴著她。

▶▶Loading...

第二伺服器

# 爲了朋友，所以不後悔！

Create Dream Online

喪禮過後數天，電視臺連番報導當時現場拍攝到科斯特與亞密的爭吵畫面，並且熱烈議論亞密與科斯特究竟是何種關係、又為何在喪禮會場爭吵，就連碧琳長期住院到最後去世的事情都被大肆報導，並且加入種種揣測。

同一時間，春亞娛樂內部並沒有因為這熱烈的議題而忙碌，辦公室裡反而瀰漫著一股緊張的氣氛。

吳堳么站在總編輯辦公室外來回踱步。透明的玻璃窗可見室內有兩人，一人坐在辦公椅上，一人則是站在桌前，而辦公椅上的男子正指著桌前的男子劈里啪啦的罵斥。

吳堳么抱頭緊張碎碎唸道：「智元哥你這笨蛋，就說記憶卡弄丟不就好了？幹嘛跟總編那麼老實的承認是你拗斷的……」

那一天喪禮完，在回程的路上楊智元向吳堳么索討了攝影機內的記憶卡，毫無猶豫就直接當他的面將記憶卡拗斷，並吩咐吳堳么回去之後什麼都別說，後續他會自己處理。

其他報社新聞開始播出第一手訊息，他們卻沒有任何影像可用，公司雜誌的銷售量當然連帶受到影響，到S市出差兩週的總編輯一回來，聽見這消息簡直差點沒氣暈，嚷嚷著要抓吳堳么和楊智元兩人來開刀，結果卻被楊智元擋下，他還很有英雄氣概的說：「一人做事一人當，是我威脅小么若拍攝的話就砸爛設備，記憶卡也是被我拗斷，如果要懲處，懲處我一個人就行了。」

真是好有英雄氣概啊……

——英雄個屁！

吳堳么在心裡不雅的罵了句。在他眼裡看來，楊智元這做法根本蠢死了，明明楊智元只要撒謊說記憶卡遺失就行了，結果他卻承認記憶卡是他拗斷的，雖然說是為了不牽連到旁人，但是吳堒么可不為此感到高興，反而很憂鬱。

「又不是沒一起被削過，兩個人被削，總編的氣很快就消了，偏偏你就愛扛……看吧，削了一小時還沒削完，智元哥你這笨蛋！」

暗聲罵完，吳堒么終於因為緊張過度而引發胃疼，急急忙忙到茶水間去翻找胃藥吃。

辦公室內的火力還在持續延燒。

「楊智元，你是搞不清楚狀況是不是？我們是記者，不是在做慈善事業！我們的責任是讓大眾知道事實，而不是覺得拍攝人家喪禮不道德就不幹！我們同情他們，那麼誰來同情我們？你到底知不知道這週我們雜誌的銷售量降了多少啊！」身著黑色西裝的男子——春亞娛樂的執行總編輯衛明拍了掌桌面，從桌邊抓來一疊信封往前扔在桌面上，散亂的信封袋依稀可見寄件者是不同家的報社。

衛明頭痛的瞪著站在桌前、低頭聽著他訓斥的楊智元，手指急快的敲著桌面的信封道：「你知道這是什麼嗎？A市其他二十幾家報社、雜誌社、新聞臺的投訴信！你不想拍就算了，你去擋著人拍做什麼啊……」

他身子後傾靠上椅背，掌心掌背互拍著，激動的繼續道：「你知道上層被這件事情弄得有多火嗎？我真的無法理解你到底在想些什麼，你到底還想不想幹這行？一口氣得罪A市的所有媒體，你真的是打算不想餬口飯吃了是不是？」

衛明揉了發疼的側額，罵完之後終於稍稍冷靜下來，他看了一眼依然頭低低的楊智元，起身扒了扒髮。

其實楊智元算是有才，以前也確確實實替春亞拍攝到許多秘密消息，讓公司賺進不少銷售量與金錢，只是有些時候也脫線到讓人無言，所以之前就算楊智元搶拍搶輸，他嚷嚷著要把楊智元扔到冷部門，卻沒一次真的執行，但這次楊智元的確是捅出了一個大婁子。

「智元，老實說，你在記者這行確實做得不錯，但這次的事你真的弄得過火了。當然，我也不是不通情理的人，你說你不想人家辦喪事時還去挖新聞，好，你可以不忍心，但這件事情你可得想辦法補償，不然我真的保不了你。」

楊智元抬起頭，訝異的問：「真的算了？」

「是有條件的不計較，只要你把下一期的雜誌銷售拉回來，這樣我們都會安全過關。」

衛明從桌面拿起一個資料夾，遞給楊智元。

楊智元納悶的接下資料夾翻看著，結果越看臉色越難看，因為裡頭除了有科斯特的歷年資料，更夾著一張在《創世記典》裡才能拍攝到的照片——在中央競技場綻放的巨大冰花。

「這是我花了一筆錢才買回來的，聽說現在市面上那款極受歡迎的線上遊戲，似乎在前些日子發生了不得了的大事，而造成這件事情的原由和科斯特．桑納有關，我要你調查清楚這件事情，還原事情的樣貌。若這消息屬實，那麼這東西就是我們獨家了。記住了，這是你最後一次機會，做得好，你就不用轉調到那些鳥不生蛋的部門掃……楊智元你在做什麼！」

話還沒說完，衛明瞬間瞪眼大叫，因為楊智元正將資料夾裡的資料全數取出，快步衝到一旁的碎紙機前按下開關，並將那些紙張塞進絞碎口。

衛明快步衝去想搶回這好不容易得來的資料，卻被楊智元死命擋住。

碎紙機啪啪啪的聲音持續幾秒之後止息，楊智元的臉色很凝重，而衛明則是破口大罵：「你瘋了是不是！」

「我沒有瘋，只是看清楚事實。」楊智元轉身面對一臉憤怒的衛明，摘下自己掛在胸前的名牌，重重放在一旁的櫃面上，咬牙道：「我不幹了！」

「你瘋了嗎你！楊智元，你有沒有搞清楚你自己現在在做的、在說的事情到底是什麼！」

楊智元不屑的一笑，「我再也沒有任何一刻比現在還要清醒了。」

沒錯，以前他總是為了保住自己的工作，拚命去挖掘別人的傷痛，有多少次面對那些人的責罵他只能麻木的聽著，因為他需要工作來養活他的家人，無可否認他在春亞的待遇確實是挺優渥的，至少可以讓他供家裡幾個弟妹上學，但是現在不同，要是他真做了這件事情，他會連自己都痛恨。

遊戲裡，那一瞬間他為了荻莉麥亞選擇放棄扉空，現在他絕不能再為了要保住這份工作而去傷害科斯特——他在遊戲裡最重要的「家人」。

「我是在給你機會讓你保住你的工作！」

「你是想保住你自己！想保住春亞賺進一筆大錢的機會！」不顧衛明變得越來越難看的臉色，楊智元拍著胸口，「這次我不想再昧著良心去挖別人的傷口，所以我辭職，不幹了！」

語畢，楊智元頭也不回的離開辦公室，而身後則是傳來衛明的憤怒咆哮：「楊智元你這不知好歹的傢伙！走了就別回來！我就看你在得罪其他媒體後還怎麼在這行混……」

「碰！」

門板狠狠關上，隔絕衛明未斷的話語。

楊智元深深喘了幾口氣，從透明的玻璃窗可以看見衛明正拿起桌上的文件狠狠扔擲在地，並且指著他繼續罵著，只不過他聽不見聲音，僅能看見脣形。

心裡有種複雜的感覺，然而他卻在瞬間拋棄所有的空虛感。

楊智元回到辦公區，拿著紙箱回到自己的座位整理物品。

其他人偷瞄著，卻沒人敢上前詢問，直到吳堳么從茶水間出來，看到楊智元正在收拾自己的物品，他趕緊上前慌張的詢問：「智元哥？！總編真的要把你調到C部去嗎？！我、我看我也去跟總編說說，看能不能一起讓我到C部去好了。」

一把拉住正要跑往總編室的吳堳么，楊智元「唉」了聲，嘆了口氣，解釋：「小么，我剛跟總編請辭了。」

「我就知道一定是調……」話到一半瞬間停止，吳堳么朝楊智元瞪大眼，怪叫：「請、請辭？！」

不只吳堳么難以置信，辦公室裡也紛紛傳來倒抽氣的聲音，一些人終於忍不住開口問：「智元，你太衝動了吧？總編要罵就讓他罵，忍忍就過了，你現在辭職，家裡那些弟弟妹妹怎麼辦？何況現在工作也不好找……」

「是啊，智元，你何必跟總編嘔氣？你就知道總編愛罵，罵完就沒事了，何必為了爭一口氣而辭職？大家都同事那麼多年了，要是不滿總編將你調到別部門你就說嘛，我們也不會不幫你說話呀！」

「就是說呀，智元哥。」吳堳么露出難以接受的苦臉，央求：「我知道你一定是一時衝動，我陪你去向總編道歉吧，你走了我怎麼辦……」

「這話聽起來可真像在跟我告白。」楊智元嘻皮笑臉的將整疊記事本放進紙箱裡，隨後放柔了表情，像個長輩般將手放在吳堳么的肩上，「這次不是嘔氣，而是我自己下的決定。你知道嗎，小么？我很開心，因為我終於能做上一件有意義的事情。」

楊智元以前對這份工作是憧憬，但進入之後才知道是艱辛，有些事情就算不想做，卻也不得不去做。長久以來他為了這份工作傷害了多少人，就算知道對方不願將事情公諸於世，但為了薪水、為了這份從他高中畢業就一直從事的工作，他還是將那些秘密挖出，公開給其他人檢視。有時候他根本搞不清楚，自己當初為什麼會那麼憧憬這行業。

但現在不同了，他再也不用強迫自己，去做那些連他都覺得缺德的事情，他可以真正隨自己的心意去走。

「接下來我可輕鬆了，不用再去擠破頭的搶新聞；更不用偽裝躲在公園待了三天三夜，只為了偷拍到八卦緋聞；更重要的是……我不用再去把別人的傷疤攤在太陽底下，給那些好奇的人觀看。」

楊智元將陪伴自己多年時日的單眼相機放進筆筒包裡，揹上右肩，並捧起桌上已經收拾好物品的紙箱，笑著對吳堳么囑咐：「小么，其實你真的是個很棒的夥伴，拍攝技術也是沒話講，我不在之後也別怠惰了，好好努力，我相信你會成為很棒的攝影記者……我走了，大家保重。」

一些人皺眉聽著，一些人起身送別，吳堳么則是站在楊智元的座位前，紅著眼，目送從他進公司以來就如同大哥般照顧自己、和自己搭檔了無數時日的背影離去——即便挺直著背，卻也掩飾不住失落的黯然。

▲▲▲◎▼▼▼

茅草屋的村莊，人們勤快工作。屋旁的小農田，身著一襲捲袖布裝的少女正拿著一個篩網採收蔬果。炙熱的陽光令汗水與頸肩的髮絲沾黏，少女挺起身子抹了下汗，檢視篩網裡自己辛苦大半天的成果，露出了恬然的笑容。

「啪！」

清脆的樹枝斷裂聲讓少女下意識的抬頭望去，當她看見那佇立在圍籬外、穿著異裝的男子時，心頭湧上難以置信，手上的篩網與水果在不自覺間鬆脫落地。

「夜！」

跨出矮籬，冬華快步跑向吉詠夜，張手用力抱住對方，將頭埋進男子懷裡。透過衣服傳透而來的溫暖讓她終於不再不安，而是確信他終於回到自己的面前。

「我以為你不會再回來了。」

即使知道吉詠夜本來就不屬於這個過往的時代，但在經歷種種之後，她還是忍不住的希望對方可以留在自己身邊。那一天看著吉詠夜對自己落下一句「抱歉」，她好錯愕、好心痛，但她也知道自己不該強留住對方，所以只能違心的笑著，目送她這輩子唯一傾心付出的男子從她眼前消失離去。

她從沒想過吉詠夜竟然會再回來，回到她的面前。

「抱歉。」吉詠夜回擁住少女，「本來是想早些時日回來，但沒想到臨時被事情耽擱了。」

少女搖頭，「沒關係，只要你願意回來我就很開心了，那麼這一次……你還會再離開嗎？」詢問，帶著害怕的遲疑。

吉詠夜低頭看著一臉小心翼翼、等待回答的少女，他露出了微笑，像是在安撫孩子般的伸手摸著冬華的頭。

冬華的眼突然變得錯愕，倒映著吉詠夜帶著寵溺表情的面容，聽見對方如此說道：「不，再也不會離開了，哥哥這次再也不會放開……」

冬華大力拍掉吉詠夜的手，向後一退，咬牙道：「真是夠了！我不拍了！」

「卡！」

生硬的音詞截斷拍攝的進行，數不清第幾次的中斷，讓夜景項揉著隱隱作痛的側額，起身來到兩人身旁。

科斯特僵硬的垂下手。

薇薇安別過頭，一臉壓抑的憤怒：「已經夠了，我沒辦法再拍下去了。」

「薇薇安……」

夜景項當然知道薇薇安會心生不滿，畢竟這兩個禮拜來，科斯特已經不知道多少次因為擅自將自己的情緒在對戲時表露出來，而導致拍攝中斷，更別說今天這一幕已經對了十幾次，薇薇安的耐心被磨光也是正常的。

「我沒辦法再一直配合無法為自己工作負責任的人！不管有多大的情緒在困擾著自身，都不該在工作上表現出來。我們的責任是對整個劇組、以及期待這齣戲劇的觀眾負責！」

趕緊前來的江陵金出言安撫薇薇安，請她再多配合。

夜景項苦惱的抓了抓後腦的髮。

科斯特則低頭沉默，完全沒有反駁，任由薇薇安罵著。

「你到底要我、要整個劇組配合你到什麼程度！你為什麼不能將那股沉浸在悲傷的思緒分一半出來放在工作上？什麼都不管有比較好嗎！」

她真是看夠了，每天拍戲時只要面對科斯特，從對方眼裡她看見的不是自己，而是倒映著那名早已去世的女孩的身影，脫口而出的臺詞全變成他自身的思念。

她知道他痛，所以她可以忍受他將她當成碧琳的替代品，但不代表她可以忍受科斯特一直注視著自己心中的絕望悲傷，把旁人全都當成空氣，什麼都不管，只按照自己的心意而為！

身旁的這些人並不是空氣，他們都在，他們因為體諒而一直容忍配合，但科斯特卻是在踐踏他們的體諒！

碧琳的去世也讓她很難過，但面對工作時她仍然是隱藏起自己的悲傷，因為她明白自己要為工作負責，她不能因為難過就什麼都不做、什麼都不管，只一直給人添麻煩。而科斯特他又做了什麼？

「等你把你的情緒整理好，我再繼續拍，不然也只是浪費底片。」冷冷的說完，薇薇安轉身走向休息區。

江陵金趕緊向科斯特與夜景項好聲道歉：「真是非常抱歉，我會說服薇薇安繼續拍攝，請你們稍等一下。」語畢，江陵金快步追上薇薇安的步伐，跟在薇薇安身旁低聲安撫。

夜景項嘆了口氣，回頭看科斯特，對方低垂著頭不發一語的樣子讓他也不知道該如何是好。

「你先冷靜一下。」

留下這句話，夜景項便回到攝影棚指示所有人先休息，等十五分鐘之後再重新拍攝。

「科斯特……」上前來的石川本要伸手觸碰科斯特的肩膀，但最後還是作罷的縮回手，他安慰道：「薇薇安小姐那邊我會去向她道歉，你先回休息區去吧。」

科斯特站在原地，低垂的頭終於緩緩抬起，他看著朝薇薇安所在的方向走去的石川，以及其他工作人員臉上的無奈表情，最後從口袋裡掏出一張照片緊捏著看——那張他和碧琳在盛開櫻樹下的合照。

明知道自己不該，但他就是無法控制，他知道自己應該忍耐，但就是無法忘懷。他無法阻止這股悲傷吞噬自己。他覺得好累、好痛苦、好難過，他真的不知道為什麼時間還在流動，也不知道自己到底為什麼還要這樣一天過一天、一天比一天還痛。

緊咬著唇，科斯特將相片貼上自己的胸口。

他唯一僅剩的，還能感受到對方還在自己身旁的證據。

▲▲▲◎▼▼▼

入夜時分，以漫畫《閃耀之心！GO LOVE！》竄紅的漫畫家李孝萱走在回家的路上，一手提著剛在超市買好的晚餐食材，腳步轉進住宅小路。

路燈紛紛亮起照亮暗路，連兩邊的住宅也開始亮起室內燈，眼見家門的距離與自己剩下不到十公尺，李孝萱正要掏出鑰匙，旁邊卻突然竄出一隻手抓住她的手臂。

她嚇了一跳，往旁邊一看，只見拉住自己的是一名陌生男子。

男子欲言又止，一臉看似有所意圖的表情讓李孝萱想起了之前在報紙上看見涉嫌非禮女子的痴漢報導。

——痴漢、變態！

兩個令人心驚的詞占滿李孝萱的腦袋，鏡片下的眼睛閃過一道俐落的光，李孝萱趕緊從側揹的浣熊小包裡掏出一瓶小噴罐，二話不說就直往對方的眼睛一陣狂噴。

刺鼻氣味散發，男子雖然發出驚慌的慘叫，但還是沒鬆開抓著李孝萱的手，於是李孝萱再加把勁猛噴，順便朝對方的白色球鞋踩上一腳，在男子鬆手時慌忙往家門跑。

「等一下！等一下、荻莉麥亞！」

身後傳來的呼喊讓李孝萱停下腳步，呆滯的回頭。

男子一手痛苦的掩著眼，一手胡亂揮著，慌張喊道：「是我，楊智元！愛瑪尼！」

聽見名字，李孝萱整個人傻了，錯愕的回問：「愛瑪尼？」

男子趕緊點頭，卻也忍不住喊了聲：「啊啊、眼睛……超痛、超痛……」

李孝萱低頭看著自己手上幾乎用掉半瓶的防狼噴霧，再看看眼前完全無法睜眼的男子——楊智元。

當初雖然她答應要和愛瑪尼在現實中約會，但都還沒約成，當然也沒互相看過現實的照片，難怪認不出來，只是這沒認出來的下場也不是普通的糟。

李孝萱稍稍閉起因為錯愕而張開的嘴，快步跑回楊智元面前拉著他往家裡衝，一打開家門便趕緊將食材放在玄關，並幫楊智元拿下他揹著的包包，待楊智元脫掉鞋子後便噠噠噠的拉著他衝進浴室。

李孝萱拿起杯子接滿水，指示楊智元側臉靠在洗臉槽上後，便開始小心翼翼的幫楊智元用水洗眼。小小水流從努力撐開的紅通雙目沖洗而下，楊智元哀哀呼呼的小聲叫著，好不容易洗了兩、三遍，楊智元終於能勉強張眼看物，自己開水龍頭用手掌接水洗眼。

見對方能自己整理，李孝萱離開浴室去二樓房間拿來了新毛巾。

楊智元關掉水龍頭，並用手掌抹掉眼皮上的水漬，紅通的眼眨了又眨，李孝萱趕緊遞上毛巾。楊智元道了聲謝後接過毛巾，擦乾臉上的水漬，眼睛眨了幾下終於能穩定的保持睜開，只是那雙眼還是紅得可怕。

——小小一瓶，殺傷力無窮。

邊在心裡嘆息，李孝萱邊小心翼翼的詢問：「眼睛……應該還看得到吧？」

「……如果看不見，妳要照顧我一輩子嗎？」

——這副嘻皮笑臉的態度果真是愛瑪尼沒錯。

認定想法後，李孝萱恢復平常的淡定臉，「既然能開玩笑，那麼應該能自己穿鞋離開吧，別忘了你的包包。」

見李孝萱頭也不回的就要走，楊智元也顧不得不妥協，趕緊出手拉住李孝萱，懊惱道：「就是開個玩笑，怎麼妳又……唉，算了，是我不好，」

楊智元垂下肩膀的模樣就像是隻被扔棄的可憐柴犬，頭低低的一臉無奈又落寞。看對方這樣子，李孝萱不著痕跡的推了下鼻梁上的大圓鏡框，抽回自己的手離開浴室。

以為李孝萱真的在生氣，楊智元趕緊追出浴室，只是當他一站上走廊，卻看見李孝萱站在玄關，重新提起裝著食材的袋子以及他的筆筒包回頭走來。

「自己的東西自己拿，還有，過來幫我。」將筆筒包的提帶塞進楊智元手裡，李孝萱逕自往廚房走去。

從呆愣中回過神，楊智元確認李孝萱沒有要趕他走的意思後，趕緊抱著筆筒包跟上。

小型餐桌上放置著幾盤小菜和一碗湯，雖然不是豐盛大食，卻是家常美味。

楊智元捧著一碗白飯，筷子動了動卻沒探前去夾起菜，因為現在這畫面簡直超乎他的理解範圍了。他居然與心儀的女子坐在同張餐桌前，吃著他們一起煮的菜色，這宛如新婚夫妻般的相處，要他現在死都沒關係！

坐在對面的李孝萱卻是完全不知楊智元內心的波濤洶湧與感動，白飯已經扒到快見底，菜也少了一半，正當她吞下最後一口咀嚼的飯食、伸手舀湯時，卻見對面的楊智元不只飯沒動到一口，還傻笑得一臉陶醉冒小花。

李孝萱皺眉問道：「你不吃嗎？」

「……吃吃吃！當然吃！」慌忙動筷扒飯菜，楊智元邊吃邊笑。

雖然覺得奇怪，但李孝萱也沒再多說什麼，繼續舀湯。

「對了，妳家人都不在嗎？」吃到一半，楊智元發出詢問。

以前在遊戲裡有聊過，楊智元知道李孝萱是和家人住在一起，只是從他進門開始卻連一隻貓都沒看見，難免好奇問問。

「我爸和我媽要等店關了才會回來，大概要九點左右吧。姐姐則是被公司派去出差，應該是這個週末會回來。」

「店？」

李孝萱慢慢的喝了口湯，「書店，離這邊不遠，在津南二街那條商街上。」

楊智元明白的點了點頭，接下來沒再繼續提其他問題，而李孝萱本來就不是個會找話題的人，所以氣氛就這樣從好不容易的熱絡變成了詭異的沉默。

飯飽後，李孝萱在楊智元的幫忙下收拾好餐桌，隨後領著楊智元上了二樓自己的房間。

走進房間，楊智元環視打量。房間的地板是榻榻米鋪地，在他前方有一個鋪著三張坐墊的方形矮桌，越過矮桌則是一張靠牆放置的床鋪，床頭朝右，床尾朝左，書桌與床頭靠貼齊放；書桌正後方有一座書櫃，衣櫃則放置在房間左面的牆邊；右邊牆上有扇雙開窗戶，窗簾則是與寢具相同的粉色調白桔梗圖布料。

很乾淨整齊的女性房間，而且還有股淡淡的香味。

「嗯……隨便坐。」

本來還想說些什麼遵守條款，不過李孝萱最後還是讓楊智元自行找位置坐。畢竟她也不是那種會計較男女有別問題的人，只要對方別在床鋪上打滾就無所謂——當然，她想楊智元是愛嘻皮笑臉，但基本禮貌還是有的，應該是不會隨便在女生的床鋪上亂打滾才是。

沒有李孝萱大方，第一次進到女孩子房間的楊智元倒有些不自在。

「那……我就坐這裡……」

楊智元來到矮桌前方的空位，見李孝萱沒反對，便放下筆筒袋坐下——面對床鋪，能看見坐在書桌前的李孝萱。

李孝萱像是想到什麼，突然起身離開房間，等回來時手上已經端著兩杯泡著熱飲的杯子。將其中一個杯子放在楊智元面前，她端著另一杯回到書桌前坐下，毫不拖泥帶水，劈頭就是一句問話扔出：「你怎麼找到我家的？」

言下之意就是她並沒有給對方任何通訊資料，他是怎麼知道她家地址並找來？

正端起馬克杯啜飲一口，楊智元瞬間被突然扔來的問題弄到嗆了下，咳了幾聲。他摸著杯緣，心虛道：「想妳，就來了。」

「你想要現在就被我趕走嗎？」李孝萱面無表情的喝了口可可，但眼神犀利得發閃。

這下子楊智元也不敢再打哈哈糊弄，只能趕緊實話實說：「那時候妳跟我說了妳是李孝萱，所以我靠了點工作關係找到妳的基本資料，就……」

「這應該可以算是妨害秘密吧，如果打官司百分之百勝訴，而且還會獲得一筆判決金。」

「耶──？！」楊智元怪叫了聲，吞了吞口水，小心翼翼的問：「妳是開玩笑的吧，不會真的要告我吧？」

李孝萱沉默不語，只是瞥了一眼過去，但這樣也夠讓楊智元膽顫心驚了。

雖然知道自己這種做法確實不對，但他就是忍不住，因為他不知道現在的自己除了李孝萱還能去找誰，回家要是面對弟妹，肯定會被發現破綻。

看著楊智元臉一陣青、一陣紅又變黑的模樣，李孝萱眨了眨眼，終於鬆口道：「……我開玩笑的。」

「這種事情怎麼能開玩笑！我可是嚇到心臟都快跑出來了！如果真的被告，我可繳不出那筆賠……」話說到一半突然停止，楊智元咬了咬嘴。

他跟李孝萱說這些做什麼？明明來找她不是要訴苦的，而是……

「就算我想告，也沒時間去處理那些亂七八糟的流程。」李孝萱放下杯子，拉著椅子連身體一起轉向書桌，「我還有些畫稿要先處理，如果你想看書，可以拿書櫃的書來看，桌上的可可喝完了想再喝可以跟我說一聲，還有……」

楊智元看著背對自己的背影，與遊戲裡的強勢身影很不同。

「等你想好要跟我說什麼的時候再說。」

——果然，還是逃不過她的眼，是自己掩飾得太笨拙了嗎？

楊智元苦笑的垂下肩膀。他來這邊並不是要訴苦，只是想要她的陪伴罷了。他以為高中畢業就開始在社會中打滾的自己，應該會比任何人都要獨立堅強，只是面對未來茫然的這一刻，還是會忍不住希望有個人能陪伴在自己身邊。

——真的，很溫柔，不管在遊戲裡或是現實，都一模一樣。

「抱歉，打擾到妳工作。」

「不，不會。」

對談終止，房間變得寂靜，只能聽見窗外似乎依稀傳來雨水滴落的聲音。

最近這幾天幾乎天天下雨。

李孝萱右手拿著一枝像是紅色鋼筆般的繪圖筆，左手下則有一個約A6大小、裝設轉盤與四個功能鈕的小型黑色薄板，薄板旁邊連接插著一個約拇指大小的晶片盒，手指在轉盤上滑點了下，一塊虛擬繪圖介面面板在面前跳出，同時桌面上也投影出一塊A4大小的紅線框。

將繪圖筆在虛擬面板上點著叫出之前未完成的檔案稿，隨著筆尖在桌面的紅線區域裡移動，虛擬面板也跟著出現深咖啡的線條，李孝萱開始專注的沿著草稿上線。

安靜的房間足以聽見牆上時鐘的指針走過的聲音，細小且規律的答答聲。從進房開始，時間已過兩小時，李孝萱已經畫了十張線稿，差不多可以進行下一階段的繪圖作業。

此時，一直靜默的楊智元終於傳來話語。

「那個……荻莉麥亞……」

「什麼事？」

「那個……我……」磨磨蹭蹭好一陣子，楊智元深深的吸了口氣，小心翼翼的說：「我……辭掉我的工作了……」

「……喔。」李孝萱的視線完全沒離開影像，開始進行上網點的工作。

面對李孝萱的淡然反應，楊智元反而愣住，再重複了一次：「那個，荻莉麥亞，我說我辭掉我的工作了。」

「那又怎麼樣？」

——什麼叫那又怎麼樣……

楊智元攤開雙手，怪叫了聲：「我、我現在是失業人士耶！」

李孝萱終於停下手上的筆，轉頭上下打量了楊智元一下，最後一臉莫名的皺起眉，似乎是不了解楊智元對這問題的執著點在哪裡。

「荻莉麥亞，我現在沒工作，連家裡那些弟弟妹妹的學費很有可能都繳不起，說不定最後還會被斷水斷電，這樣妳根本就不可能會答應嫁給我啊啊啊啊啊——」

看著抓頭激動喊吼的楊智元，李孝萱直接了當的扔出一句話：「我從來沒說會嫁給你吧。」話語猶如一把刀狠狠刺進楊智元胸口。以前的他還可以把刀拔出來收起自用，但現在心靈極度脆弱的他完全禁不起這一擊，捂著胸口淚眼汪汪的趴倒在桌面上，喪氣道：「我是個沒用的男人，所以才會變成這樣，嗚嗚……」

「況且我自己有工作，雖然不是高薪職業，但至少能負擔一個人的生活開銷，並不需要非得靠你養不可。」

楊智元眨眨眼，重新挺直身子，眼裡出現詫異。荻莉麥亞這話聽起來似乎是種默認以後他們會一起生活的假設性話語。

「那麼，我就問一下。」李孝萱離開椅子，來到書櫃前挑了本書拿起來翻看，視線一邊緊盯著書上的圖畫，一邊傳來問話：「你為什麼會辭掉你的工作？」

楊智元一愣，抿了抿脣，視線落在桌上的馬克杯，在嘆了一口氣後終於坦白：「我不想傷害扉空。」

李孝萱停下翻頁的動作，鏡片下的眼出現驚訝。她並沒有轉頭，只是靜靜聽著對方的陳述。

「我的工作……是記者。如果妳有看報紙或新聞的習慣，應該知道前幾天有場藝人家屬的喪禮……妳知道嗎？我真是蠢到爆！」楊智元恨恨的搥了下榻榻米，咬牙道：「我居然到搶著拍攝的時候才發現，那場喪禮是青玉的喪禮、科斯特・桑納就是扉空！而我到底在做什麼？我居然在青玉的喪禮上，搶著拍攝足以讓公司增加雜誌銷售量的八卦、讓我自己不至於被扔到冷部門的保命符……」

若不是因為在遊戲裡的一瞥，他發現靈堂的照片與當時所見的少女相似，他也不會打電話向波雨羽確認，有可能最後他真的會成為傷害青玉和科斯特的其中一人。

「在發現自己錯得有多離譜後，我就將拍攝影像的記憶卡銷毀，後來總編要求我將功贖罪，結果卻是要我去調查清楚科斯特・桑納和《創世記典》發生的那起冰花事件的關聯性……」楊智元胡亂的扒了下頭髮，煩躁道：「我不知道他是從誰那裡拿到了這件事情的相關資料，也想不了那麼多，我怎麼可能在知道科斯特．桑納就是扉空之後還去做那種調查！所以……」

楊智元悶著頭，回憶道：「當時一股氣上來，我銷毀掉那些文件資料，然後嗆總編說『不幹了』。我想不到除了這方法還有什麼方式能保護扉空，只是事後想想……我好像太衝動了……」

「所以你就辭職了？」

就算他毀了那些資料，衛明還是可以再拿到，到時衛明只要叫其他記者去調查，那麼扉空照樣逃不了同樣的下場，而他現在也沒辦法再插手記者部的事情，沒工作又沒錢……啊……他到底為什麼就沒好好的想清楚再下決定呢！

楊智元煩亂的搓著頭髮，整齊的髮都變成了鳥窩。他很懊惱自己沒有三思後行，而被衝動占滿思緒，做出「可能錯誤」的判斷。

「我大概了解了，那麼不介意我再問個問題吧。」李孝萱將書本放回書櫃，問：「你後悔辭掉工作嗎？」

從沒想過的問話傳進耳膜，楊智元先是一愣，思考著，然後搖頭道：「在踏出公司大門的時候確實有點後悔，不過現在想想，這也許是我這輩子做過最有意義的一件事情，雖然丟了工作，以後也不知道要到哪重新開始，不過……」

「我不後悔做了這個決定，因為我保護了我的家人，而不是為了自保棄他而去。」

楊智元的笑容有著苦澀，卻也帶著坦然。也許一開始確實是衝動行事，但後來想想，若他當時選擇為了工作而接下這調查，那麼他以後進入《創世記典》也沒有臉繼續待在白羊之蹄，因為他傷害了他的「家人」。

「我明白了。」

腳步聲走近，楊智元才正準備轉頭，突然感覺到一陣香味竄入鼻腔，柔軟的觸感貼上後腦。意識到李孝萱正從背後環抱住自己，楊智元瞬間傻愣住了。

「既然不後悔，那麼就坦然的接受。」李孝萱輕輕的笑了，「我很高興，你願意為了保護扉空和青玉付出所有，我對你刮目相看了。」

能為了在遊戲裡認識的朋友做出這樣的付出，就看得出來楊智元有多麼的重視那座世界，當然她也一樣，很珍惜在《創世記典》裡相遇的任何人事物。

輕輕握住環繞頸肩的手，楊智元垂下眼，低聲問：「妳不覺得我很笨？」

為了朋友，飯都甭吃了，未來也茫然無期，或許在其他人眼裡是笨蛋的行為，但在李孝萱眼裡卻很不同，因為她看過許多為了自己的利益而拋棄朋友的人，因此楊智元的行為真的很難能可貴，所以……

「我只覺得你很勇敢。」

話語，讓楊智元眼眶瀰漫熱意，眼淚止不住的滴落在那不屬於自己的雪白手背上，燙人卻也晶瑩。

李孝萱並沒有抽回手，也沒有嫌棄楊智元哭泣的樣子太不男子漢，因為她知道對方一直都很壓抑，讓理性壓過感性，尋找對自己最好的出路。而今，他為扉空和青玉做盡一切，因此她也很想為他做些什麼，而她所能想到的，就是一個懷抱，一個陪伴。

在楊智元最失意的時候就這樣靜靜陪在他身邊，與他一起分擔在他身上的重量。

▶▶Loading...

第三伺服器

# 如果時間能終止不前……

冰塊構成的冰藍世界，四處生長著結晶冰體，沒有其他的物質，不管是地面或是天頂，全都被冰覆蓋。

科斯特站在世界的中央，明明赤腳踏在冰塊之上，但卻像是感受不到般的完全沒有任何瑟縮，只是麻木的看著前方。

涼風從遠處吹拂而來，瘋狂振動他的衣袖與頭髮，一瞬間，熟悉的身影出現在眼前。

終於等到想見的人，科斯特原本失焦的視線重新凝聚。他開心的奔跑上前，然後逐漸減緩速度，停步在那穿著醫院病服的少女身後。

「碧琳。」科斯特開口輕喊，帶著滿腔的喜悅。

他等了不知道多少時日，現在終於等到她了，她終於願意來見他，讓他真的好開心。

看看啊……她還在他的面前，還在他的身邊，她明明……

「碧琳，我就知道妳一定拋不下哥哥，絕對不會自己一個人離開，妳會一直陪在我身邊，對吧？」科斯特期待的詢問，熱切的注視著前方的背影。

少女並沒有回答，也沒有轉過身。

但科斯特並不在意少女的無所回應，反而走上前，從後方伸手環抱住少女。

「不管別人說什麼……」

就算不說話也無所謂。

「我再也不會讓妳離開了。」

只要她還在他身邊就好，就算要他一輩子待在這裡陪伴她，他也甘願，只要她別再離開。

「……不可以。」

突然傳來的聲音讓科斯特微微一愣，只見懷中的少女側過身來，明明該清楚看見的面孔卻像是被一層紗巾覆蓋般的模糊，他看不見她的任何表情。

「這是不可以的，哥哥。」

狂風與白光同時迎面襲來，將科斯特捲入其中，也將那緊抓不放的手用力扳開。

科斯特只能眼睜睜看著光芒將世界與少女吞噬，他伸手、拚命喊著那個名字，卻無法挽回，手指空蕩的抓不著物，最後連自己的意識也被捲入其中……

從夢中驚醒，科斯特躺在床上大口喘息，房間被蒙蓋一層穿不透的黑，緊閉的窗簾看不見任何光線，看起來應該是尚未天亮。

失焦飄移的視線終於凝聚在天花板的吊燈上，科斯特抓著棉被，翻轉側身將臉埋入被褥中。

回想起夢中的話語，科斯特咬著唇，身體克制不住的顫抖。

「一定是不肯原諒吧……都是因為哥哥太沒用了……」

所以才不願讓他陪伴，才不願讓他看見她。

科斯特無法排解那股滯留胸口的痛楚，只能緊抓著被子將情緒全埋入枕被間，哽咽的述說那些他無法在夢裡獲得回應的思念。

▲▲▲◎▼▼▼

昨晚的雨下到半夜才止息，早晨的空氣還夾雜著一股尚未飄散的潮溼味道，地面濕漉未乾，路邊也囤積著小水坑。一男一女從某棟三樓住宅開門而出。

「抱歉打擾妳一整晚，不過也多虧有妳，我的心情好很多，只是伯父和伯母……」楊智元搔著臉，尷尬的望向稍稍打開了一條縫隙的屋門，四道放光的視線由內射出。

他也不知道自己昨晚是怎麼了，被李孝萱一講就劈里啪啦的哭了，還哭到直接睡著，等到醒來時才發現天已亮，而且自己竟然和李孝萱同睡一張床，更令人措手不及的是對方的父母正站在打開的房門口，雙眼發光的直盯著他們瞧。

從沒有那麼一刻他毛骨悚然到極點，慌忙起身就是解釋自己也是狀況外，不知道為什麼會和他們的女兒同睡一張床，只是女子手中拿著一個鍋鏟，男子手中拿著一個電蚊拍，還步步逼近讓他嚇到都想直接跳窗逃了，好在李孝萱及時醒來解釋是她覺得讓朋友睡地板很不禮貌，才把他拖到床上去，不然他有可能現在已經身首異處了吧。

「他們是好奇，別在意。」李孝萱淡定的推了推鏡框。

——不，我覺得他們應該是想把爬上女兒床鋪的男人給滅了！

楊智元偷偷摸了下浸了一身汗的背部，深呼吸，提了提筆筒袋，道：「那……我走了，荻莉麥亞。」

「孝萱。」

「什麼？」

「我說叫我孝萱就可以了。」

楊智元一愣，在幾秒後才試探性的喊了聲「孝萱」，結果喊完臉上也出現了羞澀表情。

「路上小心，智元。」李孝萱微微挑眉，嘴角隱藏笑意。

聽見稱呼，楊智元微頓，笑著揮手問：「我還可以再來找妳嗎？」

「就算我說不行你也會跑來不是嗎？」

「耶、如果妳說不行，我也不會硬是來打擾妳呀，畢竟現實和網路遊戲還是有些不一樣……」

在《創世記典》裡可以那樣毫無顧忌的相處是因為有那層遮掩，但現在他是真真實實在對方家門前，如果女生不肯，他還硬要來也太厚臉皮了，他可不承認自己的臉皮有厚到這種程度。

李孝萱闔上眼，手指靠在脣下，理所當然道：「是嗎？我以為差不了多少，只要知道對方是誰就沒什麼問題。」

「妳是說我可以再來？」

「考慮。」

又是這樣不肯直接答應呢……楊智元有些失望的抿起嘴。

這也難怪，他昨晚是擅自拿取她的資料才找來這裡，就算再怎麼好的人也會介意吧。

「下次換我到你家去。」

聽見李孝萱突然峰迴路轉的結論，楊智元瞪大眼，「到、到我家？！」

「嗯，你不是說你家有七個弟弟妹妹？我對他們很感興趣，或許可以激發下一部漫畫的靈感。」

相當理智的話語，只是不知道為什麼，楊智元卻覺得李孝萱似乎藏著話。

但不管真正的理由是什麼，他還是很開心。

「我會好好打掃等妳來！也會煮一頓豐盛的晚餐！」

「不，是午餐，我並不打算在你家過夜。」

「只要妳願意再和我見面我就很開心了，不管晚餐或午餐都沒關係，我一定會很用心準備！」說完，楊智元握拳興奮的喊了聲「YES」，隨後向李孝萱揮手道別。

看著離去的背影，李孝萱突然低頭像是思考什麼，回頭瞧了眼躲在門內偷看的夫妻檔，她微微挑眉，快步追上楊智元。

「智元。」

身後的喊聲讓楊智元停下腳步回頭，只見李孝萱突然拿出一張抄寫著地址與時間的便條紙，道：「剛剛你在洗臉的時候，我和我父母討論過了，如果你不是個堅持工作非得自己找的那種人，那麼你可以考慮看看……老爹和老媽也有年紀了，沒辦法老是搬東搬西，雖然我有空的時候也會去幫忙，但遇到趕稿時期時間會縮得很緊，所以能幫的並不多，如果你願意的話，在你找到滿意的正式工作前，可以先來我家的書店打工。」

楊智元難掩訝異，他不知道李孝萱竟然一直在想著他的事情。

「上班時間是早上十點到晚上九點，薪水……當然是比不上你之前的記者工作來得優渥，但如果省吃儉用，開銷上應該是沒什麼問題，不知道你肯不肯……」

李孝萱話還未完就消失在嘴邊，眼中有著錯愕，因為楊智元竟然又紅了眼眶。

——是我哪裡說得不妥嗎？

正當李孝萱自我檢視自己是否失言時，楊智元突然連著便條紙一起握住了李孝萱的手。比自己大上些許的手掌有些高溫，但並不會讓人急著想推開，反而是種令人眷戀的溫暖。掌心有些軟繭，她想應該是工作關係累積出來的。

「孝萱，我不知道該怎麼表達心裡的感受，我沒想到妳會這麼幫我，總覺得我這男朋友做得真有點失敗。」

「我並沒有答應要跟你交往。」即便在如此動人時刻，李孝萱還是不忘冷冷的吐槽。

只是這次楊智元不但沒有心中受創，反而覺得很開心，因為他想起了他遺忘的事情——李孝萱本來就是個不善表達的女生，她不會用花俏的言語來安慰，只會用實際行動來表示關心。

「況且這只是回禮。」

李孝萱的補述讓楊智元疑惑的眨眨眼。

她露出微笑，輕聲道：「要不是遇見你，我現在已經放棄我的夢想了。」

在即將放棄《閃耀之心！GO LOVE！》時，楊智元出現在她的面前，陪伴著她度過她最難熬的日子，是他讓她開始考慮自己重新追夢的可能性，雖然之後經歷很多事情，但無可否認他確實讓她重新拾起夢想，更別說她現在成了最受歡迎的漫畫家之一，而他也重新回到她的面前乞求原諒——這一切雖然不像故事般的美好，但卻有種童話似的經歷。

楊智元不知道該如何表達心中盤旋的情緒，有愧疚也有感動，如果他當時不是抱持那種僥倖的心態，也許中間他們根本不會發生那麼多事情，有可能他這輩子就會錯過這麼一個好女孩。

「你可以考慮看看，畢竟接不接受是你的權利。」李孝萱反握住楊智元的手，將便條紙塞進他的掌心裡，「你也可以到書店去走一趟再下決定。」

「……謝謝。」楊智元緊握著便條紙，感激道。

面對楊智元的道謝，李孝萱倒覺得有些不好意思，但她並沒有將情緒表現在臉上，只是稍稍撇開眼，「這沒什麼，畢竟我也要向你道謝。」

「嗯？」

「……因為你替我保護了我的同伴與家人，在我無法伸手碰觸之處，你替我做到了。」

楊智元一愣，本想再開口說些什麼，卻發現喉頭又哽咽了，他只能應諾自己會在這禮拜找時間過去和伯父伯母詳談工作內容後，便匆匆道別離去。

「楊先生。」

身後傳來成熟的女子音調讓楊智元再次停步回頭，只見原本躲在門內偷看的夫妻檔已經探出頭。中年男子對他點了點頭，而男子身旁的女子則是笑著對他揮著手，並如此說道：「歡迎你下次再來。」

楊智元頓時不知如何是好，眼眶裡的淚水差點摔出來，他趕緊用手掌抹了抹眼，彎腰致意說：「謝謝。還有，很感謝你們的幫忙。」

原本只是希望有人陪伴，沒想到居然會受到幫助，他會記住的，一定會好好回報這讓人感到溫暖的一家人，更重要的是……

的手。」

「孝萱。」

李孝萱一頓，只見太陽在楊智元身後撥雲而出，那背光的身影露出了燦爛的笑容。

「遇見妳，是我人生中最幸福的一件事情，我會努力找到一份好工作，再也不會隨便放開妳

認真的告白讓平常不改顏色的李孝萱瞬間紅了臉，她慌忙低頭隨便揮了手當道別後就掩著臉跑進家門，而李爸和李媽則是發出夾雜口哨的驚嘆聲。

——真是的，楊智元這笨蛋居然公開說這種話！

雖然心裡罵著，但她的胸口卻誠實的瘋狂跳動。

一路跑回房間，李孝萱在喘了幾口氣後緩步來到窗邊，只見楊智元朝她的家門方向揮著手，應該是在向她的父母道別，隨後轉身離去。

她胸口的跳動終於平緩些後，臉上的熱意退去，透露出的卻是另一股惆悵。

「扉空……一定很難熬……」

▲▲▲◎▼▼▼

菲爾特經紀公司位於三十二樓的某間會議室裡正聚集坐著七人，坐在會議桌左邊最前端的石川瞧了眼面對面坐著、其他六位正討論著的製作人，臉上表情難得嚴肅。

此時，一個人走進會議室。

見到來人，眾人紛紛起身打招呼：「BOSS。」

里斯點了點頭，拉開會議桌最前端的空位坐了下來，直接說出召集眾人前來的理由：「相信各位應該都十分清楚，最近媒體的行動相當頻繁，尤其是針對科斯特在喪禮上的騷動，媒體方面已經開始朝向負面去挖掘，不管是對科斯特本身，或是對菲爾特經紀公司都會成為一個相當嚴重的衝擊。今天我召集大家開會，就是想聽聽大家有何想法。」

「科斯特在演唱的造詣上確實沒話講，身為他的譜曲人，我很認同科斯特的才能，所以我並不認為在即將推出新專輯的時候臨時喊卡是個好主意。」身著休閒服飾的男子手指敲了敲桌面上的資料，率先提出自身的想法。

「我倒不這麼認為，現在媒體討論得這麼激烈，又幾乎都是負面話題，如果強行舉辦新專輯的發表，說不定會引起大部分被誤導的民眾反感。」塗著水藍指甲，同時也是專輯執行企劃的妙齡女子雙手手指交叉靠在下巴，說出不同的想法。

「科斯特現在的人氣恰恰是正要推上顛峰的時刻，極端的做法也許會惹歌迷有所不滿。」舞蹈製作人不贊同的說道。

六個人七嘴八舌紛紛討論、爭辯自己的想法，有人認為此時應該暫停所有相關活動，也有人認為應該繼續利用完美的成績來與媒體的負面報導做抗衡。

「那麼石川，你的想法呢？」

被里斯突然點名，原本爭論的人全都停下話，目光「刷」的瞬間集中在石川身上。

各個領域的製作人抱持著不同的立場爭論，那麼身為科斯特的專屬經紀人又是何種看法？

石川深吸一口氣，說：「如果可以，就我的立場，我希望能只考慮什麼對科斯特是好的，不是為了趁勝追擊，更不是為了與媒體的負面相抗衡。」不是為了各種利益目的，而是單純的希望那孩子可以真的為自己而活，開心的去做身為「歌手」的這一件事情。

里斯雙手靠撐在下巴，「我明白你的想法，但是現在科斯特根本沒心思在這件事情上，不是嗎？」

自從喪禮過後，科斯特別說在錄製專輯時根本專注不了，連《月華夜》的收尾拍攝也是狀況連連，雖然里斯沒親眼所見，但聽工作人員的事後陳述也能夠知道一切。

夜景項體諒科斯特因為喪妹心情受到影響而不多做計較，盡量的配合；薇薇安則是被科斯特的態度惹惱，氣得說不拍。更別說其他的廣告拍攝，科斯特也是那副模樣，弄得一堆廣告商都無奈放棄，他可真是看不下去了。

「就算我們再怎麼願意給機會、盡量的幫忙，但石川，我必須講一句認真的話，科斯特再這樣下去真的不行！你看這兩個禮拜來工作跑了多少？一堆製作都來跟我抱怨科斯特有了人氣就擺架子、不上道。」

石川沉默，眉頭皺得嚴肅，「我明白，但都已經努力到這地步了，要是現在說放就放……況且我們已經規劃好了五月的演唱會……」

「關於演唱會，我想只能先暫緩了。」

里斯的宣布讓石川瞪大眼，忍不住慌忙道：「BOSS，這時期對科斯特真的非常重要，要是現在演唱會臨時喊卡，那麼……」

里斯舉起手制止石川的激動話語，看了眼其他製作人，他臉色凝重的說：「距離五月只剩下一個月的時間，科斯特現在根本無心為這件事情做籌備，更別說登臺演唱。我不是要停止科斯特的演藝事業，而是在科斯特願意重新振作、將心思放回工作之前，讓他先休息一陣子。」

里斯嘆口氣，語帶無奈道：「石川，我跟你一樣關心那孩子，只是我願意給予機會，但現在科斯特他卻無法接受。」

石川放在桌面上的手指微微縮起，雙眸裡有著壓抑。他當然知道，比起其他經紀公司的做法，里斯已經算是很寬容了，只是他本來希望可以將演唱會當成讓科斯特重新振作的契機，但現在或許就如里斯所說的，不完美的表演反而會害了科斯特。

「石川，身為科斯特的專屬經紀人，你一直很盡心盡力，所以這段時間我不會安排你去負責其他藝人……但我也有所要求，你必須想辦法讓科斯特在最短的時間內振作。我的提議，你願意接受嗎？」

石川露出訝異的眼神，難以相信自己所聽見的話語，「BOSS……」

「我想你是接受了。」里斯微微一笑。

環視在場所有人，里斯做出總結：「那麼就這樣決定，五月的演唱會延期，場地與其他贊助廠商就由各位幫忙協調，在最短的時間內處理好這件事情。另外，除了現在正在進行的工作，科斯特先暫停接洽新工作，能夠延後的也將它延後，我想這點石川你應該可以做出最好的處理。」

石川認真應諾，表示自己會處理好這件事情。

里斯起身宣布：「以上，今天的會議到此結束。麻煩各位了。」

「是，BOSS。」

▲▲▲◎▼▼▼

客廳因為窗簾的緊閉而顯得一片陰灰，即便外面早已太陽高掛，但光線卻像是受到阻隔般的一絲光芒都透不進。

科斯特靠坐在沙發上，雖然面對前方，但眼裡卻像是看不見般的失焦空洞。櫃旁的地面散落著兩、三個像是被人狠狠砸壞的破碎小時鐘。

身子往旁邊傾斜，科斯特臥倒在沙發上，視線正好對上桌上的直立相片，相片的背景是盛開的大櫻花樹，櫻花樹下坐著兩個人，臉帶忍耐的自己，還有靠在自己身上像是睡著般的少女。

科斯特搓抹著鼻，卻還是止不住那股溢出的酸澀感。

他屈起身子，將頭埋進手臂裡，並用手掌覆蓋在耳朵上。

「明明都砸壞了，為什麼還聽得見……」

微弱且沙啞的聲音從嘴裡吐出，科斯特更用力的壓著耳，心裡不停的吶喊：「快停止！」以為砸壞了所有的時鐘他就可以不再聽見那聲音，世界可以靜止凝結，但沒想到他還是依然聽見那快讓他陷入瘋狂——時間流動的聲音。

即便沒有時鐘，卻還是清楚到彷彿就在他耳邊，細細的像是有人在呢喃，摻雜著電視壞掉的沙沙聲響，規律卻也令人痛恨。

「拜託快停止……」本來的尖銳喊聲變成了嗚咽哭求。

只要時間停止他就可以停止思考，腦袋裡不會一直輪迴播放那一天在靈堂上、那一天碧琳靠在他身旁過世，還有夢裡她不願回應的畫面。

五指扒抓揪緊胸口，科斯特緊閉著眼，低聲啜泣。

他真的快受不了，心的地方痛到快死掉卻毫無辦法停下這股疼痛。

「科斯特……」

耳邊突然傳來輕聲呢喃，聲音輕輕的喊了好幾聲，似乎還夾雜著擔憂的音調。

科斯特緩緩睜開眼，映入眼簾的身影讓他忍不住喊道：「碧琳……」

少女眨了眨眼，用著慣有的笑容望著他，並在沙發邊蹲下，伸手撫摸著他的髮。

科斯特鼻酸得厲害，他眨了眨眼，沒想到下一秒碧琳竟然像是幻影般的瞬間消失，取而代之是薇薇安擔心的臉。

「科斯特，你……還好嗎？」

遲疑的詢問傳來，科斯特卻像是遇到什麼難以承受的事情般，背過身面對椅背，雙手抱著頭縮成一團，不論薇薇安怎麼說，他就是不肯面對現實，只是一味的說著那句：「碧琳……哥哥好想妳……」

薇薇安心中感到難過，她知道今天是沒辦法和科斯特說上一句話，但她還是在咬了咬唇之後，開口說：「科斯特，抱歉，那天在片場我情緒失控，說了那種過分的話，我只是……只是希望你可以振作……」

一個禮拜前，她在拍攝現場因為科斯特的連連失誤而說了重話，還發脾氣的說自己「不拍了」，其實說完之後她自己也很不知所措，她只是希望科斯特可以不要將所有的心思都放在「難過」上，她只是希望他可以將一半的心情放在工作上，那麼就不會讓自己有那麼多時間去「感覺痛苦」。

碧琳的死對她的衝擊也很大，但她沒時間沉淪在那股悲傷的情緒裡，因為她知道身旁還有許多關心她、需要她的人，如果她只淪陷於悲傷而什麼都不管，那麼那些等待她的人一定會很困擾，她必須為她的專業負責。

或許，她真的過於嚴苛，要求當事人必須為自己需要做的事情負責，但她卻忽略了科斯特失去碧琳一定是比她的影響更大。

「是我沒細想清楚，就要求你必須跟我一樣為自身的專業負責，我向你道歉，但我還是希望你可以睜眼去看看你身旁的人，大家都很擔心你。」

薇薇安起身注視屈抱著自己不停低聲喃喃的身影，她明白自己應該點到為止，再說下去科斯特也不見得會聽進去。

薇薇安憂心的垂下眼，轉身離去。

在門板合上的前一刻，薇薇安聽見的依然是科斯特低喊著逝去之人名字的痛苦聲音。

站在走廊等待的石川一見薇薇安出來，便趕緊迎上前，臉帶歉意道：「薇薇安小姐，真抱歉，您特地到來，但科斯特卻沒能跟您說句話。」

「不，沒關係，我本來就只是來道歉的。還有石川，我也該向你說聲抱歉，我竟然對科斯特說了那種重話，我應該要顧慮他的心情才是……」

見薇薇安要彎腰道歉，石川趕緊伸手阻止：「不，該道歉的是我，是我沒讓科斯特在工作上好好表現，造成整個劇組還有您的困擾，薇薇安小姐您只是對您的專業負責，這是應該的。」

就算石川如此說，薇薇安的心情還是沒能放鬆。突然，她發現石川手上提著一個袋子，好奇問：「這是？」

順著薇薇安的視線一低頭，石川提了提手上的袋子，苦笑道：「給科斯特的晚餐。」

雖然科斯特一樣會出席工作場合，但只要一回到公寓就是這樣窩著不肯出門，石川一開始本來還勸著科斯特一起出門吃飯，只可惜科斯特不管如何勸，不是窩躺在床鋪就是沙發，像是把自己當成空氣般的動也不動。後來沒辦法，石川只能天天提著餐點來報到。

將餐點放在客廳的桌上，囑咐一聲「記得吃」之後就離開房間，等隔天石川再回來整理。

一開始連著三天，科斯特對放到面前的任何食物都未動筷，是石川心急下脫口一句：「碧琳如果看見你不吃不喝會有多傷心你到底知不知道！」結果隔天來整理時，他發現桌上的飯盒竟吃得精光。

一方面他覺得開心，至少科斯特肯吃飯了；一方面他又覺得難過，因為科斯特對碧琳的執著已經到了難以放下的地步。

薇薇安點頭，表示了解道：「原來如此，那快點拿進去給科斯特吧。」順便落下一聲道別，轉身離去。

「薇薇安小姐。」

薇薇安停下腳步，不解的回頭。

「這樣詢問或許有些冒昧，只是我很好奇，您看起來並不像與碧琳剛相識。」

那天他在喪禮上並沒有漏看，薇薇安並不像是替剛認識的人、或是因為是科斯特的妹妹才起的悲傷，反而是像失去多年好友般的悲痛。

薇薇安一愣，像是思考般的垂下頭，漂亮的唇形抿成一道下垂弧線。幾分鐘後，薇薇安重新抬頭對上石川的眼，聲音裡有著回憶般的悠遠，包含著苦澀：「小時候，在我還沒轉到菲爾特之前曾有想要放棄演戲的念頭，因為這工作對當時還是小孩子的我來說真的是個很大的負擔。然後那一天，我趁其他人不注意時從電視臺溜走，結果卻迷路了，我和碧琳就是在那一天認識的。」

回憶曾經，薇薇安露出淺笑，繼續道：「半天的相處讓我們變成了朋友，是她的鼓勵讓我覺得自己可以再繼續，若當時沒有遇見碧琳，或許我早就放棄演戲這條路了。」

她們立下了約定。

她答應她，只要她回到公園時就會見到她，並且當她一輩子的觀眾。

她答應她，一定會好好努力，讓自己成為電視上最耀眼的明星。

只是上天很殘忍，好不容易她與她重新相逢，卻又在下一秒讓她們用最殘酷的方式分別。

「那一天我和碧琳分開前，也有見到科斯特。或許因為當時科斯特和我只是一句話的交談，所以兩年多前在BOSS的安排下與科斯特重新見面時，科斯特並不記得我。」

石川沒想到薇薇安竟會和碧琳與科斯特有過這段淵源，這樣薇薇安的心情想必和科斯特是差不了多少，即使如此，她卻還是在眾人面前選擇用笑容來掩飾悲傷。

薇薇安垂下眼，輕聲說道：「我並不想用這件事情來拉近自己與科斯特的距離，所以就順其自然吧，等到他哪天自己稍稍的想起了片段記憶，那麼我就會完整的陳述給他聽，在這之前，石川你可別向科斯特說喔。」

石川一愣，微笑的點頭道：「我明白了。」

薇薇安扯出一抹甜笑，說了聲「工作上見」之後便重新走往電梯口，搭電梯前往樓下與江陵金會合。

目送薇薇安離去後，石川將視線移回到自己手上的提袋，抬了下肩膀，他打開了科斯特的屋門，進入屋內。

▲▲▲◎▼▼▼

伽米加一上線出現在公會大廳，正在和大白兔玩撲克牌的雙胞胎立刻扔下手裡的牌，噠噠噠的衝上前，抓著伽米加著急詢問：「伽米加哥哥，你怎麼到現在才上線呢？扉空哥哥還好嗎？」

那次幾乎把中央城全毀的冰花事件，身為事件關鍵人的扉空，官方體諒他是為了親人而一時衝動，所以做出了半年的暫時停權處分，也算是給其他玩家一個交代。

所以從那天之後，扉空就沒有再上線過。

至於青玉一樣沒再上線，少數知曉內情的人也一直保密，畢竟這件事情說出來不知道是好是壞，直到三個禮拜前伽米加上線帶來令人震撼的消息，大家才知道青玉竟然去世了，所有人都想去參加喪禮，但礙於扉空現實身分需要低調的關係，伽米加並未多做詳細的地點說明，只希望大家在心裡感念青玉便可——只要有那股心意，不管在哪裡都相同，青玉也一定能感受到。

至於波雨羽，伽米加則是約他私下談論，並告訴他青玉的喪禮地點，再怎麼說波雨羽都是扉空的摯友，若是能在喪禮上見到面，或許多少能安慰到扉空的心情，而他自己……是沒那資格再安慰扉空一句。

座敷童子的詢問讓伽米加喪氣的垂下頭，無奈道：「我想他還需要一段時間調適。」

「怎麼辦?扉空哥現在被停權，我們也沒辦法去安慰他。」杦木童子嘟著嘴，踢了踢鞋尖。

「青玉離世，扉空是需要時間調適。」荻莉麥亞來到雙胞胎身後，語重心長道：「只是不知道需要多少時間才能自己走出來。」

「除了等，我真想不到別的辦法了。」伽米加很苦悶。他很想幫忙，但卻不知道該怎麼幫。

「不，也許我們能再多加一個辦法。」

荻莉麥亞的話語讓伽米加一愣，座敷童子與杦木童子也抬起頭來望著比自己高上半倍身高的漂亮姐姐。

「荻莉麥亞妳有什麼好主意嗎?」與愛瑪尼一起走來的波雨羽好奇詢問。

明姬坐在木箱上，觀察被荻莉麥亞的話語吸去目光的其他會員，輕輕的轉著花傘。

荻莉麥亞瞧了愛瑪尼一眼，看著對方眼裡的呆愣笑了笑，說出自己的想法：「我們不需要環繞在扉空身旁強迫他面對陽光，只須為他做到身為他的同伴的我們能做到的事情。在停權的這段時間，遊戲裡的我們能為他做些什麼?而現實有能力陪伴在他身旁的人，又能做到些什麼?」

荻莉麥亞露出堅定的眼神，繼續道：「面對別人的流言蜚語，我們是要悶不吭聲，還是替扉空說話？為了扉空，每個人可以付出到什麼地步？還有，我們要如何替青玉保護她直到臨終前都一直放在心上的兄長？」

「沒錯，我們沒有龐大的人數，無法去抗衡巨大的輿論，但我們還是可以從小地方做起，去推翻那些傷害扉空的言語……」荻莉麥亞咬了咬脣，指腹靠在脣下道：「如果能有個推行的契機更好，只要扉空願意踏出第一步，那麼接下來他一定能靠自己走出來。只不過，我們該讓誰來推這一把？我們需要一個扉空信任、且願意聽進那人所說的話語的人。」

「伽米加呢？和扉空一開始就認識，也知道扉空在現實的身分不是嗎？」天戀傳來發問。

「不……」伽米加頭痛的搔了搔額，皺眉道：「現在的我對扉空來講已經變成最不信任的人，所以這件事我想我去了不只會失敗，還會超級反效果，把扉空越推越深就該死了。」

「那……會長呢？」水諸遲疑的詢問。

「如果我的出現不會打擾到扉空，我當然樂意。我想想，向學校方面請兩個月的長假搬到A市去，然後每天去突襲拜訪……」

「你是打算三科必修都因出席率不足被當掉是不是？」

明姬的冷冷吐槽中斷波雨羽數手指的動作，只見波雨羽本來還很樂的表情瞬間垮了下來，灰溜溜的摸了摸鼻子。

「如果伽米加和會長都不行，那還有誰能幫忙？」

眾人面面相覷，有誰是現實中也認識扉空，或是扉空願意信任的人，他們可真想不出一個好人選。

而在眾人苦思討論時，座敷童子將柊木童子一把拉到角落，坐在地上的大白兔也跟著站起，晃著大耳走到兩人身旁蹲著，兩人一兔形成了一個神秘的鐵三角。

「柊木，你覺得請萱媽媽幫忙怎麼樣？萱媽媽那麼溫柔，大家都很聽她的話，如果是她來和扉空哥哥說說，你覺得扉空哥哥會不會聽呢？」座敷童子壓低聲音問。

「萱媽媽嗎？」柊木童子驚訝的眨了眨眼，隨後托著下巴思考道：「確實萱媽媽說話大家都會聽，不過那是因為院長教我們要聽大人的話，扉空哥都是成年人了，萱媽媽說的話他肯聽嗎？而且……萱媽媽在現實中根本不認識扉空哥吧。」要一個在遊戲上只有過一面之談的人去勸解，他並不覺得扉空會接受。更別說扉空本身有極高的警覺心，要他跟不認識的人見面根本不可能。

「但我們總得試試不是嗎？不然就是請萱媽媽帶扉空哥哥來見我們，讓我們來安慰他！」

聽著座敷童子有氣勢的發言，柊木童子驚愣，皺眉道：「這可能嗎？」

「不然你自己說，你不想和扉空哥哥見見面嗎？」一手扠腰，一手用著快要戳到的距離指著柊木童子的鼻尖，座敷童子抬高下巴，睨視著問。

「誰說我不想！如果扉空哥肯來，當然要見面！」柊木童子趕緊反駁。

「那就這麼決定了，我馬上發訊請萱媽媽幫忙，她好像和官方很熟，順利的話應該可以在現實聯絡到扉空哥哥。」

宣布完，座敷童子立刻叫出影像通訊面板，在影像接通後，她一邊注意大廳中央還在苦思的大人們，一邊小聲的向影像裡的王者做出請求。只見王者轉頭詢問了影像外的某個人，與對方交談了幾句之後，終於點頭答應座敷童子的願望。

「我會想辦法聯絡到扉空，只是他願不願意和我見面就是他的個人意願了。」

聽見回答，枕木童子瞬間抓著座敷童子的手，整張臉擠到通訊影像前，激動道：「王者哥哥願意幫忙嗎？太好了！謝謝你！」

「矮額！」用力搶回自己的手，座敷童子對枕木童子吐了吐舌，再轉頭重新面對影像時又變回原有的甜甜笑容，乖巧的道謝：「謝謝你，王者哥哥。」

「不，不會，畢竟那次之後我也有點擔心扉空的狀況，剛好你們提起，我就順水推舟。下個月我要去院所之前會邀請他同行，順利的話你們應該能在那天見到面。」

「嗯！」座敷童子用力點了頭，再次感激的道了聲謝後，她關掉影像，起身拍了拍裙子。

「那要和他們說嗎？」枕木童子撐膝站起，指著正在集思廣益的人群。

「還是先說吧，不然看他們一直想也挺可憐的，你看，羽哥哥都跟明姬姐姐起爭執了。」

順著座敷童子的手指望去，只見波雨羽正嚷嚷著：「就算被當也不能不管扉空！」而不知何時從木箱上來到眾人聚集地盤的明姬，則是抽出西洋劍指著他，冷道：「在班長面前堂而皇之的說想蹺課，你可真有膽！」

兩人一副快打起來的模樣讓旁人趕緊出手勸止。

雙胞胎互看一眼，同時聳了聳肩。有時候他們覺得其實大人真的比不上小孩子聰明。

「大家——」座敷童子單腳蹺起用力的朝大廳的人揮了揮手，在眾人將視線放來她身上時，座敷童子舉起雙手比出了兔耳手勢，露出笑容說：「有個人願意幫忙試試看了！」

▶▶Loading...

第四伺服器

# 他們所能做的……

Create Dream Online

「OK！那麼今天就到這裡結束，大家辛苦了！」

「辛苦了！」

原本坐在監看螢幕前的男子起身向工作人員道別，與助理一起離開攝影棚，但就在男子剛踏出門的那一刻，身旁立刻傳來了喚住他腳步的喊聲。

「林製作。」一直在門外等待的石川快步上前，「真是不好意思，上次科斯特遲遲無法進入狀況，給各位添了麻煩。」語畢，他趕緊彎腰致歉。

林製作皺起眉，搓了搓額，不耐道：「我是不知道你們菲爾特是怎麼一回事，當初是你們向我力薦科斯特，但老實講那一整天下來的合作讓我很不愉快，只是幾句臺詞有那麼難處理？我要的是一個足以吸引觀眾的專業表情與肢體動作，不是一個難看的苦瓜臉和不知道神遊到哪裡去的情緒，我不是來浪費工作時間的你明白嗎？」

「是、我明白，真的很抱歉。」石川再度鞠躬道歉：「還請您看在科斯特是因為剛辦完親人喪禮而情緒深受影響的分上多多包涵。我有向科斯特說過了，他也對自己當時的失誤深感歉意……」

「那麼他人呢？」

石川一愣，只見林製作無奈的搖頭，扠腰的手攤了攤，道：「如果他真的是個為自己工作專業負責的人，就應該自己來道歉，而不是讓經紀人過來替他收拾爛攤子。」

「科斯特本來想來的，只是工作……」

林製作舉起併攏的五指擋在石川面前，阻止石川再繼續說下去，「我不想再繼續浪費時間討論這些沒意義的事情，我換掉模特兒，就這麼簡單，你也別再浪費時間了，請回吧。」

林製作毫無繼續談論的意願，和助理一起快步離開，即便石川在後方追著喊，也不再停下腳步。就這樣，石川只能眼睜睜看著對方強硬離去，今日來一趟，卻是白跑。

帶著失望，石川走出建築物，回到自己的車內，隱隱作疼的腹部讓他直接拿起置物箱裡的胃藥就吞了一顆。

待疼痛稍稍和緩了些，石川朝方向盤狠拍一掌，煩躁的窩趴靠上。

這已經是他這幾天來不知道跑的第幾個地方了，結果卻都一樣，毫無改變。

有時候他真想乾脆就這樣算了，因為他自己也已經快要精疲力盡。

可是只要想起碧琳，想起因為失去碧琳而失常的科斯特，他就是無法放下。

「再撐一下、就再撐一下，現在只有你可以幫科斯特。」對自己碎碎唸了幾句打氣，石川從副駕駛座前方的置物櫃裡拿出一個黑色的隨身碟緊握在手裡，「如果沒辦法讓科斯特看見，那麼根本就沒意義了。」

像是下定決心般的深吸口氣，石川重新穩定心神，將隨身碟放進自己胸前的口袋裡，掏出鑰匙插進鑰匙孔裡發動車子，小小的說聲「別放棄」之後，又繼續開車前往下個目的地。

▲▲▲◎▼▼▼

門板傳來兩聲輕敲，女子開門走進辦公室。

「BOSS。」女子走上前，將手上捧著的好幾份資料夾放在里斯面前，報告：「這是這兩週菲爾特各部門運作的進度，包括藝人們目前的人氣狀況分析，以及近期內安排的各個活動企劃。」

「我知道了。」拿起最上面的資料夾隨手翻了幾頁，里斯像是突然想到什麼般，抬頭詢問女子：「對了，最近媒體的動向如何？」

女子明白里斯問的是什麼，臉色凝重的回答：「話題依然未消退，畢竟之前碧琳．桑納在媒體的認知裡原本是被隱匿起來、不存在的人，沒有人提起，也沒有人發現，只是不知道從哪裡流出的消息讓記者發現碧琳的喪禮，而科斯特的名氣又正要推上高峰，因此現在大家的焦點全放在碧琳為何長期住院，以及科斯特為何要特意隱瞞有妹妹的這件事情上。」

里斯皺起眉，往後靠上椅背，「消息有可能是公司內部的人流出去的嗎？」

「可能性很大，只是不知道是有意還是無心。」

有可能是忌妒科斯特才華的藝人，從收到喪禮通知的員工那裡得知消息，特地告訴記者；當然也有可能是收到喪禮通知的人，在與人交談時不小心流出。這種事情在演藝圈可是屢見不鮮。

「查出消息是從誰那裡流出，然後向我報告，我再決定懲處。」身為經紀公司的老闆，至少得捍衛每位藝人的權利，科斯特一直希望可以低調處理，結果卻變成這副模樣，還牽扯到死者就不應該了。更別說現在菲爾特的聲勢連帶受到影響。

「另外，我認為現在應該趕緊壓下那些輿論。」女子分析道：「再這樣下去，也許科斯特離家出走的事情以及他過往的親人，都有可能會被媒體挖出攤在陽光底下。」

里斯明白女子的擔憂。現在繞著碧琳的話題打轉，難保最後記者不會連科斯特的身世都翻出來，到時候要收拾就難上加難，支持者或許會因為這件事情而對科斯特的品行有所懷疑，到時科斯特肯定會受到二度傷害——畢竟這種家事並不適合公開講。

「記者往往都只想製造話題，我認為現在應該讓科斯特出面澄清，不需要多說，只要讓媒體的焦點停在目前的議題上便可。」女子提出解決方案。

「妳是說……辦記者會？」里斯摸著下巴思考這方案的可能性。

「是的。」女子點了頭，繼續道：「現在許多人對事情原貌都是揣測狀態，大家都希望當事人出面解釋，所以我們就安排一場澄清記者會，科斯特只需要交代出碧琳身體不好，以及不想讓她因為自己的身分受到打擾、好好靜養這件事情，其他的不必多說，只要現在記者討論的點在世人眼裡已經得到解釋、緩解，那麼或許對科斯特的形象反而會有所提升。他不是為了自己，而是為了妹妹付出的好哥哥，不是嗎？」

「雖然是事實，但這時候還讓科斯特到媒體面前接受酷刑式的提問，總覺得有些不忍。」雖然這是現在唯一的解決方法，但里斯還是有些無法接受。

「記者的提問若是超過範圍，那麼就請石川先生帶過，石川先生很聰明，他會應付的。」

石川確實是會應付這種場面沒錯，但最近科斯特的情況也讓他夠忙了，雖然當事人沒說，但他都知道石川現在是四處跑著向那些廠商道歉，只希望可以挽回科斯特的工作機會，停止那些傷害科斯特的流言。

——總覺得只讓石川和科斯特去承擔這責任有些不妥。

里斯想了想，道：「我看我也一起出席好了。」

女子一瞬間露出訝異的目光，但隨即就平靜下來，思考著說：「如果菲爾特經紀公司的負責人一起出席，大眾的信任感會提升不少，是有所助益。」

里斯露出苦笑道：「只有利益啊……」

「要經營經紀公司，過於感情用事可不好。」女子理性的說完，掏出一本記事本將結論記下，最後道：「那麼我立刻去安排記者會的地點與時間。」

「麻煩妳了。」

女子彎腰致意，隨後轉身離去，在門板合上之後，辦公室裡再度剩下里斯一人。

里斯深吸口氣，起身眺望落地窗外的風景。辦公室所在的樓層足以看見許多建築在他眼下高低分布，陽光透過縫隙灑下如絲綢般的光，遠處建築上的巨型螢幕正在播放變動字體的影像。

繁華的城市，卻也令人喘不過氣。

「感情用事是嗎……」

里斯落下一聲嘆息，回頭拿起桌上放置的相框，相框裡是一名約十六來歲的少女，少女身著一襲搖滾服裝在舞臺上高歌，從相片的角度來看應該是從舞臺下舉著相機拍攝的。

「不過這可怎麼辦？看見和妳一樣倔強的孩子就會忍不住多關心一點。」里斯放下相框，聲音裡有著懷念：「和妳一樣的才華，要是就這麼放棄了不是太可惜了？如果妳還在，也會和我做出一樣的決定，對吧？」

▲▲▲◎▼▼▼

黃昏時分，回到公寓的石川停好車子，提著便當下車鎖上車門，搭電梯一路回到他與科斯特所住的樓層。

一踏出電梯，映入眼簾的身影讓石川先是意外的一愣，隨後他快步來到站在科斯特屋門外，一手放在門鈴上卻沒勇氣按下的夜景項身旁。

「夜導演！您怎麼來了？」

夜景項聽見聲音，驚覺的轉頭，張開的嘴在遲疑了幾秒後才道：「呃、嗯……抱歉突然來訪，因為我有點擔心科斯特的狀況……」

「真的非常抱歉，明天的拍攝我一定會好好勸科斯特專心點，造成夜導演您與劇組的困擾真的非常對不起！」

趕緊扶住九十度鞠躬彎腰、不停述說歉意的石川，夜景項慌忙道：「我沒有任何責怪的意思，你別太緊張……」向來敏銳的他察覺石川明顯憔悴的臉色，皺著眉，突然轉開話題：「石川先生，你要不要先去休息一下？我看你的精神似乎不太好。」

石川一愣，摘下眼鏡用手掌抹了抹臉，再重新戴上眼鏡，苦笑道：「今天去拜訪的地方多了一些……謝謝您的關心，我還可以，況且晚餐也要給科斯特才行……」

「我看就由我拿給他吧。」在石川錯愕的視線下，夜景項直接接過他手上的便當，表情嚴肅道：「你還是先回去休息吧，不然倒下了該怎麼辦？別忘了現在科斯特還需要你陪在身旁。」

他看石川的臉色是真的很不好，他想應該是為了科斯特的工作東奔西跑才弄成這樣，而且還要花時間照顧科斯特，這可真是他看過最盡職的經紀人了，只不過對方很不會照料自己。

「這怎麼可以，太麻煩導演您了……」

「讓演員保持在良好狀態下進行拍攝，也是我這導演該做的事情。放心吧，如果科斯特有失控狀態我會先落跑逃命，況且有些話我也想和科斯特單獨聊聊。」特意放鬆語氣說道，夜景項說服石川替他打開科斯特的屋門鎖。

「夜導演，晚餐您只需要放在桌上，如果可以的話請盡量別提到碧琳，還有……」石川收回鑰匙，壓下門把將門開了一小縫，擔心的交代：「如果科斯特有任何情緒上的失控，請立刻離開，然後到隔壁房通知我一聲，我會馬上出來處理。」

「我知道了。」點頭表示了解，夜景項取代石川原本的位置開門進屋。

輕輕帶上門，陰暗的室內和久未日照的霉味讓夜景項皺起眉。

「怎麼弄成這個樣子……」

夕陽的光被擋在窗簾外，導致室內布滿詭譎的影子，夜景項下意識的往旁邊的牆壁探摸，打開了電燈，只是這一打開卻讓他嚇了一跳。

在他的腳前有一塊破碎的塑膠片，再仔細一瞧，櫃邊、桌邊也都有幾塊不同材質的碎片，他想應該有什麼東西破掉，而石川在打掃時卻遺漏了。

環視客廳，夜景項並沒有看見科斯特。他蹲下身撿起地上大大小小的碎片，與便當一起放在客廳的桌上，然後走到窗簾前。

「總得打開窗簾吧，不然沒病都悶出病了。」

碎碎唸完，夜景項雙手抓住兩邊布片，正要拉開時，一隻手卻從旁探出抓住夜景項的手，狠狠的將夜景項推到旁邊。

腳步踉蹌之後又站穩，夜景項看見來人，訝異的喊了聲：「科斯特？！」

科斯特將開了縫的窗簾用力拉回，抓著布的手因為過於出力而發抖，許久之後他才重新鬆開手，轉身走往自己的房間。

「等一下，科斯特！」夜景項趕緊繞到科斯特面前擋住他的去路。

見自己要走的路向無法行走，科斯特腳步往右挪移，只是沒想到夜景項居然也跟著移動，徹底擋住他的路線。

「滾。」低啞的聲音從科斯特的喉頭中壓抑吐出。

雖然夜景項因為這不正常的沙啞聲音顯得一愣，但隨即回神道：「我有話要跟你說……」

才剛說完，衣領突然一緊，一個衝擊撞來，夜景項整個人被壓倒在地，視線觸及一旁的地板，只見地上竟是散落著一張張被狠狠砸碎的專輯，而在那些透明材質的碎片裡，可見幾張燙印著漂亮少年身形的封面紙。

夜景項不知道該怎麼形容心裡的衝擊，他不懂，到底是怎樣的心理狀態才能把自己辛苦累積的作品砸得稀巴爛。

「離開，我和碧琳……的家……」

幾近咬牙的話語從科斯特的嘴裡擠出，凌亂的髮絲垂在眼前，遮掩住他的表情。

——才幾天不見怎麼就變成這樣了？

他因為顧慮科斯特的心情才特地將拍攝進度往後延，想給科斯特一小段緩衝時間，誰知道這段時間卻是讓科斯特的心理狀況嚴重到這種地步。更讓人感到不可思議的是石川居然忍得住，還一邊跑工作、一邊照顧這樣的人。

「科斯特，我有話想跟你說……」

夜景項還是企圖以安撫為先，然而科斯特根本聽不進他的話，只是一味的狠語威脅：「離開！滾！」

「科斯特……」

「給我滾！不准來打擾我和碧琳！」

沒來由的一股火冒上來，夜景項瞬間出手抓住科斯特扯住自己衣領的雙手，用力往旁邊一個側翻身，手也順勢一甩，在科斯特因為不穩而跌撞在沙發旁時，夜景項也在下一秒抓住科斯特的雙手，將他壓制在沙發上。

「你到底要發瘋到什麼程度才甘心！你到底要遮住你的眼睛耳朵不去看不去聽到什麼樣的程度才滿意！」

夜景項的憤怒大吼讓科斯特像是被嚇到般的忘了掙扎。

——別去聽，別去看。

「一堆人為你絞盡腦汁的替你的爛攤子收尾，而你這段日子在做什麼？」

——這樣時間才會停止流動，碧琳才會在我眼前不再離開。

「像個小孩子一樣隨自己的心意亂發脾氣，把自己關進自己的假想世界，騙自己死掉的人還在，騙自己還活在過去的時光裡，你到底要鬧到什麼時候！」

從垂下的髮絲間望去，科斯特聽不見夜景項的叫罵，只看見了在夜景項身後佇立著的少女。

──這些人都想拆散我們，我不會……絕對不會再讓任何人將我們分開……

「你到底還要讓我們這些人替你擔心到什麼時候！到底要讓碧琳連死後都替你擔心到什麼時候！」

深沉的字詞讓科斯特的心臟猛然一顫，少女從自己眼前消失，數個禮拜前的喪禮畫面重新衝擊腦海，科斯特克制不住全身發抖。

他想要忘記……

「來拍照吧，哥哥。難得來到了這裡，應該要留下的……哥哥和我一起來過這裡的證明。」

他一直努力的想要忘記……

「哥哥，這輩子……我最喜歡你了。」

他一直努力的想要忘記，就算自己再怎麼努力也敵不過命運的事實，想忘記碧琳早已經離他而去的事實。

「……不然你要我怎麼辦……」

低啞的聲音讓夜景項從憤怒中回神。

科斯特狠狠撞開夜景項的手，咬著牙一字一句：「再繼續面對現實我真的會受不了，只要看見任何相關的東西我就會想起以前被那傢伙往死裡打的時候、想起失去碧琳的當時，所有的東西都讓我厭惡，尤其是感受到一天過一天、那噁心的時間一直不停的走著我就……」科斯特的十指陷進髮絲裡，屈腳縮著，低吼：「我真的受不了、真的……真的快瘋了你知不知道！」

他一直想要忘記，一直想要欺騙自己，但旁人卻一直提醒他面對現實，他們只會說「節哀」，但他們不知道，這種痛根本無法自我停止。

他痛到快要喘不過氣，但他們還是一直強迫他面對現實。

「就算是這樣，你還是要往前走。」

「你會說這種話是因為你沒有『失去』過！」科斯特扯出一抹扭曲且諷刺的笑，「你們總說能理解，但其實你們根本無法理解！你們總說你們感同身受，但沒失去過的你們又怎麼會懂！」

夜景項的表情變得難看。

他無法反駁科斯特的話語，確實，不是當事人，始終無法站在當事人的立場說自己能完整的感同身受。但就算是這樣，也不能拿來當成任意妄為的藉口。

抓著扶手從地上爬著站起，科斯特往後跌摔坐上沙發。

「我會盡量讓自己在拍攝的時候做好本分，你也別再來了，我跟你沒什麼好說。」

「……123、123，這東西應該能錄吧？」

突然出現的耳熟聲音讓科斯特身子一僵，他轉頭望去，只見夜景項正拿著一個小型播放器，他剛剛聽見的聲音繼續從播放器傳出，說出下一句話——

「那就我打前鋒……那個……扉空，是我，波雨羽，你……過得還好嗎？……啊啊、抱歉，問了個蠢問題，上一句你可以當作沒聽見，不過下一句你可要好好聽喔。」

聲音停頓了一下，然後又繼續說：「扉空，我知道你這段時間很不好過，就算如此，我還是希望你知道，不管有多難過，這次我再也不會放你一個人獨自承擔，只要你需要，我就算冒著被教授當掉所有課程的風險，也一定會趕到你身邊……」

「所有人都很擔心你，就算無法見面也拚命的想辦法想要表達自己的心意，在你看不見的地方，他們用自己的方式在保護你。」

夜景項起身走向科斯特，而科斯特則是一臉狼狽的別過頭，雙手緊緊互握。

——別再聽、別再看。

科斯特心裡不停的咆哮叫喊，卻還是無法阻止從播放器傳出的聲音入耳，那是與剛剛截然不同的聲音。

「接下來換我，哈囉～扉空，是我，天戀。因為你現在沒辦法上線，所以我們在討論之後，就決定用這種方式來讓你聽見我們想說的話。扉空，我們都一直在等你回來，所以這半年絕對不能把我們忘了，一定、一定要回來《創世記典》，好嗎？」

心中湧現想要回應的情緒，但科斯特只能用力壓下那股酸楚，忍耐著。

「還有我們、還有我們！扉空哥哥，接下來是我和枝木的《兔兔跳》合唱時間，你要好好聽喔，絕對絕對不能半路卡掉，不然枝木會哭哭……」

「誰會哭啊！」

雙胞胎的拌嘴依然沒有少，不過這次卻是知道時間寶貴，僅爭吵了一句就開始搖籃曲的合唱，一開始似乎是因為氣氛不佳合得有些落拍，但後來就越唱越起勁，只是不知道為什麼總有幾聲詭異的合音夾雜在歌聲裡。

將播放器放在桌面，夜景項垂下眼。

「這是我們唯一能想到，讓你聽見我們對你的關心的辦法，算我拜託你……拜託你把那些人的話好好聽完。他們怎麼說、有多擔心你，你用你的耳朵自己聽聽。」

桌上的播放器還在繼續播放下一個人的話語，夾雜其中的是夜景項離去的沉重步伐，接著是門板開啟又重新合上的聲音。

不知道播放到第幾個人，也不知道那些人說了多少話，科斯特的眼終於顫動著抬起，紅著的眼眶印證自己並不是不為所動。

他想要關掉那播放的聲音，只是下一個人卻讓他的手指停在半空。

「扉空。」

那是比波雨羽還要令他熟悉的聲音，從他剛進入遊戲時，就一直陪伴在他身邊、走過無數路程的獸人。

雙眼下意識的望向門口，夜景項離去的腳步聲似乎還環繞耳邊。

「我知道你並不想聽見我說話，但我實在想不出什麼更好的方法來向你解釋，我想，就算我在現實跟你說，你也不見得會聽，但如果這段錄音你已經聽到這裡，那麼拜託你再多花一點點時間聽完。」

「我很抱歉，讓你覺得受到欺騙。我知道就算我解釋得再多，也不能掩蓋我知道你的現實身分，卻沒有向你坦白的這個事實。但扉空，我是真的……真的打從心底把你當成朋友。」

科斯特一把抓起播放器本想扔出去，只是手到半空卻像是被什麼東西扯住般的僵在那裡。咬了咬唇，他最後還是作罷的垂下手，縮起腳倒臥在沙發上。

「我希望你過得好是真的，我明白你很痛苦很難過，你需要時間去走過，只是，在你痛苦到不想面對的時候，我希望你可以想想其他人，想想他們對你的關心……」

將頭埋進雙臂裡，科斯特闔上眼，聲音還在持續播放，他卻沒再將播放器從手上鬆開，而是握在掌心裡，靜靜的聽著。

▲▲▲◎▼▼▼

夜景項坐在監控螢幕前，目視著螢幕裡男女的一舉一動——

少年眼裡藏著對少女的愛慕，並摘下了路邊的多瓣小花遞給少女；少女一臉羞怯的表情接下，眼裡帶著的是與少年相同的情感，對話在濃情密意間綻放，然後，少女幸福的笑了。

「卡！」

一聲嘹亮的中止喊出，在場所有工作人員紛紛給予熱烈的鼓掌，為進行了半年多的《月華夜》拍攝作業正式劃下句點。

「科斯特這兩個禮拜來的表現和之前完全不一樣，不只沒有分心，連NG也幾乎沒發生，如果之前也是這樣，說不定我們現在連殺青宴都辦完了。」女助導看著遠處的兩人，打趣道。

「之前他有自己的關要熬，只要跨過就是好。」雖然夜景項嘴裡這麼說著，但眼裡可不見輕鬆，眉頭反而不解的皺起。

雖然科斯特這兩個禮拜的配合度極高，也完全沒有再於拍戲中分神，但不知道為什麼，他總覺得不太對勁。

遠處的薇薇安正接過江陵金遞來的水瓶，只是卻沒喝上一口，而是不安的摩娑著瓶身，眼神左右飄移，最後定在身旁少年的臉上，她道：「科斯特，這段時間謝謝你的照顧。」

兩個禮拜前《月華夜》的拍攝繼續進行，那也是她在與科斯特說了那些重話後第一次談上話，她再次向科斯特為自己的失言道歉，而科斯特卻是露出溫柔的微笑要她別放在心上。雖然科斯特的態度讓她感到意外，但伴隨著開心而來的卻是一股違和感，只是她也想不出到底是哪裡不對勁。

科斯特在對戲時幾乎零誤差，非常完美的融入吉詠夜這個角色裡，只是這樣的完美卻有股隱隱的詭異。

然後有個想法竄進她的腦袋裡——科斯特變得很奇怪。

「不，我才是。」科斯特露出微笑回應。

薇薇安頓時一愣，眉頭因心裡再度竄升的不安而皺起，當她正要開口再說話，石川卻在此時上前和科斯特說了幾句，只見科斯特的臉色突然黯淡下來，變回之前她所見的冷漠，然後跟在石川身後一起走往休息區。

在科斯特經過身旁時，夜景項出聲喊住對方。

科斯特雖然停下腳步，卻沒有回過頭，反倒是石川趕緊上前致意。

「夜導演，真的非常感謝您這段日子對科斯特的照顧與提拔，未來若有機會再次合作，也麻煩您繼續提點。」

夜景項擺了擺手，趕緊道：「不，這齣戲能拍攝完成也多虧了你們的配合。對了，後天的殺青宴，石川先生你也一起來吧。」

聽見邀約，石川苦笑婉拒：「很感謝夜導演您的邀請，不過很不巧，後天我和科斯特都無法出席。」

夜景項露出訝異的詢問表情。

石川正要說出理由，科斯特卻回頭來到他身旁，打斷他即將脫口而出的話語。

「石川，會趕不上準備。」

石川一愣，看一下手錶，眼見預定時間快到了，石川趕緊向夜景項賠了聲不是，並落下道別後，兩人往停車處走去。

看著逐漸遠走的背影，夜景項心裡的不安沒來由的擴大，明知道有某處不對勁，卻沒能邁出腳步去阻擋科斯特的路，詢問他的心思。

「導演。」

身後傳來的聲音抽回夜景項的心神，他回身面對薇薇安與江陵金。

只見薇薇安露出笑容道：「這段時間很謝謝導演的指點，希望下一次還有機會可以和導演您合作。」

「別這麼說，妳的表現也讓我相當的滿意，年紀輕輕就有如此精湛的演技，未來想必不可限量。」

聽見稱讚，薇薇安的笑容更加燦爛，剛要說出道謝的話語，夜景項卻在下一刻傳來了另一句詢問：「對了，薇薇安，我方便問一下嗎？」

「是？」

「石川和科斯特後天似乎不能一起來殺青宴，科斯特是有排定什麼工作嗎？」

「……科斯特嗎？」薇薇安眨了眨眼，和江陵金互看一眼，隨後想了想，道：「這樣的話好像是後天下午要舉辦……」

「舉辦？」

薇薇安點了點頭，露出有些苦澀的表情：「嗯，是關於最近媒體報導科斯特那些延伸話題的澄清記者會。」

▶▶Loading...

## 第五伺服器

# 失語。不唱了。

Create Dream Online

推開玻璃門，李孝萱走進書店，將提著的紙袋放上櫃檯。

李爸將書本與零錢遞給等待的客人，並道聲謝。目送客人離去後，他拿過紙袋打開來看，朝左邊書櫃與書櫃間的走道喊道：「老婆，孝萱把東西拿過來囉！」

不久後，李媽來到櫃檯，從紙袋裡取出兩盒用保鮮盒裝著、切得漂亮的綜合水果片，笑著對自家女兒道：「謝謝妳吶，孝萱。妳爸就是不吃水果不行，林阿姨家的水果攤沒開，讓妳跑這一趟。」

「無所謂，只要不是編輯打電話來的催稿時段就沒問題。對了，那傢伙工作表現如何？」

李媽一愣，曖昧的笑了，「妳在擔心我們苛待他嗎？」

「才沒有！」李孝萱皺眉反駁，只是這反駁還是無法掩飾臉頰浮上的些微紅暈。

「那孩子挺努力的，讓我們兩老省了不少腰痠背痛的機會，不管是搬重物還是上架都搶著做。年輕人就是體力這點好，我和妳媽現在只要坐在這裡吃東西等收錢就好，輕鬆很多呢！」李爸手靠在嘴邊小聲道。

「你之前還拿電蚊拍嚇人家不是嗎？」李孝萱白了他一眼。

「哎呀，那時候剛好在客廳打蚊子，妳媽說要去看看你們醒了沒，就這樣順手拿上去了。」李爸擺手，笑得有趣：「不過那小子也太單純了吧，我和妳媽關店回到家，一下就看到放在玄關的鞋子，那鞋子不可能是女生穿的，我和妳媽本來還樂得想說妳終於進展到明年可以讓我們兩老抱外孫的階段，誰知道妳和那小子八字都還沒一撇。嘖，進度真慢。」

「你心裡就只想抱外孫，怎麼不跟老媽再生一個？」李孝萱撇嘴道。

李爸一把抓過李媽，哈哈笑道：「我肯，妳媽不肯啊！她說再生一個她就忙著顧小孩不用管書店了。」

朝抓在自己手臂上的手拍了一掌，李媽瞪了眼身旁的丈夫，怪叫：「你跟你女兒說什麼胡話呀！」隨後她將一盒保鮮盒遞給李孝萱，指著中央兩個書櫃並排的走道，說：「把這一盒給智元吃吧，讓他先休息一下。」

「妳拿給他不就好了。」

「他是妳男朋友不是嗎？拿個水果害羞什麼。吶，快拿去。」將保鮮盒塞進李孝萱懷裡，李媽推著李孝萱來到中央走道前，拍拍她的背，「好好加油，把握機會。」

「我才……」

很可惜，李媽連聽女兒的辯駁都沒有，逕自樂得和丈夫你一口我一口的互餵水果去了。

李孝萱無言的看了看手上的保鮮盒，嘆口氣，終於走進書櫃並排而成的中央走道。

幾名男女正拿起架上的書本翻看封底的內容簡介，其中一位更是捧著整套漫畫書籍與她擦肩而過，朝櫃檯的方向結帳去。盡頭，她看見正站在三階階梯椅上、將懷中的一疊書本一本一本放進書架裡的楊智元。

李孝萱來到階梯椅旁邊，楊智元還專注在將書架挪出一個可放進書本的空位。

想了想，李孝萱仰起頭，低喊了聲：「Comet storm strike（彗星連擊）！」

突如其來的話音，讓楊智元受到驚嚇的晃了晃腳。

眼見楊智元快要摔下來，李孝萱趕緊出手扯住楊智元的褲管穩住平衡，而楊智元也順勢彎腰扶撐在李孝萱的肩膀上。雙方互扶的動作終於避免差點失衡的狀況。

抱著書，楊智元心有餘悸的喘了幾口氣，低頭一看，恰巧和抬頭的李孝萱對上視線。他先是一愣，隨後雙眼一轉，意識到自己剛剛撐扶的物體竟是李孝萱的肩膀後，他趕緊鬆開手。

「抱、抱歉！」

比起楊智元慌慌張張的樣子，李孝萱倒是冷靜的鬆開抓著褲管的手，手指比了個「七」作勢朝楊智元開了一槍，道：「危機意識不足，你在工作時也神遊到《創世記典》去了嗎？」

「才沒有，我很認真！」小聲的反駁完，楊智元踏著階梯回到地面，「誰叫妳突然喊招式名字，害我以為子彈又要打過來了。」

「那就是神遊。」

「才不是。」剛將階梯椅重新固定好位子，楊智元再次踏上階梯，只是到最上層時，腳邊卻突然傳來李孝萱的喊聲，他低頭，見梯面多了一盒保鮮盒。

「水果，我媽讓你休息十分鐘。」

楊智元呆愣的眨了眨眼，再次下階梯回到地面，將書本暫放在旁邊的書堆上，拿起保鮮盒打開，只見盒內靜躺著各種造型的水果切片和一根小叉子，楊智元訝異問：「妳切的？」

「不是。」

李孝萱撇嘴說出像是撇清的話語，但接下來的補述卻讓楊智元不自覺的笑了。

「是用鐵模壓出來的，很容易弄。」

「那就是妳切的。很可愛。」

李孝萱一時反應不過來，瞪大眼反問：「什麼？」

「我說水果切成這樣很可愛，很像妳的風格。」楊智元叉起一片星星西瓜，輕晃，笑道。

李孝萱微微撇開眼，突然，大腿不知道被什麼東西一撞，她錯愕的往前跌。

「小心！」

耳邊傳來耳熟的語調，身子不知道被誰撐住，當她回神時，占據視線的是一抹熟悉的白——楊智元一手端高保鮮盒，一手則是放在她的腰上，而她正靠在楊智元懷裡。

很明顯的，是楊智元接住了她。

臉上有股熱意，李孝萱趕緊後退拉開自己和楊智元的距離，小小聲的說了句「謝謝」後，她抓著包包的細帶，轉身快步從幾名顧客身旁擦身離去。

心臟跳得快，耳根的熱意讓李孝萱伸手壓著，希望自己低溫的手掌可以消退這股騷動。

——他，應該沒看到吧？

——如果被看到這臉紅的樣子，那會有多丟臉……

正當李孝萱要離開書店時，腳步卻停在門口。

她快步跑回櫃檯，看著架設在角落小聲播放新聞的電視螢幕，呆愣在原地。

楊智元從書架間跑出，視線一接觸到正站在櫃檯前的李孝萱後，像是鬆口氣般的垂下肩膀。隨後他走到李孝萱身旁，正要詢問她剛剛突然跑走的原因時，視線卻先一步接觸電視影像，露出訝異的神情。

電視裡正 Live 直播在菲爾特經紀公司內舉辦的記者會，演講臺上坐著三個人——科斯特、石川讓，以及菲爾特經紀公司的老闆里斯。

「最近的藝人老是辦這種東西呢，澄清記者會。」李爸推了推身旁的李媽，比劃著道：「之前那個誰不是也辦了，說是澄清與自己出遊的男性只是朋友不是另一半，弄得可氣派了。」

李媽拍了下李爸的肩膀，「哎呀，演藝圈不都是這樣？反正我們這種接觸不到的人坐在電視機前看看就好。不過這次的藝人是個小帥哥耶，看起來很年輕，應該沒幾歲，是要澄清什麼事？」

兩老說得有趣，兩個年輕人卻看得臉色凝重，因為畫面上除了拍攝到演講臺，也可見在場記者少說有二、三十人。

眼熟的身影一大堆，楊智元諷刺道：「這些傢伙可不會那麼簡單就放過熱門話題的機會，就算里斯．塔姆在場，也不見得能壓下這陣仗。」

記者們一看就知道來勢洶洶，最後的提問時間肯定全是以攻擊為主，連資深藝人都擋不了，才二十歲的科斯特有辦法抵擋嗎？

「媽，我和智元要去約會，所以讓他放半天假！」

耳邊傳來了一句這樣的話語，楊智元還沒會意過來，手瞬間被人一拉——

李孝萱拉著楊智元快步衝出書店，往左方的巷口跑去，攔截了輛計程車，將楊智元推進車後座，自己也一起坐進車內。

「到菲爾特經紀公司，麻煩快一點。」李孝萱邊說邊繫上安全帶，見車都開了楊智元卻還在恍神，她趕緊替對方拉來安全帶繫好。

「……等等，妳要去菲爾特？」終於回過神的楊智元訝異詢問。

「是我們。」李孝萱拉起自己的浣熊小包，道：「放心，我有帶夠車資。」

「不、不是這個問題，而是妳……我們現在要去菲爾特幹嘛？」

「當然是去幫扉空。你不是說那群記者一定是專挑人家弱點攻擊？既然如此，現在的扉空根本毫無防禦性可言，身為同伴的我們就應該要去保護他！」

李孝萱一臉理性，但話語卻非常不理性。

楊智元趕緊揮手道：「等等等等等，現在不是同不同伴的問題，而是我們就算到了那裡也進不去會場啊！如果是之前我還可以用記者證進去，但現在……」

想起自己當時氣勢洶洶的嗆聲畫面，楊智元瞬間抱頭哀號：「我是蠢蛋——」

「你沒有記者朋友可以借證件嗎？該不會你其實人緣不好吧……」李孝萱露出一副「我居然看錯人」的表情。

楊智元一張鴨嘴張啊張的吐不出一句話。

男子漢豈能被人小瞧，尤其是在心儀的女孩子面前！

不能被看扁的心態讓楊智元露出豁出去般的表情，從口袋裡掏出手機滑點著螢幕撥電話，待接通後立刻劈頭問道：「喂，小么，是我，楊智元，你現在在哪裡？啊？在姐姐的幼稚園幫忙……算了算了，我現在有急事要去科斯特．桑納的澄清記者會，我想跟你借用一下記者證……什麼？你辭職了？！你辭什麼職啊！哪時辭職的？……跟我同進同出？！你那麼講義氣幹嘛！我辭職是我的個人行為，你幹嘛為了挺我一起做這種蠢事！……你哭什麼啊你，好好好，沒關係沒關係，記者證什麼的我再聯絡其他人就可以了，你好好幫你姐，吶，就先這樣，有空再說。」

楊智元掛掉電話，長吐口氣，一轉頭就對上李孝萱緊盯著的眼。

「果然人緣不好啊……」

聽見那意義不明的嘆息，楊智元正要反駁自己還有別的救兵，沒想到前方的司機卻突然傳來了讓兩人都訝異不已的詢問：「不好意思，我剛剛聽見你們的交談，你們提到了『扉空』……請問你們也是《創世記典》的玩家嗎？」

▲▲▲◎▼▼▼

「科斯特，這場記者會只是要先按捺住那些媒體，等一下就照這兩天演練的說，其他問題交給我應付，不用強迫自己硬要面對那些媒體的挑釁，他們只是在等一個可以製造報導話題的機會。」石川囑咐完，從布幕後方探頭看去。

臺下已經坐了二、三十家的記者，雖然這時期還要科斯特去面對那些人他是覺得殘忍，可是若不面對，到時要是連科斯特的過往都被挖出來，那麼對科斯特與碧琳的傷害就會更大。里斯的決定是現在唯一制止風波的辦法，只要一切按程序來，那麼就可以暫時壓制住話題，不會再被深入追究。

「不能……再讓碧琳受到傷害，對吧？」輕聲話語從科斯特略微乾澀的嘴裡吐出。

看著低垂著頭的科斯特，石川知道對方壓抑忍耐的痛苦，就算不想面對，卻還是被強迫面對，科斯特如果不是身為一個藝人，而是一個在平凡家庭裡長大的孩子，他根本不用面對至今的一切，他沒必要非得接受那些人審視的目光，那些記者有什麼資格用審視的心態來針對這孩子！石川為自己的無能為力感到憤怒。如果他再努力一些，或許就不會讓任何人有機會傷害科斯特，是他這經紀人做得失敗。

「石川，我只是……」

石川回頭，只見科斯特將臉埋進自己的雙掌裡，痛苦道：「需要一點時間……需要……一點時間……」

「我知道，當最重要的人離開了自己時，真的很難熬。」他也曾失去過，所以他很明白，那時他花了好長一段時間才走出來，更別說科斯特才二十歲，又經歷過那樣的人生。

石川完全沒有任何責怪的安撫話語，讓科斯特肩膀一僵。

「所以，不管要多少時間都沒關係，你只需要慢慢的走，慢慢的讓自己放下就可以了，不必管別人怎麼說，反正我這個經紀人都會一直待在你身旁看著。」

碧色的眼眸從掌心裡重新抬起，科斯特似乎想說些什麼，只是還沒說出口，工作人員與里斯就已經來到他們身旁。

「時間差不多了，走吧！」

科斯特垂下眼，在石川的帶領下與里斯一起從遮擋的布幕後方走上臺，依序坐在鋪著紅色桌巾與鮮花的長桌後方。

此起彼落的閃光燈令科斯特覺得眼睛刺痛，他只能下意識的垂頭避開那些燈光。而此時石川也跟著調整自己面前的麥克風，開始道：「很感謝各位記者們的蒞臨，現在記者會正式開始。這一次舉辦記者會，主要是為了澄清最近外界對於科斯特以及他妹妹碧琳的些微誤解……」

▲▲▲◎▼▼▼

裝飾華麗的宴會場所，鋪著白色桌巾的圓桌整齊分布，桌上擺放各類的食物和飲品，工作人員與參與演出的演員以一桌十人分布坐滿，臺上有三名男子搞笑演出，臺下的人端起飲料開始互相敬酒感謝，也有人已經開始打量下次的戲劇機會，紛紛拉著自家新藝人不停向各個演藝前輩哈腰笑談。

剛笑著目送走前來敬酒感謝的藝人，夜景項的嘴角頓時垂下，杯中的黃澄酒品倒映著自己帶著煩躁表情的面容。

「導演。」身著紅色俏麗短裙禮服的薇薇安，端著一杯飲料來到夜景項面前，「導演您是不是有急事要處理呢？」

夜景項一愣，「妳怎麼這麼問？」

「因為很明顯呀。」薇薇安露出微笑，指著自己的臉，「表情和一開始不同，剛剛還很放得開的和大家笑鬧，但是現在卻一直看手錶。」

夜景項訝異薇薇安的觀察入微，他摸了摸自己的手錶，苦笑道：「主辦人不能隨便從殺青宴溜走吧。」

這輩子他還沒聽過哪一位導演從殺青宴上溜走，況且這是慶祝酒宴，他若溜走……對其他人似乎說不太過去。

「如果是很重要的事情那就沒有關係。」薇薇安晃了晃自己手上的酒杯，杯裡的柳橙汁隨著動作起了小小的波浪，「如果因為不去而事後感到後悔，那倒不如現在就賭一把衝過去，導演您很想去幫科斯特對吧？」

夜景項訝異的看著薇薇安，十七歲的年紀，卻有著成熟心靈。

「我也很想去，不過陵金說不可以，要我先以這邊為重。」

不管怎麼說，站在經紀人的立場，當然是希望自己帶的藝人能有更好的發展，衡量比較下來，哪邊的影響對她有優勢就很容易斷定了。

薇薇安抬頭望著夜景項，在夜景項訝異的眼神下伸手拿走他手上的酒杯。

「現在記者會應該已經開始了，還好這裡離公司近，開車十分鐘就會到，看在我這個《月華夜》的女主角表現出色的分上，我向導演您討個小小回報應該不為過……」視線一轉，薇薇安露出認真的表情道：「導演，請您替我到記者會的現場去幫忙科斯特，好嗎？」

「但、但是這裡……」

「我會跟大家說你突然肚子痛跑去廁所了。」薇薇安俏皮的眨了眨右眼，「還是導演您要繼續跟我……在這裡消耗時間？」

夜景項眼神左右飄移著思考，最後闔上眼，等到再度睜開眼時，他像是下定決心般的點了點頭。向薇薇安道了聲謝，他隨後跑出宴會廳。

江陵金端著香檳來到薇薇安身旁，看著跑進電梯門的身影，瞥了少女一眼，「夜導演那麼急是要去哪裡？」

薇薇安食指抵在下脣偏頭思考，隨後露出燦爛的笑容道：「嗯——他說肚子痛要去廁所。」

▲▲▲◎▼▼▼

夜景項將車駛進菲爾特的貴賓停車場，停好車之後便趕緊下車鎖好車門，從大門進入，直往服務櫃檯快步走去。

「夜導演。」順練有素的櫃檯小姐立刻起身打招呼。

夜景項劈頭便問：「科斯特的記者會在哪裡舉行？」

「在十一樓的B2廳……」

一聽到樓層名字，不等櫃檯小姐說完，夜景項立刻轉身跑往電梯口按下搭乘鍵，待電梯門一開，他趕緊進入電梯內按下「11」的數字鍵。

電梯門合上，數字向上翻轉，當到達樓層、電梯門一開，夜景項立刻跑出電梯，一路向前邊走邊找，直到「B2」的標示映入眼簾，他趕緊推開紅色的皮革厚門進入鋪著紅毯的小型廳室。

銀白燈光閃爍不停，近二、三十臺的拍攝器具全擠在臺前的走道拍照、錄影。

只見數十位記者不停的逼問坐在長桌後方的少年。

「科斯特先生，您身為一名藝人難道不用給大眾一個交代嗎？究竟令妹是因為何種病住院，以及您為什麼一直隱瞞令妹的存在，這難道不是欺騙那些支持您的粉絲？」女記者雖然使用敬語，但話裡卻沒半點尊敬，而是尖銳的針對。

「聽說您成為藝人全是為了替令妹分擔醫藥費，這目的是否過於利益衡量？令妹也同意這樣的事情嗎？」男記者嚴肅質詢。

——好煩。

——對，我從一開始就是為了碧琳才進入演藝圈，但那又怎麼樣？沒有與我相同經歷的你們、擁有完美家庭的你們又怎麼會懂！

科斯特放在桌下的手縮握成拳，緊掐到顫抖。

「令妹身體長期不佳的原因，是否有牽扯到不可告人的秘密？」

見記者的發問越來越失控，石川和里斯趕緊起身制止：「各位記者，請保持秩序……」

——煩死了。

——你們憑什麼這樣玷汙碧琳！憑什麼用這種話來汙衊比任何人都還要善良的她！

「從記者會開始您就沉默不語，一直請經紀人發言，這樣未免太過於沒誠意，這場記者會不就是要解釋嗎？您這樣根本沒有解釋到！」

「科斯特先生……」

「科斯特先生……」

喧譁聲令科斯特的耳朵嗡嗡作響，閃光燈與臺下的人在眼裡好像變成了慢速畫面，科斯特緊咬牙，抓著快喘不過氣的胸口，一瞬間拍桌而起，失控的咆哮：「你們這些人說夠……」

聲音卡在喉嚨無法吐出，科斯特張著嘴，卻發不出半個音節。顫抖觸摸自己的喉嚨，他無法理解為什麼自己突然發不出聲音。

「哈、哈……」

那是種因為無法出聲，在衝勁之下而出的細微氣音。

腦袋在暈眩，科斯特無法控制自己的身體平衡，只能任由那股失衡的重量拉著自己倒下去。手指下意識的去抓，卻沒能抓到桌子，紅色的巾布隨著手指被向後拉扯，桌上的漂亮插花摔落臺面。

「科斯特?!」石川趕緊往旁邊踏出步伐，接住癱軟倒下的少年，他拚命的喊，卻看見那雙漂亮的眼眸被深黑的陰影覆蓋，無神的眼在闔開之後又閉上。

里斯趕緊來到科斯特身旁蹲著探查，見科斯特整個人像是半失去意識般，他趕緊和石川一人搭著一邊肩膀，將科斯特抬撐著站起往布幕的方向走去。

突如其來的意外引起記者的騷動，所有記者全擠到臺邊，還有人更直接爬上臺擋在三人面前，只為了拍到獨家新聞。

夜景項從人群裡擠到臺前，雙手攀抓邊緣撐著跳上臺，趕緊側身插進石川三人與記者的中間阻隔擋開。

「夜導演?!」石川訝異的喊了聲。

只是現在的情況讓夜景項根本分不開心，記者像是風浪般的阻擋去路，一個、兩個、三個，好幾名記者紛紛爬上臺、將麥克風遞前，全都一副若當事人不發一句話就絕不罷休的姿態。

「滾開！別擋路！」夜景項忍不住失控怒吼。

記者不但沒後退，反而像是發現什麼好事般，將麥克風與攝影機全擠到夜景項前方拍攝。幾名工作人員趕緊從布幕後方跑出來，企圖隔開記者與夜景項一行人，只可惜最後全擠成一團。

臺邊被布幕遮擋的工作區，李孝萱、楊智元以及司機大叔劉漢，在一名身穿西裝的中年男子的帶領下到來。看見臺上的混亂場面，中年男子落下要他們先在原處等待的話語之後，便趕緊上臺去幫忙隔開記者。

「怎麼搞成這樣？」楊智元目瞪口呆的看著全擠成一團的人群。

「副會長，我們現在該怎麼做？」劉漢詢問似的望向楊智元。

怎麼做？都已經擠成一團了還能怎麼做？

這些記者長年的搶新聞經驗可不是常人能抵擋，他們也只能擠進去搶人了吧！

正當楊智元準備下令衝進人群裡搶人時，一道身影卻更快的邁步衝上臺，從人群後方的靠牆通道跑向臺中央。

楊智元一看李孝萱衝了出去，趕緊喊了聲，只是對方根本完全沒停腳。沒辦法之下，他只能追著跑上臺，劉漢也緊跟在後。

李孝萱繞過人群，在中央的長桌旁一個剎步停止，拿起桌上的麥克風。

「孝萱，妳想做什麼？！」來到李孝萱身旁的楊智元慌忙問。

李孝萱眼神一凜，露出如同在遊戲中的堅定表情，「用最有效率的辦法來阻止！」

語畢，李孝萱一手抓著麥克風的固定檯，一手抓住連接檯子的導線，兩手同時使力往反方向拉扯！

「吱——」

突如其來的尖銳音環繞整間廳室，也讓記者們頓時停止餓狼般的撲行，紛紛掩耳抵擋那令人耳鳴難耐的音效。

維持十秒的尖音終於停止，眾人放下遮掩的手掌，才發現聲音出自於何處——臺上的長桌旁不知何時多出了三個人，而剛剛的聲音就是從最前方那名女子手上被拆斷線的麥克風傳來。

李孝萱舉起自己的手機，一步一步走上前，冷靜道：「你們剛剛的行為我全都錄下來了，另外這地方共有三架監視器，肯定是全程各角度錄影，這些東西可以作為菲爾特以及科斯特・桑納對你們提告的證據。」

「要告我們什麼！讓大眾知曉事實是我們身為記者的義務！」一名記者激動反駁，數名記者也紛紛附和。

見一群人又開始推擠，李孝萱加大音量，道：「蓄意謀殺！」

四個字讓推擠停止，而石川、里斯以及夜景項則是訝異的互瞧了一眼。他們完全不知道這突然出現的大膽女孩是誰，也不知道對方幫助他們的用意。

李孝萱毫無畏懼的來到夜景項面前，直盯著那群只想搶新聞的記者們看，冷冷道：「明知道科斯特・桑納身體出了狀況，卻擋住他前往醫院的路，菲爾特有權懷疑你們想置科斯特・桑納於死地，這就是蓄意謀殺。只要菲爾特堅持追究，在場的各位都逃不了刑責。若是罪名成立，你們每個人都會被判上十二年以上的刑責、無期徒刑，甚至是死刑，連帶罰金也絕對會讓你們每個人傾家蕩產……讓開！」

看了眼像是吞了顆滷蛋般突然無話可說，卻還是沒有挪步讓路的記者們，李孝萱加重聲量喝斥：「還不快點讓開！」

一句話讓所有記者重重一震，雖然不甘願，但還是慢吞吞的讓出了一條通道。

「快點送他去醫院！」

李孝萱的回頭喊話，讓夜景項三人頓時回神。

「把他弄上來，我揹他比較快。」

夜景項一說，石川和里斯半刻也不敢遲疑，趕緊將失去意識的科斯特馱上夜景項的背，而後方的楊智元與劉漢則是趕緊上前幫忙擋開人群。

一行人終於下到布幕後方的工作區，從走道一路離開廳室，前往電梯間搭電梯。

▲▲▲◎▼▼▼

「失語症？」

「嗯，失語症的引發原因分成兩部分：身體損害、或是精神層面的問題。」醫生一邊點看電腦顯示的檢查資訊，一邊向坐在辦公桌另一邊的石川與里斯解釋：「桑納先生的身體並無任何損傷，腦部也很正常，照這推斷下來，心理疾病引起的機會比較大。」

「心理……疾病？」

「你們剛剛提到桑納先生最近遭遇失去親人的傷痛，我想這是一個誘因，周遭人的言語、議論，也許無形中都成為一股壓力。失去與自己重要相處的親人，這些人通常會需要一股自我掙扎與療癒的過程，想像親人還在自己身邊，然後慢慢的去適應、體會親人已經過世的事實，這段過程需要的是一個安靜的空間，但桑納先生的環境卻是充滿喧譁與爭吵，這就像一顆球。」

醫生拿起桌旁的軟球，用手指去觸壓球面，繼續解釋：「擠壓一點點後，只要給它放鬆的空間，就能恢復像從前一樣的圓。但若是外力不停的給予壓力，到某個定點時，球體不是爆裂就是強勁的反彈跳開。」

醫生抿著嘴，嚴肅道：「桑納先生的情況就像這顆球，失去親人的誘因、緊接而來外界的種種批判、對死者的議論、周遭人的言論，這些因素都成為壓力，不停在桑納先生的心靈上累積，到今天終於讓病症顯現。」

「是我決定要辦記者會，那孩子……才會變成這樣？」里斯很愧疚，他不知道自己想保護科斯特過往的決定，會變成壓垮駱駝的最後一根稻草。

「這倒不是，就算今天沒有記者會，只要桑納先生心理的壓力無法找到出口宣洩，那麼病症的引發只是早晚的問題。」

「那……科斯特什麼時候能痊癒？」石川遲疑的詢問。失去碧琳已經讓科斯特夠受打擊了，要是再失去身為歌手最珍貴的聲音，那麼……科斯特現在還能不能承受，他不敢想。

「這說不準，臨床上快的兩、三天，拖個一、兩年也大有人在，重要的是桑納先生能不能放下心中的負擔，如果那個致病的因素痊癒了，那麼他的病症自然會獲得改善。」醫生雙手在鍵盤上打著字，一邊道：「今天先讓桑納先生住院觀察一天，等他醒來之後盡量避免提起讓他感到負擔的話。我會開三天的鎮定藥劑，先讓他以安定神經、入眠放鬆為主，明天出院時到櫃檯領藥就可以了。另外……」

醫生將一張印著醫院名稱的說明紙張攤開，移到兩人面前，道：「桑納先生的心理狀況你們回去之後記得要多多注意，準備紙和筆，和他一起用筆談，這樣會較為減少他的心理負擔，你們只要當傾聽者就可以了，盡量讓他多傾訴一些想法，若他沒意願，也別強迫他。另外，本院五樓有個輔導室，你們可以每個禮拜、或是空閒的時候帶他過來一趟，由我們專業的心理輔導醫師來開導，對他的現況緩解會比較有幫助。」

石川接過紙張，向醫生道了聲謝，接著便和里斯一起離開了診間，前往大廳的櫃檯去辦理住院手續。

另一邊，劉漢因為接到工作先離開，所以在場只剩下楊智元和李孝萱坐在大廳的等候區等著。夜景項拿著三罐水果茶回來，遞給了座位上的兩人。

「謝謝。」

李孝萱接過飲料卻捧在手裡沒有打開來喝，而口渴的楊智元則是扳開拉環先喝了一口。

「真的很令人意外，你們真的是荻莉麥亞和愛瑪尼嗎？」夜景項難以置信。

剛剛前往醫院的途中，石川和里斯搭救護車，而他則是跟楊智元他們一起搭劉漢的計程車前往，誰知道路途上交談了之後，才發現劉漢竟是白羊之蹄裡那名老是衝第一的漢子大叔，而李孝萱則是荻莉麥亞、楊智元是愛瑪尼。

遊戲裡的同伴用這種方式巧遇、相認，感覺相當奇妙。

「Comet storm strike（彗星連擊）。」李孝萱直接說出慣用的招式名字，順便比了個手槍的手勢。

楊智元也正要照著模仿，才想起來自己根本沒有什麼實用的招式，全是一些派不上用場的叫賣技能，他尷尬的抓了抓耳朵，只能硬著頭皮說出：「客官，不管您想要買些什麼，本小店統統都有，便宜賣給您，公會會員還有打折優惠呦~哎呦！」

視線從夜景項錯愕的臉轉向正扳開飲料拉環、裝作沒事般喝了口飲料的李孝萱，楊智元苦著臉，踮了踮自己剛剛被踩了一下的右腳。

「讓我比較意外的是你。」李孝萱放下飲料罐，注視著夜景項，「沒想到伽米加竟然是《向陽黃昏》的導演。」

《向陽黃昏》是夜景項的第一部作品，是一部描述年輕男女交往的苦澀青春片。也是因為這部電影，夜景項才會被優游延攬，進而成為現在最受人矚目的新銳導演。

「那只是一個頭銜罷了，我現在倒希望自己是個平凡的上班族，這樣科斯特就不會認為我欺騙了他。」

「但你就不會認識科斯特，也沒辦法像現在這樣，知道他有困難還能衝過來幫助他，不是嗎？」

李孝萱的話讓夜景項無法否認，只能苦笑的垂下頭，「……也是。」

李孝萱示意了楊智元一眼，楊智元也會意的點頭，隨後身子往旁邊一傾，左手搭上了夜景項的肩，右手則往他的胸口拍了拍，道：「欸，你別一臉悲觀嘛，現在是非常時期，你也不能怪扉空不聽解釋，他現在哪有心思聽進去，你看，搞定那群記者都來不及了……哎呦！」

右小腿又被補了一腳，楊智元卻沒勇氣去瞪出腳人，只能自己默默的揉揉疼痛的地方，咳了聲，正經道：「總之，別想太多，現在最要緊的是扉空的情況，他的經紀人和老闆去和醫生談，不知道要不要緊……欸，說人人到，他們在櫃檯，快點去問問吧！」

一說完，楊智元立刻推著夜景項上前，並拉著李孝萱一起來到正在櫃檯辦理住院登記的兩名男子身後。

「石川先生。」

石川停下正要填寫資料的筆，回頭看著一臉擔憂的夜景項。

「醫生怎麼說？科斯特他不要緊吧？」

面對夜景項的著急詢問，石川淺淺的嘆了口氣，把剛剛從醫生那裡聽見的訊息全都說了出來，只見三人的表情先是錯愕，隨後變得凝重。

「是因為我對科斯特說了那些話吧……如果不是我對他說了那些重話，或許他不會給自己那麼大的壓力，我明明知道他的傷痛，卻還硬要他面對現實……」夜景項煩躁的扒著髮，懊悔自己太過於自我的處理事情，他以為只要讓科斯特面對就是解決方法，卻沒想過這樣的方法科斯特能不能承受。

「現在不是討論誰對誰錯的時候，先去看扉……科斯特醒了沒，之後的事情之後再打算吧。」李孝萱推推鏡框說。

也是，現在光是在這裡懊惱也沒用，還是先去看科斯特醒了沒，之後再來討論如何解決媒體那方面的問題，還有該如何讓科斯特舒緩心理的壓力。

石川重新低頭填寫好表格交給櫃檯護士，等到對方將資料輸入電腦做完確認之後，一行人便前往位於左方通道的個人病房，只是當石川打開病房門，卻愕然發現科斯特竟不在病房裡。

「科斯特？！」

一行人四處探望，連廁所都打開來找，卻見不著人影，沒辦法之下所有人只好來到外面走廊分散找尋。

過長的瀏海下，睫毛微微顫動，科斯特睜開眼，昏沉的感覺讓他忍不住用手壓著頭翻身坐起，等到那股不舒服的感覺稍好些，他才開始打量自己身處的環境，也才發現自己竟是在醫院的病房。

——我不是在記者會上，怎麼會……

科斯特下意識的喊經紀人的名字，只是聲音到嘴邊卻變成「哈、哈……」的氣音，像是東西卡在喉嚨般，不管他如何用力的想要發聲，聲音就是出不來。

科斯特呆滯的觸摸自己的喉頭，手指顫抖不已……他想起來了，那群記者的談論令他憤怒，他在記者會上失控咆哮，只是話到一半卻無法發聲。

——我，失去聲音了嗎？

那是種不知道該如何形容的感覺，恐懼與複雜摻雜，他不知道該怎麼辦，沒了聲音他要怎麼唱歌？他一路走來就是靠這個聲音，沒了聲音的他還有什麼價值？而碧琳她又……

——啊，差點忘了。

那些人一直想強迫他面對的現實，碧琳她……過世了。

這樣的話，就算失去聲音，那也沒關係了吧。

「哥哥的歌聲很好聽，如果這樣的聲音能讓所有人聽見的話不知道該有多好，真希望能在電視上看到哥哥。」

科斯特放在喉頭上的手縮緊了些。

嘴唇張開，他說出了無聲的話語：現在唱歌也沒有意義了，那就不唱了，為了妳，哥哥再也不唱歌了。

失去支撐的他，還需要歌聲做什麼？

科斯特轉身下床，一開始的暈眩還讓他有些站不穩，吞了下口水，科斯特深吸氣，等身體稍稍適應些後，他扶著周遭的家具走向房門，離開了病房。

視線接觸的地方是眼熟的環境，他來過很多次，他清楚這裡是哪裡。

腳步下意識的邁開，科斯特來到通道盡頭的電梯，搭電梯前往熟悉的樓層，然後一步一步走向他與碧琳一起度過兩年時光的病房。

門未關，科斯特走進空曠的病房。

病房裡的床單、被子已收起，家具上擺放的物品也早已清空，椅子折疊收起靠在牆邊。

雙腳微微顫抖，科斯特停停頓頓的來到病床邊跪下，將頭靠趴上病床，他闔上眼。

微風從未關的窗戶吹進，拂過頭髮與臉頰，好似手掌正在輕輕觸撫，如同他每次到來，因為工作疲累而趴在床邊睡覺時，碧琳總會這樣溫柔的摸著他的臉，撥開他的髮。

——明明還在我身邊啊……明明還在……

科斯特將手探往臉頰，握住那隻無形的手，他能感覺到那隻手縮起回握，能聽見對方笑著喊他：「哥哥。」

就算是欺騙也沒關係，就算是妄想也無所謂，他明明能感覺到碧琳還在自己身邊，他怎麼能那麼簡單就放棄，怎麼可能甘願抹滅掉她的存在。

——我只是捨不得……捨不得讓妳就這樣離開啊……離開我到只有自己的孤單世界，讓我無法繼續保護妳……

夜景項跑過門口，眼角觸及的事物讓他的腳步頓時停下，往回走來。

一進到病房，夜景項看見的就是趴在病床邊無聲哭泣的科斯特。

鼻間突然湧上酸澀，夜景項用手掌抹著臉別過頭，退回門外。

他以為只要讓科斯特面對現實，就能解決一切；他以為只要能讓科斯特聽見那些關心與支持，就能讓科斯特走出失去的痛楚。

但他忘了……有些事情是即使面對也無法解決，而有些事情……

其實是需要漫長的等待。

▶▶Loading...

第六伺服器

# 我不怕被吃豆腐，來抱著我哭吧！

「如果想吃什麼可以直接傳簡訊給我，我再去買來給你。」

看著石川遞向他的筆記本，科斯特緩慢的在自己手上的便條紙寫下一句話：「記者會……」

「別擔心，我們都處理好了，那些媒體這段時間會安分不再亂報導。」

「為什麼？」科斯特納悶的將便條紙轉向石川。那些媒體不可能那麼好打發才是，石川是怎麼讓他們不再繼續追著話題報導？

石川莞爾，在筆記本上寫下一行字，轉向科斯特：「有人指點，用了個不錯的好方法。」

科斯特並不知道那是什麼方式，也沒再去追問深究，只是點了點頭，然後目送石川留下「別想太多，讓自己放鬆點」的話之後離開他的住屋。

將便條紙與筆放在桌上，科斯特環視自己居住的環境，他起身走向緊閉的窗簾，雙手探前抓住布料，本想拉開，但手腕就像是被無形的鎖鍊捆住，讓他怎樣也無法將自己的手往兩邊移動去拉開窗簾，動作就這樣僵持許久，最後科斯特只能再度垂下雙手。

空間依然陰灰。

科斯特轉身，視線接觸到桌上放置的紙盒。

那是石川在他出院時拿給他的，說是碧琳遺留在病房的物品，前幾天因為上一位病人離開，護士重新整理病房時在櫃子與病床間的夾縫發現到的，因為實習生的大意結果忘了聯絡，直到石川替他辦理出院時，剛好是之前照顧碧琳的護士值班，護士才想起這項物品，並請石川轉交。

科斯特忐忑的上前拿起紙盒，打開來看，眼裡瞬間映滿詫異，因為紙盒裡竟然放著好幾封信，每封信上有不同的收件人——「給媽媽」、「給花花兒」、「給會長」、「給白羊之蹄的大家」、「給爸爸」、「給石川」，還有……

科斯特拿著那封上面寫著「給哥哥」的信封，身子克制不住發抖得厲害，手一鬆——

「咚！」

紙盒摔落，白色信封散落一地。

這明顯是碧琳的字跡，但她是什麼時候寫的？為什麼她不直接拿給他？

科斯特不懂，也無法思考，只能將信壓在自己的胸口，跪跌在地。

信封上彷彿還殘留著少女指尖的溫度。

他提不起勇氣打開來看，他害怕若是看了這封信，自己就得面對這令他窒息的現實；如果看了，少女就不能繼續待在他的身邊，勢必要離去。

透明的人影從身後環抱住少年——科斯特將手放在那無形的手臂上。

不管是什麼樣的內容他都不可以看，絕對不能看！

——唯有如此，碧琳妳才不會走，對吧？

從那天起，科斯特所見的視野裡確實不再看見媒體出現，他的世界真的變成安靜無聲。除了石川會嘗試要他走出屋子陪他一起散步去買三餐，其他的時間因為工作暫止的關係，他就窩在屋子裡。

他看著碧琳來到他身旁坐下，笑著將頭倚靠上他的肩膀，兩人一起看著電視播報的影像。然後又在某一瞬間發現——電視的影像還在播放，他的身旁其實空蕩無人。

科斯特彎身環抱住自己的雙腿，將自己縮成一團。

在現實與幻想間掙扎徬徨，他很無助，卻不知道該如何宣洩。

一股想法到嘴邊，卻無法發出聲音來說出口；到指尖想動筆寫下，卻是疲累得畏怯。

他想回到現實，卻又拋不下那幻想的世界，他真的放不開那隻手。

「嗚——」

手機因震動而挪移，發出摩擦的聲音，環繞燈光閃爍又停。

科斯特盯著那停止震動的手機許久，才傾身拿起來看。

本以為是石川詢問晚餐想吃什麼的簡訊，結果沒想到卻是個他從沒見過的號碼寄來的，而開頭的名字更讓他訝異，因為上面寫的竟是——「扉空」。

向下閱讀，直到最後一詞結束，科斯特還處於呆愣之中。

扉空：

很抱歉擅自用了某種方式取得你的聯絡資料，但因為座敷和枕木很想念你，所以我希望能帶你去和他們見上一面。這個禮拜日我會去一趟座敷和枕木他們住的地方，我想邀你一起同行，不知道你是否願意答應這個請求？如果你願意的話，那麼我想跟你約早上八點在A市迷川公園的三號入口。王者。

王者……他記得是那一位年輕的城主，和他說了許多話，是個令人感到溫柔的人。只是他不懂，王者是用了什麼管道取得他的聯絡方式？還有座敷和杦木……

下意識的望向身旁，他無聲的喃喃：「我該去嗎？碧琳？」

少女微笑著將手放在他的臉頰旁，卻沒出聲回應他的詢問。

握住那隻手輕輕摩娑，科斯特彎身倚進少女懷裡，原本應該要有心臟跳動的地方環繞著空虛，就算他的身子穿透少女靠上沙發的扶手，少女依然輕柔的撫著他的髮。

電視黑幕，倒映著只有科斯特一人的身影。

▲▲▲◎▼▼▼

週末，公園裡有著許多前來運動、散步的人潮，一名戴著口罩的少年正站在白色的立鐘下，低頭看著腳邊的碎石。

直到前一晚，科斯特都還在猶豫該不該前去赴約，但今天早上石川送早餐來給他時，他試探的在筆記本上寫下「我想出門去走走」的話語，結果卻看見石川露出難以置信與感動的表情，還側過身去像是抹眼淚，那副模樣讓他根本沒辦法收回話，只能矛盾的穿好外出服與戴上口罩，由石川開車護送前來公園。

「需要我陪著嗎？」

他有簡單寫出是和朋友見面，但石川還是有些不放心，直到他寫下「我想單獨和他見面」這句話後，石川才妥協的落下一句「等想回來時再用簡訊聯絡我」後離去。

自從喪禮過後，這是科斯特第一次自己出門，心裡有著不安，視線忍不住四處探望，一方面很怕會遇到記者，一方面卻是對於和網友在現實見面的擔憂。

不知道對方會不會因為他的身分而大驚小怪？

腳步聲逐漸靠近，最後停在科斯特身旁。

「你好，請問你是扉空嗎？」

纖細的聲音讓科斯特一愣，轉頭望去，只見眼前的是比自己矮上一顆頭的少女，少女身穿簡單的褲裝，及肩長髮綁成一束馬尾，看起來是個漂亮的人，只是卻讓他沒來由的有股眼熟感。

「妳是？」

科斯特拿下口罩，但張開的嘴無法發聲。少女卻意會般的伸出自己的右手，微笑道：「很高興見到你，扉空，我是莫邵萱，同時也是『王者』。」

如果現在嘴裡有水，科斯特一定會相當不雅的噴出來。他目瞪口呆的往後一退，無法理解的上下打量少女的身材。

王者不是男兒身嗎？！為什麼他面前的是個女孩子？

是他原本就搞錯了，還是在他面前的人其實是個男孩子？

科斯特的腦袋擠滿了疑問。

此時，莫邵萱的聲音再次傳來：「因為創角時發生了一些事，所以我的遊戲角色才會是男兒身，但我現實是女生沒錯。」

——原來是角色性別置入錯誤啊……

科斯特愣愣的點頭。

「我很高興你願意前來，另外我想再向你介紹一位你見過的人。」莫邵萱指著身後正提著兩大袋物品到來的褐髮青年，介紹道：「他是日天君，今天會和我們一起去見座敷與杦木。」

「你好，我叫黎昊群，很高興見到你。」

青年——黎昊群向科斯特點了點頭，而科斯特則是微微垂下視線。

他沒想到除了王者，還有當時在另一張沙發上的日天君也一起同行。向來不善與人交際的科斯特頓時有種想躲回家去的感覺，畢竟他現在是有口難言，而且又是敏感身分，一個人倒還有辦法解決，但兩個人的話……

一本小筆記本和筆遞到科斯特面前，莫邵萱露出體諒的笑意說：「我在簡訊裡說過用了某種方法取得你的聯絡資料，也知道你是誰，在與你聯絡的時候，我就有順便向你的經紀人電話告知了，請不用擔心，今天只是單純的朋友會面。我從你的經紀人那裡得知你現在暫時沒辦法說話的消息，所以我準備了筆記本，我們就這樣交談吧。」

列車快速行駛於架高的雙軌車道上，由車內向外看，風景飛逝而過。

列車裡的座位是雙邊單排座位，科斯特不安的注視自己的手指，身旁則是莫邵萱與黎昊群的談話聲。

在上車前，莫邵萱簡單的向他解釋，座敷和杦木居住的處所位於C市，搭高速列車需要三小時的時間，而她和黎昊群是鄰居，因為朋友的關係到座敷與杦木所住的地方當志工幫忙，進而認識了座敷與枕木，每個月他們都會固定帶禮物前往雙胞胎所住的地方，送給他們與一群小朋友。

雖然莫邵萱沒有明說，但科斯特也能多少推測出來座敷童子和枕木童子住的地方是何處了。

「扉空，你要不要喝杯茶？」

身旁傳來詢問，科斯特轉過頭，只見莫邵萱手上正拿著一個保溫瓶，詢問：「我自己泡的花茶，要喝喝看嗎？」

科斯特思考了一會兒，微微點了頭。

莫邵萱開心的說了聲「我去拿杯子」之後，便起身走往列車角落的飲水機處，取出三個紙杯回來，各裝了一杯給黎昊群與科斯特，然後坐回原座位倒了一杯給自己。

科斯特拿下口罩，看著杯中清澈的淡黃液體，嗅了嗅，一股混合花草的香味竄入鼻間，喝了一口，清淡的微甜口感在嘴裡擴散，如果是不喜歡喝甜的人應該會喜歡。

「扉空，口味還可以嗎？會不會太甜？」身旁傳來了莫邵萱的好聲詢問。

科斯特點點頭之後又搖了搖頭。想到自己這樣很難讓對方理解意思，他拿起筆在筆記本上寫下：「不會，剛好。」

莫邵萱看著字，露出笑容，「能接受就好。」

「那些東西是什麼？」

閱讀科斯特寫在筆記本上的字，莫邵萱順著科斯特的視線落在她和黎昊群腳邊的兩包大袋子，她隨手從袋子裡拿出一盒包裝未拆的色鉛筆，解釋道：「這是要送給小朋友們的禮物，我是在朋友的介紹下加入家扶志工，而昊群哥則是經由我才加入，每個月我和昊群哥會固定過去三

touko 聯手打造經典虛擬網遊世界
幻魔降世 全7集
我在遊戲裡藏了一個寶物，希望哥哥能找到它……
少女的希望╳少年的渴望
勇敢迎向未來——
新旅途、新朋友、新世界，遊戲重新啟動！
典藏閣
華文聯合出版平台 www.book4u.com.tw
行銷總代理 采舍國際 www.silkbook.com
不思議工作室
立即搜尋
版權所有© Copyright 2015

天，幫忙一些雜事或是像這樣發送機構準備的小禮物，等我們到那邊之後應該就能看見從其他地區前來的志工。」

科斯特表示明白的點了點頭。

「如果你有興趣，想要一起幫忙的話就跟我們說一聲，可以讓你體驗看看，基本上就是幫忙打掃環境、教小朋友讀書以及和他們玩耍。」黎昊群身子挪前，越過莫邵萱對科斯特善意補充。

科斯特一愣，點了點頭。他之前宣傳時也有去過幼稚園，陪小朋友們玩應該不是什麼大問題，雖然他是很常被推倒的那一個。

在莫邵萱和黎昊群的解釋下，科斯特慢慢明白他們就是很熱心的年輕人，週末空閒時大家幾乎不是跑去商區就是在家裡睡覺，但是他們很捨得將時間放在「幫助」這件事情上。

似乎也感染那股氣息，科斯特心裡的緊繃終於完全放下，一邊在筆記本上問了一些小問題，而兩人也很熱心的解釋。

交談下，不知不覺列車到達了C市車站。

一下列車，莫邵萱和黎昊群熟稔的帶領科斯特繞到大門出口，順著路邊設立的站牌搭上通行公車，約莫十五分鐘的車程，三人在某處住宅區的站牌下車，然後順著左邊轉角彎過去繼續走。沒多久，右前方出現一處明顯與旁邊住宅很不同的建築，一棟像是校園類型的兩層樓大建築，圍牆圍起的用地也是其他住宅的好幾倍，不只如此，一路走來可見圍牆上有許多可愛的塗鴉。

一行人在銀色的鋁欄大門前停下，旁邊的圍牆處則有明顯的刻字牌示——紫藤兒童收容院。

「我們到囉！」

莫邵萱上前按了下門鈴，沒多久，旁邊的小鐵門由內打開，一名身穿樸素服裝的中年女子面帶慈祥笑容迎接，歡迎道：「邵萱、昊群，大家等你們等不及了，快點進來吧！」

女子側身讓出道路，讓三人進入內院。

關上門之後，女子向科斯特歡迎道：「你就是剛剛邵萱在電話裡說的朋友吧，歡迎你到紫藤收容院！我是這裡的院長『修蘭』，我該怎麼稱呼你呢？」

看著面容和藹的修蘭，科斯特想了想，在筆記本上寫下：「科斯特。」

修蘭一愣，隨後露出了笑容，「很高興見到你，科斯特。」

科斯特以點頭表示回應。

「其他人都到了嗎？」莫邵萱詢問。

「可可和米亞剛剛和我聯絡，說路上塞車會晚點來，其他人現在正跟小朋友們在遊樂場玩遊戲呢！走吧，我們一起過去！」

說完，修蘭領著三人順著石頭小路走上建築走廊，一路朝向裡面的空地走去。

一邊走著，科斯特也一邊打量周遭環境。

建築有兩層樓高，樓層有著好幾間房，房外有被矮牆隔出區域的外長廊，放眼望去，可見建築的周邊種植了許多樹木和盆栽。隱隱約約，可聽見孩子們的嬉鬧聲音。

修蘭不時回頭向科斯特介紹這座收容院成立的目的。

如同標示的牌字，這裡並不是學校，而是一間收容孩子們的機構，包括因故無法與父母親生活、遭暴力迫害、或是被棄養的孩童。基本上只要在這間收容機構的負責範圍內，這些無法自主生活的孩子就會被送到這間收容院。

收容院平常會安排這些孩子學習一些課程，包括藝術、文學和體育，院方希望藉由課程，能夠讓這些心靈受過傷害的孩子們重拾自信以及價值觀。除了課程，收容院就像是一個家，周遭與自己一起生活的孩子都是同學、家人，大家一起睡覺、玩耍，也培養出濃厚的羈絆。

聽見這些話，科斯特突然開始思考：座敷童子和枕木童子是因為什麼原因才住在這裡呢？他們平常看起來開朗，心裡面又是藏著什麼樣的心思？

「吶，在那邊。」

順著修蘭所指的方向望去，科斯特看見的是一區公園隨處可見的遊樂器材空地，兩名少年、少女正和一群小孩子玩老鷹抓小雞的遊戲。

在母雞後方的一排小孩一邊閃躲老鷹的撲抓，一邊發出笑鬧的尖叫；旁邊有兩名少女正和幾個孩童玩堆沙堡，另一邊也有幾個小孩正攀爬上溜滑梯與欄杆設施遊玩；三、四名青少年正在打掃周遭環境。

「院長。邵萱、昊群，你們來了呀！」正在打掃階梯周邊的少年抬頭打了聲招呼。

「嗯，東西我們帶來了，等遊戲時間結束之後就可以來發禮物了，我先和昊群哥把這些東西拿去教室放。等一下馬上過來幫忙。」

「好，沒問題！」少年豎起了大拇指，然後又低頭繼續細心清理溝邊。

「院長，我們先把這些東西拿去教室放。」

「好，謝謝你們。」修蘭感謝的按了下莫邵萱的手臂。

「我們走吧！」莫邵萱手指前方，「先去放東西，等一下再回來找座敷和枚木。」

科斯特愣愣的點頭，跟著莫邵萱和黎昊群走進某間教室將袋子放下，接著重新回到遊樂區。所有人見到莫邵萱和黎昊群都跟著打招呼，兩人也一一回應。跟在後方的科斯特則是有些不知所措，只能下意識的去觸摸遮掩口鼻的口罩。

「萱媽媽！黎爸爸！」

耳熟的聲音讓科斯特抬起眼去瞧，只見兩名長相相似的男女孩童完全不管遊戲，逕自從母雞後方脫離跑出，一路奔跑到莫邵萱和黎昊群面前，抓著他們直喊：「扉空哥哥呢？扉空哥哥有來嗎？」

莫邵萱往身後一瞥，而兩顆小腦袋也從莫邵萱的兩旁探出。

女孩的黑髮留成一頭菊人形娃娃的髮型，身穿一襲小洋裝與娃娃鞋，水汪汪的眼睛張得大大的盯著科斯特看；男孩則是一頭微翹的短髮，身上的外套明顯有些過大，膝蓋和臉上都有些擦傷，看起來應該是很常和同學打鬧的類型，眼神帶有觀察意味。

不用介紹，科斯特已經知道那兩個小朋友是誰了，只是面對那直盯自己著瞧的視線，他還是略微無措的撇開頭。

「扉空哥哥？」林座敷試探的喊了聲。

見那雙原本移開的眼神重新移回，並對上自己的視線後，林座敷驚呼的喊了聲，瞬間邁開雙腿朝科斯特奔跑撲去——

「啪！」

屁股重重的往後跌坐，反應不及的科斯特就這樣整個人被林座敷撲倒在地。

小小的手在科斯特臉上輕拍著摸，一雙眼眨巴眨巴的盯著瞧，林座敷露出了燦爛笑容，「真的是扉空哥哥耶！」

「座敷妳這傢伙怎麼又偷跑，我們不是說好這次要先讓我的嗎！」一旁傳來抱怨的聲音，林枕木的臉從林座敷身旁冒出，那雙原本還在觀察的眼睛裡的警戒一瞬間全消失了，他趕緊推了推坐在科斯特身上的林座敷，催促道：「快點起來！妳那麼重，扉空哥會被壓死啦！」

「才不會！人家明明就很輕！」林座敷嘟嘴反駁，但還是趕緊起身，和林枕木一人一手將科斯特拉著坐起。

「扉空哥哥，我沒想到你真的會願意來，我超開心的！」林座敷說完，像是想到什麼般，指著林枕木，爆料說：「枕木從昨天就很緊張，不知道你會不會來，一直數花瓣算著呢！」

「說這個做什麼啦！」林枕木一掌拍掉那隻指著自己的手指，臉色略紅的趕緊向科斯特解釋：「扉空哥你別聽座敷亂講，我是男生，才不會做這種女生才會做的事情！」

「明明就有。」

「我說沒有就沒有！」

見兩個小娃又要吵起來，周遭的大人才要上前去隔開，沒想到這次卻是林座敷自動先舉手喊停，她一手扠腰，一手食指抵在林枕木的胸口說：「算了，今天我就不跟你計較，好不容易扉空哥哥來看我們，要是把時間浪費在吵架上實在是太沒意義了。」

「嘖，別用一副理所當然的模樣說話。」林欑木推開林座敷的手指，皺了皺鼻，「要不是妳老是掀我的底，誰想和妳吵。何況我們還有正經事要做……」

林座敷挑著眉，伸出手；林欑木低眼瞧，與之一握，像是達成某種協議。

沒想到林座敷竟在下一秒抽回手，用著飛快的速度轉身又撲向科斯特，不顧林欑木的罵聲咧咧，張手一把抱住了科斯特。

身子隨著衝力而向後跌坐，這次科斯特趕緊將手掌向後撐著穩住身子。

雖然她的身子比自己小上一倍，卻是用全身的力量在擁抱，體溫透過衣服傳來，那是一種會讓人暖進心底的溫度。

本來想推開的意識消弭，科斯特垂下眼，放下想將林座敷推離的手。

「扉空哥哥，我可以接受你吃我豆腐，所以如果你真的很難過很難過，我可以讓你抱著哭。」林座敷雙眼認真的直視他道。

突如其來的溫柔話語讓科斯特胸口有股難以紓解的情緒逐漸蔓延竄上，他咬著唇，忍耐著不讓那股情緒宣洩。

「座敷妳這個奸詐的！」林欑木趕緊跑上前，將林座敷往旁邊擠，認真道：「扉空哥，我完全不怕被吃豆腐，所以我比座敷是個更好抱著哭的人選，而且我的衣服比座敷舊，完全不怕被鼻涕、眼淚弄髒，你可以放膽的哭，絕對沒問題！」

「走開啦！笨蛋！」

「妳才是！」

兩人你一句、我一句誰也不讓誰的爭吵，只是吵沒幾句，爭鋒相對的話語卻突然噤了聲，因為他們發現科斯特居然彎著身子，用手掌遮掩著臉，細細的啜泣聲從遮掩的掌心下傳出。

他以為自己就算聽見任何話語都可以無動於衷，只是他沒想到，見到這兩個孩子，聽見那些溫柔的話，卻是再也無法忍耐。他無法忍住胸口蔓延的心酸，明知道自己不該在孩子面前哭泣，但這段日子以來的壓抑終於讓他忍不住潰堤。

連爭吵都忘了，兩個小孩趕緊上前抱住科斯特，細聲安撫，只是沒想到科斯特竟然伸手回抱住他們。

一個人哭變成三個人抱在一起哭，弄到在場的人都圍過來安慰。

「一、二、三──木頭人！」

趴在樹幹的黎旲群在喊完的同時回頭望，身後原本快步走的兩名少年、少女與數名孩童瞬間定住腳步不敢妄動，黎旲群再次趴回樹幹繼續重數，此時最靠近的林杕木趕緊快步上前，朝黎旲群的背拍了一掌！所有人頓時尖叫著往回跑。

倒完垃圾回來的莫邵萱在洗手檯洗好手，另一名志工少女順勢塞來兩瓶水。

莫邵萱道了聲謝，來到坐在走廊邊的階梯，注視前方嘻笑遊戲人群的科斯特身旁。她在旁邊的空位坐下，遞了一瓶水給科斯特。

「這水給你喝，謝謝你剛剛幫忙打掃教室。」

科斯特遲疑了幾秒，終於伸手接下，搖頭表示這沒什麼。

「這裡的孩子因為不同的原因而無法和父母一起生活才被送來，他們比一般人更需要陪伴，所以我們這些志工才會盡量在自己能力所及之內來幫忙。」

科斯特將視線從前方正被黎昊群抓住而一臉懊惱的林杦木，以及旁邊抱著一隻兔子玩偶開心大笑的林座敷身上抽離，在筆記本上寫了一行句子，遞到莫邵萱面前。

「座敷和杦木呢？」

莫邵萱摸著手指，看著遠處的人群，道：「座敷和杦木五歲的時候被父母拋棄在這家收容院前面，後來被院長收留進來。」

回憶起第一次與雙胞胎見面的時候，林座敷總是小心翼翼的樣子，以及林杦木故意惡作劇的樣子，莫邵萱的嘴抿成一條橫線，繼續道：「雖然他們沒有提起過，不過我想他們應該都還記得被父母拋棄時的記憶。現在他們看起來很能融入人群、與人相處，但以前的他們並不是這樣。」

莫邵萱深吸口氣，回想著說：「那時候座敷沒有辦法像這樣和大家玩在一塊兒，面對我們這些志工都很小心，好像怕做錯事會挨罵的樣子；而杦木好像認為座敷會被拋棄是因為自己的關係，所以常常和別人打架，或是對志工做一些惡作劇，藉此想要拉遠座敷與自己的距離。」

「他也捉弄過妳？」科斯特露出納悶的表情。

莫邵萱露出苦笑，搔了搔頭，「被掀了裙子，還被放在外套裡的蟲子嚇過。」

科斯特露出複雜的眼神，寫下一行字：「辛苦了。」

「不過他們現在都慢慢的融入了這個生活圈，這點讓我們很欣慰。我們希望到這裡來的小朋友都能像座敷和杦木一樣。」莫邵萱深吸一口氣，看著遠處正圍著志工們開心笑鬧的孩童，輕聲道：「不管過去曾經經歷過什麼，在未來、生活在這裡的時候，都能放開那股拘束，不要被過去所束縛，用以後的時間去追求自己想追求的東西，開心的玩、開心的學習、找到自己的夢想……而我們能幫忙多少就盡量幫忙，畢竟我們比起這些小朋友要擁有得太多太多了。」

樹蔭隨著風吹而晃動，科斯特覺得莫邵萱的表情就像是站在舞臺上，非常的耀眼。

思索著，科斯特在筆記本上寫上了字，遞給莫邵萱。

「妳是個好人。」

「好人？」

科斯特再想了想，再寫下一行字：「讓人覺得很溫暖。」

看著莫邵萱閱讀筆記本之後露出的呆愣表情，科斯特趕緊再抽回筆記本，寫下一行字，再轉向莫邵萱。

「我沒別的意思，只是覺得妳很懂得付出。」

讀完，莫邵萱突然沉默，正當科斯特思考自己是不是寫了什麼不妥的話之後，卻聽見莫邵萱的聲音再度傳來。

「其實我……並沒有像你說的那麼好。」

科斯特露出不解的表情。

莫邵萱像是想起什麼般，探手去摸自己的馬尾，苦澀道：「以前我給人的感覺和現在有些差別，過了一段很長也很難過的歲月，那段日子真的很痛苦。」

她並非一開始就是開朗向上的人，而是個被同學欺負到不想去面對現實的人。若以強弱來區分，她就是被歸為弱者的那一方。

國小、國中、高中時期，因為她不懂得拒絕、不懂得反抗，所以一直被欺負、排擠、霸凌，被關進廁所潑水是常見的事情，座位被擅自移到垃圾桶邊不准搬回，桌面上被漆滿了惡毒話語的塗鴉，那時的她只能自己吞淚，什麼都做不了，無法反抗。

「妳……也有重要的人去世嗎？」

科斯特能想到的只有這個，他小心翼翼的遞上筆記本，卻見莫邵萱搖了搖頭，接過他的筆寫下一詞——

「校園霸凌。」

心中有震撼，科斯特頓時不知道該怎麼面對莫邵萱，大概是認為自己挑起對方的痛處，只能趕緊在筆記本寫上：「我很抱歉。」

「沒關係，我也沒想過我能像現在這麼坦然的和人說這件事情。」莫邵萱露出一抹微笑，繼續道：「不過，變成這樣也不能推說我自己沒錯，若不是我的個性過於懦弱，不敢反抗、拒絕，那樣的生活或許早就消失了。也因為這樣，那時和家人的相處也有些誤會，所以和家人的距離相當遙遠。有時候我常常這樣想著——希望自己乾脆就這樣消失不見，或是有個能將自己完全藏起來的地方，如果能一輩子躲在那邊什麼都不再管，一定會很輕鬆。」

想著希望能有個容身之處，現實中她找不到，就去虛擬裡找，所以被欺負的日子，她就躲進線上遊戲的世界。不過或許真的放不開，好幾款遊戲裡她都擺脫不了和現實相同的宿命，直到與自己唯一親近的親戚拿著《創世記典》的遊戲設備來送給她，那座世界改變了她的一切。

莫邵萱注視著科斯特的眼，認真道：「雖然和你面對的事情不太一樣，但過去的我和現在的你都一樣想要逃避現實。我一心想著只要有個可以讓我躲藏的地方，那麼不管要我付出什麼代價都無所謂，可是我卻忘了，那些代價並不是我一個人獨自承受，而是連帶的讓我身旁的人一起遭受。」

其實她的身邊並不是沒有人，有好幾個人明明都在她的身旁，她卻看不見，他們都在等待她伸手求助，但那時的她卻選擇忽略，只想著讓自己輕鬆快活，然後她做了錯誤的決定，傷害了很多的人。

「明明身邊並不是空無一人，卻因為那些痛苦而看不見，然後我做了很過分的事情，傷害了那些在我身邊關心、我卻視而不見的人……」

科斯特順著莫邵萱的視線望去，看見的是正揹起林座敷轉圈圈的黎昊群。

「我發現自己錯得離譜，選擇重新面對，結果看見的事物卻變得和以前很不同，那時我才發現，一直以來我所看見的全是表面，但那並不代表就是事實，唯有真正的去了解，才能明白藏在表面底下的真實。」莫邵萱露出鬆了口氣的笑容，「面對，並不代表就是失去，反而也許會是重新獲得。」

他以為唯有逃避才不會失去，但沒想到莫邵萱卻說出相反的話語。

科斯特摸了摸臉上的口罩，思索著莫邵萱的話。很奇妙，之前明明其他人說了很多他都無法聽進去，但現在就像是那一天他在夢幻城與王者對談，對方說的話，沒來由的他卻聽進去了，抑或是因為莫邵萱的經歷，讓他有股她和自己是同立場的同理感。

「也許那是會讓自己不願去看、不願去聽，心的地方感到最痛的事情，但只有下定決心面對，才有機會看見那條道路，到底是失去還是重新獲得……」莫邵萱將手放在自己的胸口，溫柔的聲音讓科斯特直至多年之後都難以忘懷：「唯有去面對，自己去真正的看過，才能明白。」

她起身往前走了幾步，回頭注視著科斯特，眼裡有著璀璨，「扉空，我知道你心裡正糾結著某件事情，我也不會要求你硬要聽進我的話，或是說出我能明白你的感受這種話，因為我不是你，所以是絕對沒辦法做到完全的體會，但唯獨一件事情……」

莫邵萱垂下眼，認真道：「過往的我，和現在的你都一樣，想逃避，想躲到一個不用面對那些令人窒息的現實、對自己來講最好的容身之處，只要在自己的世界裡，那就再也不會受到傷害，所以不去看別人的關心、不去聽那些人說的話語……但其實，那樣的生活並不比面對更輕鬆。」

他知道莫邵萱想表達的意思，他也並不是真的看不見石川和其他人為了他做的一切，只是……一想到要將碧琳從心裡放下，他就覺得很痛，痛到他幾乎無法呼吸，痛到他提不起勇氣去面對那股失去的惶恐。

「一開始很困難，但只要願意走出一步，或許就會發現所有的一切和原本其實大不相同。」

「真的會不同嗎？」

科斯特顫抖的寫下字句，眼裡有著矛盾的痛苦。他不知道自己到底該怎麼辦。

「……我沒辦法給你正確的解答，因為答案只有真正的去走過才能看見。」

究竟是失去還是獲得，只有親自去走才有機會明瞭；但若是連走都不肯，只能在原地徘徊。

科斯特抓著筆記本的手指微微縮緊，垂眼注視著地上，此時遠處傳來了大人與孩童混雜的喊聲，在他意識到之前，手上的筆記本和筆突然被人抽走，莫邵萱拉著他的手來到其他人面前。

「邵萱，大家現在要玩踩影子，一起加入吧！」少女興奮的握拳道。

「人多才好玩，大家說對不對！」少年舉手高聲問。

所有的孩子跟著大聲附和：「對——」

莫邵萱思考了一會兒，點頭，「好呀，大家一起玩吧！然後……」她手指突然指向旁邊的科斯特，微笑道：「扉空說他自願當鬼。」

——欸？

科斯特訝異的瞪大眼，還沒會意過來，只見所有人同時歡呼的散開，一個大人帶著三個孩子分成四個區塊。

科斯特還傻愣在原地，直到躲在黎昊群身後的林杴木探出頭來，一臉怪異的詢問：「扉空哥，該不會你不會玩踩影子吧？」

「扉空哥哥，要是你不會玩的話，我可以和你交換，只要你答應以後每個月都來，我就馬上和你換，換我當鬼。」

——這是明擺著利益交換吧！

看著林座敷瞇起眼笑的樣子，科斯特突然有種這女孩其實是很精明的想法，吐了口氣，他捲起了袖子，在出其不意之時邁步跑向某方，伸手探抓。

歡樂的尖叫聲此起彼落，人群分散逃跑。

科斯特一個定點反跑，快步奔跑的腳踩上莫邵萱的影子，原本抓在莫邵萱身後躲藏的小孩瞬間閃得不見人影，跑到其他人身後躲去，連林座敷都當機立斷的拋棄最愛的萱媽媽，投奔到新歡科斯特身後了。

「萱媽媽當鬼了！」

莫邵萱不知所措的搔了搔頭，隨後握拳喊聲「好吧」，用著豁出去的姿態開始在空地繞著跑，只可惜與科斯特靈活樣子相比，算是略微笨拙。

笑聲在周圍此起彼落響起，不自覺的，科斯特藏在口罩底下的嘴角也跟著微微上揚。

他想，此刻他應該可以暫時忘記吧……暫時忘記那股心痛。

▲▲▲◎▼▼▼

站在書桌前，科斯特拿起桌上擱置許久卻未拆封的信封，深吸口氣，心裡徘徊不定的鐘擺緩緩停下。終於，他打開了封口，抽出信紙攤開來看——

給我最心疼，也最希望能夠獲得幸福的人：

哥哥，當你看到這封信時，我想我已經不在這世上了吧。

記得小時候，我們常常比賽從學校奔跑回家，誰先到家，誰就能吃掉媽媽準備的雙份餅乾。我跑得慢，總是追不上哥哥，只是每每快到家門時，我總是會奇蹟似的超越你，先抵達家門。

其實我知道，哥哥在每一次快要抵達家門時就會刻意放慢腳步，將原本自己該得到的禮物讓給我。

很多事情也都是如此，哥哥原本該得到的東西，你都不保留的全送到我面前……你說，只要看見我開心，對你來說就是最好的禮物。

一直以來哥哥總是為了我付出了很多很多，不管是為了我下定決心離家出走，或是為了替我爭取一個床位，而兼了好幾份差事，連好好睡上一覺的時間都沒有。

我很自私，就算知道哥哥你在外面受了委屈，卻也不敢說出要你乾脆扔下我的話語。

我沒有辦法像正常人一樣陪伴在你身邊，只能等你來醫院探望我。

其實我並不像哥哥所見的那麼堅強，我害怕那些療程，也害怕死亡，怕你哪天感到累了會真的扔下我。但其實我更怕看哥哥孤單的傷心難過。

哥哥你常說是你放不開我，但你錯了。

其實最捨不得放開的人，是我……

對不起，明知道你為我做了那麼多，卻還是無法為了你違抗命運，我的身體我自己很清楚，就算多麼的努力也沒辦法好起來。即便如此，我仍然很感謝你，謝謝你為我做的許許多多的事情。

這輩子讓我感到最幸福的事情，就是成為你的妹妹，讓你呵護走過這十六年的歲月。

哥哥，雖然我不在這個世上了，沒辦法再讓你觸摸、碰見，但有一件事情，你一定要記得。

我一直，都會陪伴在哥哥的身邊。看著你成長、看著你走著自己的道路、看著你遇見自己真心喜歡的人。

別擔心我，我並不是孤單一個人，你應該為我感到開心，因為這一次我終於能真正的到各處去自由走動，而且，媽媽也會跟我在一起。

不管以後的日子遇到了什麼樣的挫折，遇到什麼樣的困難，我和媽媽都會在你身旁，陪你一起度過。

哥哥，希望你能找到屬於自己的幸福。不再是被我遮掩住雙眼，而是真正的去看見，屬於你自己的真正幸福。

一封信件，一份心意。

科斯特顫抖的掩著口鼻，吸著鼻子深深呼吸，忍住瀰漫眼眶的熱意。

他以為只要自己擔下一切，就是最好的方法，但結果卻是讓她直到最後還在那樣擔心著他，他早該想到，那樣善良的碧琳……

——哥哥，真的可以放下妳嗎？

身後，透明的身影伸手擁抱。

科斯特將手放在懷繞在自己腰間的透明手背上，眼淚滴落在紙面，水漬暈開模糊了字跡。

▶▶Loading...

第七伺服器

# 也許，放開手才是真正的答案。

Create Dream Online

「哥哥，真的可以放下妳嗎？」

純白的空間，科斯特望著前方與自己擁有相同髮色的少女，如此的詢問。

這次終於不再是模糊的面孔，他清楚的看見那張他懷念不已的臉龐。

「嗯。」碧琳輕輕的點頭，「就算哥哥不再執著，我也一直都在啊，不是嗎？」

碧琳走上前，笑著將手放在科斯特的胸口，「我一直都在，在哥哥心裡，在哥哥的回憶裡，只要你有點想念我了，就閉眼回想我們相處的時光，摸摸你跳動的心臟，那麼你就能感覺到，我並未消失，只是用另一種更自由的方式陪在你身旁。」

「我怕妳孤單。」科斯特握住胸前的手，輕聲的語氣帶有懇求對方留下的意味，只要她出聲要求，那麼他就會立刻停止步伐，不再向前。

豈知，碧琳卻是搖了搖頭，反手回握，靦腆的笑了，「有媽媽陪著，我現在過得很開心，所以我也希望哥哥能過得開心。哥哥，你能再答應我最後一個請求嗎？」

科斯特詢問的注視著，只見碧琳在垂了眼之後，露出燦爛的笑容，認真請求：「請你，一定要……過得幸福。」

眼皮緩緩睜開，科斯特靜靜的看著天花板的光影，即便隔著窗簾，漸層的陰影依然在室內變幻出各種幾何圖案，和他以前所見的有所不同，本以為被隔絕出來的陰暗空間裡，竟不知何時還是存在著亮光。

「請你，一定要……過得幸福。」

夢裡碧琳的聲音似乎還環繞在耳際，科斯特閉眼重新回想，這次不再是模糊，而是碧琳清晰的笑容。

——幸福嗎……如果碧琳妳真的這麼希望的話，那麼哥哥……

客廳傳來輕微聲響，科斯特的視線下意識移到關緊的門板，注視了許久，他終於起身下床。離開房間來到客廳，果然看見石川正收起紙袋，而桌上已經擺了一杯溫奶茶和三明治。聽見腳步聲，石川抬起頭，恰巧與科斯特對上視線。

和平常一樣，石川微笑招呼：「早安，科斯特。早餐我放在這裡，記得要吃。」

即便科斯特並未回應，石川還是每天不厭其煩的照顧著他。

其實他並不是沒有發現，比起過往，石川是真的帶著倦容，即便如此還是用微笑來掩飾。他不懂，為什麼石川要為自己做到這種地步？其實石川只要扔下一句「不管」就好了，但石川卻還是如此盡力的照顧他。

——我，真的要這樣繼續下去嗎？

——我，可以放手再次去追嗎？

看著石川落下一句慣例的囑咐道別，轉身往門口走去，像是終於下定決心般，科斯特走向窗簾，手指顫抖的抓上布料，深吸一口氣，壓下胸口的緊張與畏懼，他使力將布料往兩邊拉開。

「刷——」

清脆的滾軸聲與刺眼的陽光讓石川轉開門把的手頓時僵住，他回頭，只見科斯特的手正放在窗簾的布料上。很明顯，是科斯特自己拉開了窗簾。

「科、科斯特？」

科斯特雖然視線飄移，但最後還是定下心神，來到石川面前。

石川還處在震撼裡未回神。

「石川……」乾澀的微弱聲音從那本來無法出聲的喉頭吐出。

石川難以置信的看著肩膀微微發抖，像是在思索找尋話語的科斯特。

「我想……重新開始……能不能請你……幫幫我……」

眼眶湧出液體，石川趕緊摘下眼鏡用手掌掩著臉。

感動與安慰的情緒湧現在心裡，吸了吸鼻子，抹掉自己難看的淚水，石川重新戴好眼鏡對上科斯特不知所措的眼神，露出這陣子以來第一個釋懷的笑容，「我不是說過了?我是你的專屬經紀人，只要你有所需要，我都會成為你的後盾。」

他從不知道當自己看見科斯特願意去面對時會是這樣的開心，這段日子的辛苦好像一瞬間都煙消雲散。雖然失去了很多，但他想，往後的日子一定會獲得更多更多。

「科斯特。」

科斯特一頓。

「讓我抱抱你！」

科斯特還沒反應過來，石川就整個人張開雙臂撲過來，閃避不及的他就這樣被比自己大上十幾歲的男子抱個滿懷。本以為石川看起來文文弱弱，誰知道抱起人來卻是相當的大力，緊到讓科斯特都覺得有些痛，手下意識的想推開，但耳邊傳來的話語卻讓他忍耐了下來。

「都過去了……都過去了……」

石川邊哭邊笑的說著，而科斯特只能垂下眼看著近在眼前的布料紋路，輕輕的吐了口氣。

眼神往旁邊移動，原本陰暗的室內變得明亮無比，原本他一直所見的少女也已消失無蹤了。

「我一直都在，在哥哥心裡，在哥哥的回憶裡，只要你有點想念我了，就閉眼回想我們相處的時光，摸摸你跳動的心臟，那麼你就能感覺到，我並未消失，只是用另一種更自由的方式陪在你身旁。」

手指觸碰胸口，規律的心跳讓科斯特闔上眼，腦海裡浮現的是過往的回憶，有各式各樣的場景，從小到大，他與碧琳一起相處過的點滴。

是啊，她一直都在，一直都在他的心裡……而今後，也會陪他一直走下去。

▲▲▲◎▼▼▼

拍攝現場的角落，科斯特由石川陪著，在一名拿著資料夾的男子面前低頭道歉。

「很抱歉，沒在拍攝時盡心準備，這次我絕對不會再犯相同的錯誤，能不能請您再給我一次機會？」

「不行、不行，模特兒我們都換好了，你那種不敬業的態度我可不敢再用一次。」男子不耐煩的擺了擺手，「你狀態不好的時候就要我們配合你，拜託，我們是付錢的廠商，是你要配合我們，不是我們要配合你，就算你歌唱得再好、再有名氣，這樣的態度我寧願找別人。」

垂在腿旁的手指不安的摸著褲管，科斯特默默任由男子劈里啪啦的罵也不回嘴，等到男子話停之後，才又彎腰重新道歉：「我知道之前確實是我個人問題讓你們的工作延宕，我真的感到很抱歉……我保證這次再也不會因為任何事情影響到拍攝作業，拜託請您再考慮看看，給我一次機會！」

「我說了，模特兒我們已經重新找好人選了，你還是回去吧。」男子扔下一句話後便轉身離去，邊走邊碎碎唸道：「之前是經紀人三天兩頭跑來拜託，現在換兩個人一起來，真是……」

肩膀被一雙手按了按，科斯特看著對自己偏頭示意的石川，兩人一起離開了攝影棚來到戶外，朝停在路邊的轎車走去。

科斯特探手抓了抓瀏海，遮掩自己不知所措的視線，小聲道：「看起來之後還會再來幾趟，抱歉。」

聽見這話，石川倒是笑了，「說這什麼話，我是你的經紀人，替你挽回工作我也有責任，不管要來幾趟我都陪你。那現在要去下一個地方了嗎？」

科斯特點頭，拿出自己的手機翻看記事本，裡面詳細登錄好幾家公司與細部資料，全是他之前放任自己時丟掉的工作，有平面拍攝也有現場活動。

他知道工作被換掉自己要負很大的責任，是他太沉淪於情緒裡而沒去好好努力，造成別人的負擔，他並不指望這些工作都能回來自己手中，只是不論如何，他覺得自己應該去向因他而困擾的人好好道歉。

「我很高興。」

突然傳來的話語讓科斯特呆愣的轉頭，只見石川將手放在他的帽簷，鏡片下的眼神很溫和。

「再也沒有什麼比看見你這樣認真的模樣還要更讓人感到開心了。」笑著說完，石川突然轉了臉色，嚴肅的推推鏡框，「不過可別太過認真，不然我這經紀人都沒地位了。」

「你很喜歡做事啊。」科斯特失笑的打開車門，坐進副駕駛座。

石川繞過車頭坐進駕駛座，打趣道：「誰叫我負責的藝人總是讓人不放心。」

無法反駁，科斯特只能撇嘴以表不滿。

「那麼接下來就直接過去下個地方拜訪，然後再去吃午餐，時間上……下午應該可以跑五個地方，晚點再進公司去跟 BOSS 見面，沒問題吧？」

科斯特點頭，「能跑幾個地方就跑幾個地方。」

石川笑著將車子駛離路邊，往下個地點前進。

「叩、叩。」門板上響起兩聲敲門聲。

石川和科斯特一起開門進入里斯的辦公室。

「BOSS。」

里斯合上文件夾，起身來到一旁的單人沙發椅上坐著，橫手一劃說：「坐吧。」

科斯特跟著石川一起來到長沙發坐下。

「科斯特，我很高興你願意回來。」

科斯特趕緊道：「很抱歉造成您的困擾。」

里斯笑著擺手，「別這麼說。每個人多多少少都會有一道過不去的檻，最重要的是你願意去跨過，這樣任何事情都來得及挽救。你妹妹的事情我很遺憾，我也相信那段日子你比任何人都要難過，那絕對不是好過的生活，而是種折磨，你不需要太苛責你自己。」

「另外記者會的事情……」里斯嘆了口氣，雙手互相緊握，抿嘴，「是我沒好好思考清楚，明知道你的狀況，卻為了避免記者過度深入追查而出這種下策，讓你遇到那種事真的很抱歉。」

「……您並沒有錯，是我拋不下才會變成這樣。」

他知道里斯是在盡自己的方式保護他，他是真的很感激。變成那副失態模樣不能怪別人，是他不夠堅強，如果他能早早明白、早早放下，這四個月的時間就不會讓所有人難過成這樣。他傷心難過，其他人卻得一起負擔。

里斯拍了下手掌，打散那股憂鬱的氣氛，道：「好在現在都雨過天晴了，你恢復了聲音，也回來了，我想這一定是個好兆頭，所以你錯過的，從現在開始一定要好好準備。」

石川納悶的眨了眨眼，問：「您指的是？」

「演唱會。」

石川和科斯特同時露出訝異神情。

里斯攤開手，繼續道：「本來要在五月辦的那一場。我那時就說了，延後舉辦，等科斯特回來。現在科斯特回來了，停擺的工作當然要繼續進行。科斯特，你能唱嗎？……不，應該這麼問，你想唱嗎？」

看著期待回答的里斯，以及一直支持自己至今的石川，科斯特抿了抿脣，重重點頭道：「我想唱，這次絕對不會再隨便浪費機會了。」

里斯朝膝蓋拍了一掌，和石川相視而笑。

「那麼就這麼決定，演唱會排定在四個月後舉行，流程就跟之前討論的一樣。時間可緊迫了，科斯特你得加緊準備。」

「……我會努力。」科斯特認真道。

這次他不會再感到畏懼、也不會再害怕，他想要好好的面對，然後走向自己創造的道路，因為他已經不須再妄想也能感受到……陪伴著自己的那股溫暖。

▲▲▲◎▼▼▼

官方對冰花事件的懲處是暫時停權半年，而現在距離上次他登出遊戲時已經過了七個月。

科斯特坐在床邊，拿起擱置在床頭櫃上許久、都積上一層灰塵的設備，用面紙將它擦拭乾淨。液晶螢幕板和手錶的玻璃面變回以往的明亮，在燈光下隱隱反光。

不再被窗簾遮掩的落地窗可見窗外散落不同光彩的城市，還有遠處那如同星星般的紅光。以前他每次都會望向醫院所在的地方入眠，但現在已經不用再望了。

拿起床邊擺放的相框，觸摸那張在櫻花樹下拍攝的照片——讓他最心痛的那一刻。

那時他聽見了身旁傳來最真心的話語，卻無法阻擋殘酷命運的流逝。

「碧琳，接下來哥哥所做的決定，妳會支持嗎？」

照片無法回答，科斯特也不再強迫那虛無的聲音非得回應他，他知道接下來自己所做的決定會有許多人無法理解或體諒，但這是他考慮過後才做的決定，他知道只有這麼做，自己才能真正的放下。

——不知道能不能登入了？

抱著不安的擔心，科斯特戴上了電子錶。錶面的時間與天氣變化依然持續走動，這七個月來從未停止。他想起了在那座世界度過的種種回憶，深深的吸了口氣，終於關掉電燈，戴上設備，重新進入那久違的遊戲世界。

▲▲▲◎▼▼▼

「扉空哥真的會回來嗎？」枕木童子蹲在中央城鎮外的河邊，撿起地上的石頭朝河裡扔。

「啪、啪、啪、咚！」石頭在水面彈出三個水圈，第四下沒入水中。

「扉空哥哥都願意來見我們了，我相信他一定會回來！」座敷童子站在蘋果樹下，拿著石頭往樹上的蘋果扔，只可惜顆顆扔偏。

伽米加來到座敷童子身後，一個蹬跳，爪子也跟著朝上一撈，輕輕鬆鬆就摘下了樹上的蘋果，遞給座敷童子。

「與其說是相信，不如說是希望。」伽米加來到河邊盤腿坐下，低頭看著河面的倒影——獅子銅鈴般大的獸眸裡，原有的信心已快要失去。

「嘿，別弄得這麼鬱悶嘛！」愛瑪尼在伽米加身旁蹲下，手肘靠上對方的肩膀，勸道：「反正這附近有很多狩獵區，邊打怪邊等待，只要不棄坑，早晚會等到……」

似乎覺得這時間其實也沒什麼肯定性，愛瑪尼補上一詞：「大概。」

後腦被槍托一敲，愛瑪尼再度抱頭滾到旁邊去叫痛了。

荻莉麥亞取代愛瑪尼原本的位置坐下，拿起擦拭布清理槍身沾染的灰塵。

「他會回來，只是需要一點時間。」

傷痛不是那麼容易就能夠走出來，也不是他們這些旁人能夠揣測，他們能做的只有等待。

「我知道。」伽米加搔了搔頭，向荻莉麥亞與愛瑪尼道：「抱歉，讓你們也跟著一起等。」

從扉空被停權那一天開始，伽米加和座敷童子、枕木童子就堅持在中央城鎮等待，其他有任務的人只能離開去解任務，身為會長的波雨羽本來也鬧著說要一起等，結果被明姬用劍押著回去，畢竟一個公會沒有會長坐鎮不像話。

後來，陪伴他們等待的人越來越少，到最後只剩下荻莉麥亞和愛瑪尼還待著。

公會的人偶爾會過來探探情況，不過因為任務在身，沒多久又出發到別處去了。

「為了同伴，這點小事不算什麼。」荻莉麥亞理所當然的說道。

「為了荻莉麥亞，這點小事不算什麼。」愛瑪尼握拳認真道。

結果卻引來了雙胞胎與荻莉麥亞的冷眼，暗指他實在是不會看場合。

就算說的是實話，但愛瑪尼面對冷眼也只能默默的轉身去摸鼻子，閉緊自己的嘴，免得多說多惹白眼。

伽米加苦笑的看著一行人的相處，也嘆息扉空不在此處。突然，鼻頭有些涼意，低溫的冷鋒伴隨著熟悉的氣味飄來，伽米加慌忙站起，朝天空嗅了嗅。

「怎麼了？」

荻莉麥亞傳來發問，但伽米加並沒有回答她，眼神一凜，蹬地而出朝左方衝去。見伽米加跑了，其他人也發覺不對勁，趕緊跟著追上。

只見前方的獸人跑沒多久，突然在南城門口停下步伐，而一道人影也在同時從城門內走出。天藍色的長髮隨風飄動，蓋腳的裙袍隨著走動一波一波的晃著，然後少年停下了腳步，金色的豎瞳轉過來與他們對上，明顯訝異的一愣。

「扉空！」

伽米加率先上前，其他人也跟著來到扉空身旁圍繞。雙胞胎更是搶先抱住對方，直喊著「扉空哥」、「扉空哥哥」。

「我以為你不會再上線了，還好你回來了！」荻莉麥亞掩飾不住眼裡的激動，喜悅道。

「就是說啊！我還以為要等到天荒地老……嗚噗！」話到一半，愛瑪尼抱著剛剛被重重一敲的肚子彎下身。不用多說，出手的一定是荻莉麥亞。

扉空像是在思考著什麼般的垂下眼，隨後視線定在前方的伽米加臉上——獸人眼裡有著忍耐，想靠近卻又不敢。

「伽米加。」

伽米加眼裡出現驚愕，他沒想到扉空還願意喊出他的名字。

扉空來到伽米加面前，手掌一翻，掌心出現一枚刻著浮雕的金幣，扉空拿起那枚金幣，看著背面寫著的「1」，在深深呼吸之後，他拉起獸人的手，將金幣放在對方的掌心裡。

「當初向你借的一塊錢，現在還給你。」

他們這支隊伍是因為這一塊錢才牽起緣分，而現在扉空將一塊錢還給了他，意思很明顯。

「我會退出隊伍和公會，波雨羽那裡我會自己發信去向他解釋。」

「你還是……無法諒解嗎？」伽米加難以接受。他不懂為什麼扉空就是堅持要撇清關係。

「不是這樣。」

扉空的話語讓伽米加一愣。

扉空視線往旁挪移，看著眼前的遼闊土地，像是敘述般的說道：「沒有什麼諒解或不諒解，只是這段時間我想一個人獨處，畢竟我本來就不是個適合和許多人一起行動的類型。」

「如果你要自己一個人，我可以不出現在你的視野範圍內，我們都會給你空間，這樣也不行嗎？」

他想走去哪裡，他們絕不會攔住他的行動，沒必要非得切斷所有的聯繫不是嗎？

「這不一樣，我想要自己一個人獨處，我需要一段時間。」扉空重新對上伽米加無法理解的眼，道：「你很聰明，應該能了解我的意思。」

「……你還會回來嗎？」

他需要真正只有自己一個人的路途，這樣他才能不顧一切的去走，去找尋他真正所想要的。

「我不知道。」

「你需要多久時間。」

「我不曉得……也許一個月……也許半年……也許更久……」

「那我們還會是朋友嗎？」

扉空沉默不語，隨後打開面板自己點選按鈕退出了隊伍和公會。這種果決讓所有人都難以接受，尤其是伽米加，更是一臉快哭出來的模樣，尾巴垂得軟弱無力。

「扉空，沒必要做得這麼絕吧！」愛瑪尼忍不住出聲道：「大家這段日子都在這裡等待，就是為了怕你回來找不到人，但你現在這樣真的太不夠意思……」

荻莉麥亞伸手擋在愛瑪尼面前，阻止他繼續說下去。

注視扉空許久，荻莉麥亞走上前，柔聲說道：「扉空，朋友可以不刪吧。至少讓我們知道你還在《創世記典》，或者是已經不玩了。我們所有人都不會向你發送密語，直到你自己願意主動聯繫我們，這點小小的請求你能接受吧？」

荻莉麥亞的請求讓扉空陷入思考，想了想，他點頭答應這項請求。

「謝謝。你可以走了。」

抿著脣，扉空看了眼無法諒解的愛瑪尼、殷切望著他的座敷童子與枚木童子、坦然接受他離開的荻莉麥亞，以及……

撇開與伽米加對上的眼，扉空終於邁開步伐，朝遠方的未知道路走去。

伽米加想追，卻被荻莉麥亞拉住手。

「扉空想走，我們就算強留也留不住，比我們任何人都還要早和他成為同伴的你應該很清楚才對。」

他知道，他當然知道，只要扉空堅持，誰也攔不住他，到最後只會變成撕破臉的難看場面。

「他只是需要一段時間靜一靜，不論怎麼樣，就給他時間吧，總有一天他會回來的。」

伽米加抹了抹酸澀的鼻，「妳怎麼能那麼肯定？」

荻莉麥亞將狙擊槍往後一揹，注視著那道離去的背影，挑了眉，「直覺。」

離開一段路途的扉空終於停下步伐，回頭望去，原本清晰的身影因為距離遙遠只剩下模糊的色塊。

打開物品寄送面板，扉空在文字區寫下幾句話，並將公會當初配給的房間鑰匙夾帶在信件裡一起寄還給波雨羽。

隔沒多久扉空便收到了回信。他閱讀信件內容後，淺吐一氣。他知道他任性，但如果不這麼做，他回來根本沒有意義，因為想再繼續待下去，所以他必須重新找到新的理由才行。

「我在遊戲裡頭藏了一個寶物，希望哥哥能找到它。」

「找到我，找到我藏著的東西。」

因為碧琳的話他才會來到這座世界，現在失去碧琳的這座世界，能讓他待著的理由又是什麼，他必須重新找到才行。為此，他不能再侷限於待在那些夥伴的身旁，在他們的保護之下去看這座世界，那是不完整的。

就算知道會傷害到人，他也不能再繼續窩在他們身旁，那樣子他根本無法行走。

雖然抱歉，但這是他想到的唯一辦法，因為他想要繼續留在這裡——唯有離開，他才能向前走。

「給我一點時間，請你們等我。」輕聲說完，扉空眼裡有著決心。

他轉身，不再去看那些被他拋下的事物，重新邁步向前，但走沒幾步就又停下了步伐。

前方的大樹，一個人從樹後走出，看起來像是等待許久的樣子，扉空瞇起的眼從困惑變為訝異，因為擋住他去路的人竟是ＥＰ１。

▲▲▲◎▼▼▼

波雨羽坐在窗邊，握緊手中的鑰匙，他關掉信件面板。

明明就是為了友人而創立的「家」，現在失去了扉空，那麼這個家……

此時，道路空地由光芒的陣法帶來兩名男子，一名魁梧、一名瘦弱，兩人的臉色明顯不善。

魁梧男子大聲嚷嚷了些話，好幾個人隨即從公會大樓內跑出，兩方正在叫囂。

波雨羽看了眼樓下，按了按帽簷，手扶窗檻，身子一撐，橫腳向下跳！

「剎！」

即便有兩樓的高度差，波雨羽依然身形輕盈的穩穩落地，好似不受重力限制，跳躍可隨自己心意控制。

波雨羽朝人群走去。

發現自家會長親自過來，所有人紛紛讓了路。

「怎麼了？」

「跟之前那些傢伙一樣，要來找扉空算帳什麼的，說是我們公會沒管理好，才會讓扉空鬧出那種大事。」坦巴斯單手扠腰，撇嘴不耐道：「說得那麼好聽，不過就是平常沒機會碰著我們公會，現在想趁機鬧事。翻了桌就說我們白羊之蹄不如人，翻不了桌就說我們白羊之蹄惡劣。」

冰花事件之後，官方將所有的一切說成是特殊任務安排，但其實大家心知肚明沒那麼簡單，也多少有認知如果當時事情沒解決會是何種下場。雖然事後在夢幻城的幫忙說服下，眾人都願意不計較，且保證事情過後就忘，畢竟官方也給予扉空停權懲處，再計較未免過於逼人。

誰知道過沒多久，大陸便開始傳起冰花事件內情不單純，還有白羊之蹄是幕後主使、縱容會員亂來之類的謠言。

一開始滿多人在外面遇見白羊之蹄的人時，就不停嘲諷、叫囂，自知理虧的他們也不知道該怎麼回嘴，只能裝作沒聽見並離開；除此之外，公會領地也常常有不認識的人花錢買拜訪符進來就只為了叫囂，有時被逼到不得不出手，那些被打慘的人卻指責他們說不過就傷人，搞得白羊之蹄頭痛許久。

七個月過去，現在已經沒什麼人記得當初的那件事情，也鮮少有人繼續來挑釁，本來以為就到此為止，沒想到現在又來了兩個閒閒沒事做的，一群人摩拳擦掌，是真的很想把他們海扁一頓再扔出去，但也顧慮公會面子而只出嘴上功夫，尚未出手腳。

「這麼有錢怎麼不把錢花在有用的事情上，89金在現實都能吃一頓午餐了。」波雨羽淡聲說完，橫手一舉，落櫻隨即凝聚現形。

「果然什麼樣的公會就出什麼樣的人，白羊之蹄也沒一個好東西！快點把扉空叫出來，省得你我麻煩！」

聽見這話，漢子大叔也忍不住破口大罵：「你們才全家都不是好東西！況且這裡是白羊之蹄，你們撒潑個什麼勁啊！要打我奉陪！」

魁梧男子冷冷一笑，叫出一把幾乎與自己同高的巨斧，一垂手，巨斧的柄尾也跟著在地面砸出一個窟窿。他嘲諷道：「你的斤都沒我武器重了，就憑你，不怕被我砍成兩半就試……」

最後一音尚未落下，魁梧男子就見眼前突然出現一個人，接著是狂暴的櫻花漩渦迎面襲來。

魁梧男子被一個狠招掀翻飛天又落地，摔了好幾滾後才狼狽的從地上爬起，卻又跌回原地。

不只瘦弱男子目瞪口呆，就連在場的所有人也皆是訝異狀態。在他們的認知裡，波雨羽從沒有像這樣突然出手過，更別說波雨羽現在身上還散發出一股狠戾氣息。

──會長是怎麼了？

眾人偷偷互瞧，卻沒人敢詢問。

波雨羽從漢子大叔身旁走過，來到魁梧男子面前──雖然他臉上帶著貫有的笑意，但眼裡卻是暗藏煩躁與不耐煩。

被波雨羽的氣勢震住，魁梧男子吞了吞口水，縱使知道自己與對方的實力差別，卻還是因為不服輸而開口罵：「你、你們白羊之蹄……」

話還沒說完，利光從臉側刺過，魁梧男子的右臉瞬間出現一道深長的滲血傷口。

「所有人都知道白羊之蹄是非善不收，但我可沒說過……我是善呀。」波雨羽瞇起眼，冷聲警告：「聽好了，要是你們敢再找我們公會，或是扉空的麻煩，記好今日的下場，我會讓你再次體會。」

伴隨著話語，波雨羽高舉落櫻，重重刺下！

「鏘！」

細長的西洋劍從旁竄來擋下叉尖，強勁的力道讓明姬因反彈而往後退了幾步，矮小的身子差點跌倒。

瘦弱男子趁這一瞬間趕緊來到魁梧男子身旁攙扶，兩人急忙用傳送符逃跑離去。

「想在公會領地殺人，你腦子不清楚了嗎？」明姬瞇起眼，口出惡語。

她沒想到自己出去一趟採買個物資，回來就看見波雨羽發狠想殺人，這讓明姬極度不悅，就算波雨羽自己再怎麼沒有會長的自知之明，總該知道隨便殺害玩家是會被官方嚴懲吧。

波雨羽佇立在原地，完全沒有回嘴，只是低垂著頭沉默不語。

——居然沒像平常回嘴？

明姬察覺似乎有所不對勁，走近時，卻聽見波雨羽用從未有過的苦澀聲調喊著自己的名字。

「明姬。」

明姬一愣，只見波雨羽露出她從未見過、很苦很苦的笑容——比哭泣還要難看的表情。

「我以為只要我做得夠多，就能彌補過往未能陪伴在他身旁，陪他一起面對的遺憾……只是我沒想到就算我做得再多，還是無法左右他的想法……為了他而創立的等待之地，如果他走了，那麼還能繼續維持嗎？」

波雨羽輕輕的笑了，用著壓低的帽簷掩飾自己的表情，聲音哽咽的說出令所有人錯愕不已的話語：「扉空退出公會了。」

「什麼？！為什麼要退出公會？」

「會長，這是不是哪裡有誤會？」

眾人皆是難以置信，他們從沒想過等到扉空重回遊戲時，聽見的不是他回來公會，而是退出公會、離他們遠去的消息。

波雨羽無聲抿脣。他以為只要他努力就能讓對方留下，只是沒想到最後卻是這樣的結果。

「我是不知道你在執著什麼。」

波雨羽抬起眼。

明姬雙手環胸、抬高下巴直視波雨羽，雖然身材嬌小，卻完全掩飾不住自身氣勢的強大。

「在我的認知裡，你才不是這種一看見結果不如自己意就會默默承受接下的人，所以別裝得一副哀怨的可憐樣，那不適合你。說什麼人走了公會就無法維持的蠢話，你創立白羊之蹄的目的就這麼渺小？我們這些人都不是『家人』，這裡就不是我們的『家』？」

明姬推了推鏡框，繼續道：「人走了，那麼等他回來不就好了？再不然就跟當初一樣，讓知曉再去把他綁回來。」

——會計，這可完全不像妳會說的話呀！

眾人頓時心慌的在心中驚喊。

明姬輕哼了聲，詢問：「所以，你要怎麼做？」

說波雨羽會乖乖接受，她才不相信。

「……只有他，我不想強迫。」

明姬聳了肩。

波雨羽收起原有的難看表情，深吸口氣，道：「所以，等他回來吧，你們會陪我等嗎？」

「當然！」所有人異口同聲回答。

再怎麼說扉空也同樣是他們的家人，只要這款遊戲還在，他們就會一直等下去，直到扉空回來的那一天到來。

明姬收起武器，從波雨羽身旁走過，留下凌厲話語：「下次再失去理智就打斷你的腿。」

回身看著那進入公會大樓的嬌小身影，波雨羽搔了搔頭，輕輕的笑了。

▲▲▲◎▼▼▼

「官方的懲處時間早在一個月前就終止了，您比我所想的還要晚上線。」

身著平常服飾的ＥＰ１來到扉空面前，眼裡的柔和與當時扉空在創角時所見到的依然未變，一樣是那如同長輩般的包容眼神。

比扉空要矮上十幾公分的身高抬頭望著，ＥＰ１將右手攤翻向上，一本硬殼筆記本被一顆光球包覆，出現在他的掌心上飄浮。隨後光球「啵」的消失，筆記本緩降在掌心，ＥＰ１將筆記本雙手奉上。

發現ＥＰ１是要將筆記本給他，扉空才納悶的接下筆記本翻閱，只是翻沒幾頁，眼裡的不解卻變成難以置信。

筆記本裡是很像旅遊記事的內容，有照片和心得，但讓扉空激動的並不是這個，而是那字跡他很熟悉，與留給他的那封信一模一樣。

「遊戲機具：SB107。遊戲ＩＤ：青玉。這是我從她遺留的資料庫裡特地取出的物品，我想您會有所需要。」

手指撫過頁面的字跡，扉空喃喃問：「為什麼……」

「因為這是這座世界唯一能為她所做的事情。」

扉空眼裡出現訝異。

ＥＰ１抬頭望向那被層層樹木遮掩、隱約可見的寬廣城鎮，述說道：「她寄了一封信來ＧＭ信箱，希望官方可以幫忙替她轉交一項物品、傳達一句話給未來會來到《創世記典》的某名玩家。她說，希望我們在她的遊戲角色不再上線之後，替她告訴他的兄長：『請一定要過得更自由、更幸福。』」

身為ＡＩ的他，只要有電腦運作的地方他就能到達，所以他知道女孩的身體並不好，也知道她或許不久於人世，但即便面對這種情況，她依然努力的為另一個人鋪路著想，這讓他不自覺的想起了某名熟悉的友人，湧現的是想幫忙她的念頭。

「七個月前的騷動，我知道事發的因素，也知道發生在您身上的事情。所以在與其他人討論過後，官方決定按照玩家青玉的要求，從資料庫裡取出這本日記轉交給您，現在它是屬於您的物品，您可以決定如何使用。」

回想起過往相處的種種，扉空緊抱著筆記本。

他以為碧琳只在現實留下了那封信，卻沒想到連在遊戲裡也替他做了那麼多。

——這才是妳藏著的寶藏。

這座世界、他所遇見的人，那只是過程。真正的寶藏，其實是這份被保留下來的心意，努力的用自己的方式讓他在面臨失去之後也能重新去獲得。

讓妹妹擔心到這種程度的他也真的太不成熟了，她那麼努力的想要表達，他卻沒能好好去看見……

抬頭忍住差點又奪眶而出的眼淚，扉空用袖子抹了抹眼，向ＥＰ１認真道謝：「謝謝。真的，很謝謝你們……」

「我們的職責是維護每位玩家的權益。我們只是按照玩家的希望去做這件事情罷了。」ＥＰ１說完，轉了話題：「那麼接下來您有什麼打算？」

扉空看了眼懷中的筆記本，思索著，決定道：「就到這本子上面寫的地方去看看吧。她曾經看過了什麼，曾經走過什麼樣的路，我想親眼去看看。」

那時她獨自一人來到這座世界，重新獲得雙腳走過哪些路，他想要知道、想要了解。

ＥＰ１露出瞭然的微笑，「我剛剛看見您和您的夥伴道別了，這樣沒問題嗎？」

從多人陪伴的旅程變成獨自一人，那將會是無比艱辛的路途。

再也沒有人會在你身旁隨時替你注意周遭。

當你寂寞的時候也沒有人能和你聊天。

遇到困難時也沒辦法再互相幫忙一起度過。

看似堅強的旅途，其實卻是無比孤單。

「我也不知道，只能去走走看了。」

未來的旅途艱辛，但如果還是繼續待在那些人身邊，他一定會養成依賴的習慣，就像他把碧琳當成唯一，結果在失去時卻是傷害到許多人，他不能再依賴他們了。

接下來，不再被旁人左右，他要用自己的眼睛去看。

ＥＰ１欣慰的看著那雙倒映著光芒的眼，那裡面存在的已經不再是他當初所見到的迷惘，而是準備前往探尋的目光。

「那麼往後若有需要，歡迎您來訊，只要我們能幫得上忙。」ＥＰ１在行禮之後，化為光線粒子消失離去。

抬頭看了眼天空，扉空輕輕的喊了聲：「好。」

他翻開筆記本的第一頁，上面貼著一張漂亮的七彩花園照片，底下還註明一行字——

南大陸・湖里鎮東方・辛格蘭花園。

「走吧，到南大陸去。」

整理好心情，扉空邁開步伐，開啟了未知旅途的第一站。

▶▶Loading...

第八伺服器

# 希望的旅程

山谷深不見底，冷風咻咻呼嘯，陡峭的山壁有如被刨刀削下，存在俐落刻削的痕跡。

一條短小的山路沿著山壁崎嶇向上，接近山頂之處，一名少年整個人面向山壁，雙手攀抓壁上的凸石，小心翼翼的移動腳步，像螃蟹般橫著踏出下一步。

看著寬度不到三十公分的山路，扉空屏住呼吸，完全不敢偏移視線，小心的再往前挪一步。

——就快到了。

上方，山巔與自己剩下不到幾公尺，扉空回想起這三個禮拜來的旅程。

筆記本上記錄的地點總共有四十六處，有些地點是青玉因任務而經過，有些則是她聽別人談起感到好奇而去，這些地點分布在《創世記典》各個大陸，而他已經去了四個地方，並且仿照青玉的照片去拍攝相同的景色，現在他正朝下個地點前進，一個能看見漂亮日出的地方。

那地點與辛格蘭花園一樣在南大陸東邊，地域卻有很大的差異，花園是在寬廣的平原，但日出的觀景處卻得爬到這座山的山頂。

扉空深深呼吸了幾次，冷風與地勢讓腦袋終於冷靜下來，只是當他要再踏出腳步時，沒想到腳卻因為沒踩穩而滑開，身子瞬間浮空，他趕緊伸手攀抓！

十指恰巧抓在窄短道路的邊緣，扉空整個人驚險的掛在半空中。

山下是霧濛一片，完全看不見底。扉空可不敢想自己摔下去會是何種下場。

十根手指頭難以撐住全身的重量，用力到指尖都泛白，扉空想用手臂的力量撐起身子，沒想到施力數次都宣告失敗，雙腳去勾山壁，卻找不到一個可踏的點。

「伽米加！快拉……」

話喊到一半就消了音，扉空想起自己身邊根本沒有任何同伴的事實。道路艱辛到他想回頭，但他不能回頭，因為這是他自己的選擇，他現在只能靠自己的力量想辦法脫困。

扉空咬牙，使力撐起手臂，雙腳也努力去踢踩那陡峭的山壁，好不容易慢慢撐起一點高度，眼見就快超過道路的範圍、就要爬上去了，誰知道右腳卻突然踩空一滑，突如其來的下墜重力讓他的雙手瞬間脫離攀抓的邊緣。

——不會吧？！

正當扉空一臉錯愕的看著自己遠離山邊時，一道滑行的聲音突然從上方傳來——小小的碎石從身旁掉落，左手手腕被一股突然出現的力量扯住，一瞬間，身體在小小的晃蕩之後頓時停住，下墜的浮空感也停止了。

原本視線裡快速移動的山壁靜止在眼前，扉空還處於剛剛的驚魂狀態，深喘了好幾口氣，察覺自己是真的沒有摔下山後，終於抬起頭來看，只見一條繩索從山邊垂下來，身穿白色盔甲的女子一手捲抓著繩索，而另一手則是緊抓著他的左手手腕。

「團長——」一名金髮男子跪在山邊，用著哭爹喊娘的聲音大喊。

「吵死了！還沒死啦！別鬼吼鬼叫，快把我們拉上去！」女子毫無形象的朝上方破口大罵，阻止那擾耳的聲音繼續傳來。

靜止的繩索開始寸寸上升，女子與扉空一一被拉上山邊。

扉空跪在地上心有餘悸的拍拍胸口，再回頭看了一眼深不見底的山谷。若不是女子出手搭救，他現在大概已經摔回重生點了。

「沒事吧？」

扉空抬頭看著左手扠腰、對他伸出右手的女子，思考了一會兒，緩緩伸手搭上那隻手。

沒有女性的柔弱無力，女子的力量相當的大，輕鬆一拉就讓扉空借力站起。

「謝謝。」扉空低聲道謝。

女子笑得大方，擺了擺手，「不用客氣，剛好路過順手幫了一下罷了。」

「隊長，還好妳沒事——」

金髮男子掛著鼻水、眼淚撲了過來，卻被女子一腳踹回。女子拍了拍自己的盔甲，不耐煩道：「說了不要抓到機會就撲過來，把那些難看的液體擦掉，髒死了！」

「可是、可是……」男子可憐兮兮的眼神在接觸到女子身後的扉空後，原本掛著的鼻涕瞬間刷的吸回，驚呼：「哇塞～這個妹好正！」

扉空聽見某種清脆的聲音，只見女子動了動頸、拗了下手指關節，最後向前走了幾步，雙手往男子的肩膀一抓，膝蓋快、狠、準的朝男子的腹部用力撞下！

「噗哇——」險些連肺都吐出來，男子抱著肚子趴倒在地，右手顫抖舉起，但沒過幾秒就跌回地面，某道像是魂體般的東西從男子背後冒出。

「抱歉，讓你看笑話了，別理會這連禮節是什麼都不懂的傢伙。」

女子笑得和藹可親，但扉空卻是看得背脊發涼。

剛剛那揍人的凶狠模樣他可沒漏看，眼前這女人——不好惹！

「對了，你只有自己一個人嗎？來到這裡怎麼不請人帶一下？」

這裡山勢險峻，自己一人獨闖並不是好選擇。

扉空尷尬的抿了抿唇，對於女子的問話他不知道該怎麼回答。他原本有隊伍和夥伴，不過已經選擇離開，他以為靠自己可以度過所有的難關，只是沒想到還是有不得不靠人的時候。

似乎察覺扉空有難言之隱，女子也不再多問，只是扔出一句話：「算了，你想要去哪裡？如果是這附近的話，我可以送你一程。」

「不、不用了……」

「你怕我會騙光你身上的裝備？」

扉空趕緊揮手表示自己沒這種懷疑。他本來是想自己一個人完成旅程，並不想讓別人幫忙。

女子笑了笑，「那不就好了？當有人伸手幫忙時，你就應該坦然的接下。你叫什麼名字？」

看了眼趴在地上斷魂的男子，扉空知道女子很有自己的主見，再繼續僵持應該是沒什麼結果。意外的，他想起了那名獅獸人。

想了想，扉空報上自己的名字：「扉空。」

女子的眼裡露出一絲詫異，但隨即就隱匿而逝。她走到樹林前方，回身望來，此時扉空才發現數十名男男女女正從樹林後走出，聚集到女子身後，雖然服裝不一，但衣服上都可見相同的徽章刺繡，太陽光芒環繞著月牙的組合圖案。

「我是SUN MOON騎士團的軍團長——亞斯媞蘭。請多指教，扉空。」

夜晚的森林空地，火柴堆疊燃燒的橘光照亮四周，數十名男女席地而坐，有的大口吃肉，有的互相乾酒，好似一個居酒屋的聚餐晚會。

亞斯媞蘭拿起插在火堆旁的腿肉大大的咬了一口，瞧了一眼坐在較外圍的扉空，邊咀嚼邊喊道：「扉空，你不吃嗎？」

嘹亮的聲音讓眾人瞬間停止交談，視線刷的全投向那名留有一頭天藍色長髮的漂亮少年。

「真可惜，結果居然是男的。」金髮男子不滿的嘟囔，結果再度被亞斯媞蘭一拳打趴在地。

扉空縮了下肩膀，「不用了，謝謝。」

「嗯？你肚子不會餓嗎？」她剛剛都沒見到他吃一口東西，難不成他是不用吃飯的種族？想想也不太對，到目前為止閱歷無數的她可從沒見過哪個種族是不用吃飯的。

終於，亞斯媞蘭想出了原因，笑道：「該不會是在客氣吧？」

扉空臉上出現羞愧的紅暈，他趕緊搖頭兼揮手，請亞斯媞蘭別再繼續將注意力放在他有沒有吃飯這件事情上。以前都是伽米加吹涼送到他面前，現在連靠近火都做不到的他又要怎麼拿東西吃，總不能要其他人替他拿、順便幫忙吹涼吧。

煩躁的扒了扒髮，扉空打開自己的裝備欄正要找昨天買的速食食品出來，一個盤子突然塞到他和面板的中間，擋下他找尋的動作。

「你是冰精族吧，不能碰熱對嗎？」

出聲的是一名看起來斯文、留有一頭亞麻色編髮的妖精少年，他對扉空露出善意的微笑。

「請用吧，別客氣，速食食品還是留著之後當食糧吧。」

看著那舉在自己面前未改高度的盤子，扉空遲疑的接過，不太熟練的道謝：「謝謝。」

「別客氣。我叫『麻花捲』。」

剛用竹籤戳起的肉片瞬間摔回盤子上，扉空咳了聲，怪異的眨眼盯著少年瞧，遲疑問：「麻花捲？」

少年點頭，絲毫沒發現自己的名字有任何不對勁，還自豪道：「對啊，因為我愛吃麻花捲，而且這種ＩＤ肯定是超少人會取，一次輸入就ＯＫ。」

扉空不知道該怎麼形容心裡的複雜感，只能默默低頭吃肉。他以為遊戲玩家取名字應該都會以華麗好聽為主，沒想到也有人會用食物名稱來替自己取名。

隔沒多久，原本安靜下來的麻花捲突然傳來輕喊：「扉空。」

基於禮貌，扉空停下手上的竹籤，等待對方的話語。

「你降生的時候，有見過其他同種族的玩家嗎？」

扉空一愣，搖了搖頭：「沒有……不過在創世大賽時有見過一個，好像叫……對了，叫『幽那莉』。」

額頭擁有黑色額花的女冰精族，完全沒有雪晶的溫和感，如果說雪晶是春雪，那麼那個名為幽那莉的女生就是狂風暴雪，強大到令人畏懼。

「是嗎？那時候我剛好在攻打任務沒能去觀賽。」少年看著前方的火堆，眼裡有著回憶的倒影，「她看起來怎麼樣？」

扉空思考著，吐出一詞：「很強。」

「那她看起來開心嗎？」

問話讓扉空明顯一愣。對方開不開心他怎麼可能會知道，不過照當時那副自信的笑容看……

扉空回答：「……也許吧。」

麻花捲點了點頭，深吸了口氣，搓了搓自己的膝蓋，「如果開心那就好。」

聽出麻花捲的喃語，扉空好奇提問：「你和她認識？」

麻花捲一愣，搔頭露出苦笑，「嗯，她曾經是這公會的一員，後來理念不同，就退出了。不過能找到自己想待的地方，至少就是好事。」

雖然說得坦然，但扉空看得出來麻花捲的心情並不像這話坦然，他應該很在意幽那莉當初的離開。而自己直接用那種方式強行告別，似乎就像當初的幽那莉一樣，那波雨羽他們……

打開面板看著被自己手動關閉的密語鈕，還有信件匣裡那一封波雨羽寄來的信件，那是他當初退出公會的回信，他重新打開來看，信裡只有一句話。

「沒關係。」

當時他打開信件看見這體諒的話語，頓時不知道該如何是好。他毅然決然的退出，但波雨羽並沒有任何責怪他不義的話語，而是寄來這一句話，任由他離開，沒有強留……這反而更讓他覺得抱歉。

不過，他知道自己不能因為這樣就回頭去找他們，現在才剛開始，路途還很長，他不能在此時回頭。

「扉空！」

斜前方傳來含糊的喊叫，扉空順聲望去，只見亞斯媞蘭將手上的骨頭扔進火堆裡，吞下嘴裡咀嚼的食物，隨手抹了抹，起身道：「你說你想要到哪裡去？」

扉空沉默了一會兒，放下盤子來到亞斯媞蘭面前，叫出筆記本攤開來面向她，詢問：「妳知道這個地點在哪嗎？」

亞斯媞蘭盯著頁面貼著的照片看，旁邊的幾個人也紛紛起身，一起擠到亞斯媞蘭身後盯著瞧，剛剛被揍了一拳的金髮男子也在其中。

「啊、是那裡吧。」亞斯媞蘭彈了下手指。

「看起來應該是那裡沒錯，最近那個景點超多人去的。」

「對啦！是那裡沒錯！之前也有一對情侶問過，沒錯啦！」

一群人附和討論，手指同時指向同個方向——右方的樹林。

亞斯媞蘭解釋：「從那邊直直走過去就到了，差不多三十分鐘的路程吧！」

「三十分鐘……」扉空將筆記本轉回自己面前，喃喃唸著點頭。

朝亞斯媞蘭所指的方向望去，扉空才剛要起步走，立刻被亞斯媞蘭手快的拉住。

「欸，這麼猴急。」亞斯媞蘭失笑的搖頭，「就算你現在去，也要等到早上才能看見日出，明天早點起床再過去吧。而且這麼晚了很難看清路，要是不小心又踩空可是會直接滑下去喔。」

「……」扉空沉默的望向樹林。他很想早點到達那個地方，但亞斯媞蘭講的也是實話。

「放心啦，我們不會趁你睡覺時摸走你身上的裝備和金錢。當然，這變態我會先綁起來。」

「欸？！我才不會對男生出手！」被指名的金髮男子趕緊撇清，他可不想今晚難過。

「很難說，幾個小時前你還把人家誤認成美女，說要把他不是嗎？」亞斯媞蘭瞥去一眼。

暗叫聲不好，金髮男子本來想轉身逃離魔爪，誰知道就算其他人沒攔路，亞斯媞蘭一個挪步技能就出現在他身前擋住他，三兩下將他捆成毛毛蟲，還順便用布條綁住嘴。

將男子扔在有段距離的樹下，亞斯媞蘭回到扉空面前拍掉手上的灰塵，「這樣能放心吧！」

看了眼遠處那被捆得像蟲般的男子，再看看亞斯媞蘭笑咪咪的臉，就算扉空再怎麼想要自己行動，也只能謹慎的嚥下唾沫，緩緩的點了頭。

「這才對嘛！在這裡睡一晚，好過自己先衝到那地方被其他玩家打劫。」

——不，雖然妳不會打劫，但就某種意義而言，卻是和打劫一樣危險。

當然，扉空心裡想著，嘴上可是不能說出來，這話要是說了，下場他可不敢想。

亞斯媞蘭笑著拍了幾掌，歡喜的向大家宣布今晚有新朋友要一起過夜，大家可得遵守禮節，別睡姿太難看嚇跑扉空。

扉空淺淺的吐了口氣，在心裡祈禱希望今夜能有個好眠。

「今天和大家一起順利完成任務，在前往公會傳送點所在的城鎮途中，我們遇見了其他玩家，並且得知附近有個漂亮的景點，大家討論過後，決定一起去看看。」

火堆熄火許久，拂過的冷風帶走最後一絲餘溫。

天空處於一種昏暗的狀態，但遠處卻可見微微的光。扉空掀開包住自己的毛毯，環視營地正睡熟到打呼的其他人。他收起毛毯，靜靜的起身朝樹林走去。

「一開始從陡峭的山壁上去，雖然很害怕，但在大家互相合作下，我們還是順利的登上山，來到了那些玩家說的地方……」

「一個看漂亮晨光的地方。」

雖然視線有些昏暗，但比起夜晚，現在就算不靠火把也能看見道路。

扉空小心翼翼的撥開擋在前方的樹葉，跨過樹根。

「雖然早已目睹過《創世記典》如夢般的各種景色，但我從沒想過，竟然還有更勝那些景色的地方。」

走著走著，昏暗的天空開始被橘白摻雜的色彩所取代。

見天開始變亮，扉空忍不住加緊腳步，深怕自己會趕不上那個重要時刻。

不知不覺奔跑起來，扉空彎身閃過各種遮蔽的樹葉，跳跨過無數草堆與樹根，不知道過了多久，前方終於出現亮光的盡頭。他跑出樹林，眼前出現的是一個約二十坪左右的小空地。

空地分散坐著兩、三組人，似乎在等待某樣事物——突然，驚呼從旁傳來！

扉空逐漸緩和因為劇烈跑動而起的深喘，緩緩走上前。

晨風颳起，長髮隨風飄動。扉空看著眼前的景色，完全無法移開眼。

一重一重的山向後綿延，雲霧飄盪山谷間，升起的太陽光輝渲染灑落，雲海的白瞬間出現了五、六種顏色。太陽逐漸升起，山谷的雲也跟著變化色澤，就像是被賦予生命的彩虹，藍變紅、紫變黃，數種色調不停變換。

突然回神，扉空趕緊打開筆記本仔細觀察了下照片的角度，叫出照相機，一邊走向與照片相同的位置，鏡頭對上那變幻的雲彩與晨曦——

「如果有一天，哥哥也來到這座世界，我想要將這個地方介紹給他，兩個人一起來這裡看晨光，一定很棒！」

「喀嚓！」清脆的聲音記錄美麗的景色。

影像跳出。舉起筆記本，扉空比對兩張照片，淺淺的笑著。

原來，這就是她看見的景色，就是她所看見的世界。

就算自身不完整，卻還是用遼闊的心態在看著、體會。

「我在這裡，我來到這裡了。」

他能想像當時青玉站在這個地方看見這片美景喊出的驚呼。

而現在，他終於來到這個地方。

扉空轉頭看著身旁，那過往停留的回憶——松鼠少女對他露出笑容，並牽起了他的手。

「這裡，真的很漂亮。」扉空輕聲說道，重新將視線放回遠處逐漸高升的太陽。

他縮起手，雖然指間殘留的是空蕩的感覺，但他已經不會再感到寂寞了。

因為他知道，不管他到哪裡、不管他朝哪裡前往，她都在。

▲▲▲◎▼▼▼

人來人往的街上，石川提著裝著便當的紙袋從店家走出，來到停車處，開門坐進駕駛座。

「科斯特，這便當給你，接下來我們要到宏岳的攝影棚去拍攝下一季的海報。」石川邊說邊將便當放在副駕駛座前方的置物板上，並拿起放在置物格裡的咖啡喝了一口。

見科斯特沒有動手拿便當來吃，石川正想再出聲提醒，結果卻發現坐在副駕駛座的科斯特正盯著窗外看。

石川好奇的跟著探頭看，視線恰巧對上對街轉角建築上方的巨型播放螢幕——

影像裡是小型記者會的現場，拍攝的閃光燈不停閃爍照亮臺上人的臉，面對記者的種種提問，只見留有銅紅髮色的少年突然站起身，不如當初的失態，而是堅定的坦然。

「前段日子讓各位見到失態模樣，在此我先向各位道歉。」少年起身鞠躬。

「如各位所說的，一開始我確實是為了讓碧琳能夠擁有更好的醫療環境才進入演藝圈，但我並不認為這理由有任何錯誤，為了我深愛的家人，只要是我能力所及，我絕對都會去做，雖然最後的結果還是不如所願……」

少年的眼裡出現了些惆悵，但還是深吸口氣後繼續說：「每一場的表演與活動，我都是努力的在準備，我並不認為我愧對任何支持我的粉絲，若是因為質疑我為了讓家人能有好的醫療環境而進入演藝圈的理由不正當，從今以後決定放棄支持，那麼我也只能在此向支持我的人道歉。」

少年面對鏡頭深深的鞠躬，身旁兩名陪伴的男子也起身與少年做出相同的動作。

「很抱歉讓你們失望了。也感謝你們一直以來的支持。」

少年重新挺直身子，認真道：「不論今後如何，不管最後是不是只剩下我一個人，未來我還是會繼續在這條路上走下去，以歌手的身分。」

鏡頭焦點全放在少年再次鞠躬的動作上，下一秒影像縮小移放到女主播身旁，女主播帶著敬業的微笑，評論這次記者會竟讓科斯特．桑納的人氣不減反增的意外實情。

「那時你自己提出要重辦記者會，我跟BOSS可是擔心得要命，就怕第一次的情況又上演。」那時的混亂場面至今還餘悸猶存，他可怕了第二次要是再遇上那樣的言論壓力，不知道科斯特會不會再一次爆發。

「那時候讓你們幫忙、煩惱了那麼多，至少我也得做到一些事情才行。想要重新開始，總不能停留在那種地方。」科斯特拿過便當打開，用筷子戳了戳飯上的主菜。

他想，碧琳肯定希望他好好處理自己扔下的爛攤子。

「本來預定是由我代表發言，沒想到你卻突然發言，那時聽見你完全不照稿子講，我還以為這次肯定人氣會跌回谷底，結果支持者反而更多了。」石川點開手機的評論網站，一路往下滑，批評科斯特對工作不敬業的惡毒言論只剩下兩、三則，重新定義科斯特是個好哥哥代表的支持留言幾乎占滿整個版面。

「這點我也很意外。」本來他已經抱著會變回從頭開始，只剩下兩、三名粉絲的狀況，沒想到結果竟是不減反增，雖然無法摸透粉絲們的想法，不過總的來說，算是個好結果。

「不管怎麼說都是好事，接下來可得更努力了。」石川笑著發動車子，「不過不用擔心，我這個經紀人一定會先幫你打點好一切。」

「……我知道。」

「嗯？」

「你為我做的，我都知道。」

石川正要轉動方向盤的手頓時停止，他看向科斯特，只見對方這次不再是困窘的壓低帽子，而是坦然的對上他的視線。

「這句話我一直都沒跟你說過，謝謝，石川，能有你陪在身邊，我真的很感謝。」

以往科斯特總是不冷不熱不多話，從沒像現在這樣認真的道謝，這讓石川不自覺的想起科斯特第一次主動向他道早安、向他詢問行程的那時候，有種終於打破隔閡的感覺讓他心裡很感動。雖然伴隨著更多的不好意思，但石川還是藏起那股害臊，轉而瞇起眼，刻意露出發閃的目光，笑著打趣道：「科斯特，我感動到又想抱抱你了，讓我抱抱吧！」

看見魔爪就要撲來，科斯特趕緊舉起手上的便當免得打翻，瞪眼大叫：「才不要！開你的車啦你！」

「慰勞辛苦的經紀人是藝人的責任不是嗎？」石川雙手往前探抓，卻被科斯特彎身閃過。

「那是你自己說！啊、便當、便當！」

逗了科斯特許久，看科斯特護著便當像隻驚嚇的白兔整個人縮到車邊，石川才將手放回方向盤上，樂道：「好了，不逗你了，快點吃飯吧，到攝影棚前可要吃完。」

「……那你還浪費時間硬要做那種蠢事。」不滿的說完，科斯特趕緊低頭扒飯菜。

看著身旁回復到過往工作模式的科斯特，石川笑了笑。

——希望這樣的日子可以持續到未來的每一天。

心裡祈禱著，石川將注意力重新放回前方，拉下車窗探望來車，找個適當的安全距離開車駛進車道。

轎車跟隨車流向遠端開去。

閃燈明滅。

白幕前，身穿一襲休閒與搖滾混合風格服飾的少年偶爾拉衣領、偶爾雙手半插進口袋，並接過工作人員遞來的花束道具變換各種站、坐姿，朝著鏡頭露出高傲冷漠與柔情兩種對比的眼神。

「好，今天就到這裡！」

隨著盯場的製作人宣布，工作人員紛紛喊道：「辛苦了！」

白幕前的科斯特離開拍攝區，接過石川遞來的水瓶喝了口水。

到旁邊的更衣室換下身上的服裝後，科斯特回到拍攝區，看見石川與女助理正窩在電腦前討論剛剛拍攝出來的照片。

約一小時的拍攝作業共有一百多張的成果，女助理一邊點著感應面板觸控變換下一張照片，一邊向石川稱讚科斯特今日的好狀態。而石川則是看中了幾張，並給了些挑選的建議。

看見換回自身服飾的科斯特，女助理打開剛剛她與石川意見相同的照片，詢問：「科斯特你呢？覺得這幾張如何？」

看著照片裡的自己，科斯特倒有些不自在的搔了搔鼻，「我自己挑說不準。」

聽見回答，女助理和石川在互看了一眼之後輕笑出聲。

製作人來到三人身後，點頭說出了肯定：「科斯特，今天表現得很不錯。」

雖然有幾份工作無法挽回，但這份海報拍攝卻是在科斯特親自表達歉意之後就又回來，這樣的結果讓石川和科斯特都感到相當意外。

「我並不是刻意刁難，只要你讓我看見正確的工作態度，那麼我很樂意給予機會。」

製作人當時說了這麼一句話就承諾合作繼續。

社會上很多事情都是如此，不能把遭遇變故當成不顧周遭事物的藉口，日子要過，路也要走，就算當時難過，但最後還是要振作起來，不然只是不負責任罷了。

「謝謝你願意再給我一次機會。」

科斯特誠心的道謝，而製作人則是拍拍他的肩，並與石川相握了一下手，留下一句「有這經紀人真不錯」的打趣話語之後便向其他人道別，離開了攝影棚。

石川向科斯特道：「我們也走吧。」

「嗯。」輕聲回應，科斯特正要邁開步伐時，像是突然想到什麼事情的停住。

當石川發現科斯特沒有跟上而回頭去看，卻見科斯特轉身面對正在收拾器具的工作人員。

「各位！」

眾人停下動作投射來視線。

科斯特彎下腰，努力鼓足音量喊道：「辛苦了！」

眾人同時一愣，但回過神後也露出笑容，回喊：「辛苦了！」其中更夾雜幾聲：「加油！」

科斯特再次對眾人點頭致意，轉身，他對上石川帶笑的視線。

「走吧。」

科斯特點頭，「嗯。」

好像，有某些地方開始變得不同，但老實說……他不討厭這種變化。

兩人一起離開攝影棚，搭電梯下到一樓準備前往戶外停車場，沒想到電梯門剛開啟，恰巧與門外等待電梯的夜景項碰著面。三人同時一愣。

石川率先回神，意外道：「夜導演，好巧，沒想到竟然會在這裡碰到您。」

夜景項點頭，「剛好有點事來找人，那麼你們是來？」

視線接觸到石川身後的科斯特，沒想到科斯特卻撇開了眼，這讓夜景項突生複雜情緒。

「是宏岳下一季的雜誌海報拍攝。」石川解釋道。

夜景項了解的點頭，正思考著要用什麼話題才能和科斯特聊上一句時，科斯特卻在此時低聲的催促：「石川，別耗太多時間，我們還要到下個地方去不是嗎？」

石川看了下手錶。時間其實並沒有像科斯特說的如此緊迫，不過不知道自己的閒聊會不會耽誤到夜景項的時間，石川趕緊讓了位置讓夜景項得以進入電梯。

與夜景項道別之後，石川和科斯特一起走往大門。

「科斯特。」

身後傳來的低喊讓離去的腳步停止。

「你……」

夜景項本來想問科斯特什麼時候才會終止那獨自一人的旅途，回到他們這些夥伴的身旁，但想想就算他問了，科斯特也不可能會回答他，畢竟他當初的離去是那樣的決絕。

於是他只能在無聲嘆氣之後改了話：「一個月後，《月華夜》的宣傳記者會別忘了出席。」

結果最後他還是只能說出這句話。

「……」科斯特嘴脣微開，似乎有話要說，但最後還是什麼話都沒能說出口就合上。

石川看了沉默的科斯特一眼，趕緊替科斯特回答：「夜導演，請您放心，科斯特一定會準時出席。」

「嗯。」悶悶的應了聲，夜景項看著那停止的步伐重新邁開，與自己的距離越來越遠，最後離開了大樓，如同當時他在遊戲裡看著扉空離去一樣。

「結果還是沒能說出口。」語氣裡有著落寞。夜景項總覺得比起過往，現在的科斯特反而更讓他摸不清，他沒辦法看見他的想法。

夜景項垂下眼，按下關門鍵與樓層，電梯開始往上升移。

——以前只要一句話就能讓他跳腳，還不如那樣子好。

那時他可以很清楚的感受到對方的喜怒哀樂，而不是像現在這樣比陌生人還要可怕的隔閡。

如果他早明白，自己沒有在得知扉空就是科斯特這件事情時便向他坦白身分會讓他這麼介意，那麼他一定在第一時間向他坦白，只可惜時間已過，而科斯特也對他無法諒解。

沒想到他重新與過往失去的朋友和好，迎來的卻是另一位朋友的離去。

「叮！」電梯門應聲而開。

看著眼前的走廊，夜景項只能收拾起沉重的心情，邁開步伐往前走去。

▲▲▲◎▼▼▼

「東方大陸．咕咕鎮南邊可可亞森林中心．彩虹水橋。」

「因為遇上了一個好玩家，在那個人的指點下終於到達了傳說中連明姬姐都稱讚的彩虹水橋，本來以為自己一個人來看就能有獨享權利，結果沒想到其他來朝聖的玩家也好多，還意外碰見從任務隊伍溜來擺攤賺錢的副會長。副會長，難道你不怕回去之後會被明姬姐剁成兩半嗎？」

「彩虹水橋真是讓人意外，本以為是陸橋，沒想到竟然是水面浮著一條七色彩虹，走上去有種像是踏在實地的感覺，但彩虹確實透明到能看見水底景色，真是一座奇妙的橋。」

草木因外物摩擦而發出劇烈的沙沙聲響。

樹林裡，人影大步奔跑，一邊回頭探看後方。

長著腫瘤皮、頂著「LV. 68 哇哇大鱷蜥」名稱的綠色大蜥蜴，四肢迅速爬動緊追前方的獵物，張開的嘴露出銳利尖齒，紫色的濃稠唾液順著嘴角向後濺灑，被唾液噴濺到的樹枝紛紛出現了被腐蝕的坑洞。完全不顧自己體型龐大又撞斷了多少樹枝，哇哇大鱷蜥只管死命追擊。

扉空一個剎腳回頭，彈奏環繞於身周的琴鍵，和音唱出——

和聲音波化為無形刀狠狠朝哇哇大鱷蜥飛削而去，碰一聲，被音波正面撞擊的哇哇大鱷蜥發出悶音響聲，哇哇大鱷蜥的頭頂也冒出了減少的血量數字。

但扉空的攻擊很明顯的對哇哇大鱷蜥傷害不大，一路打帶跑也不知道多少次了，趁著這次的攻擊讓哇哇大鱷蜥停頓腳步，扉空趕緊快速鑽進茂密的樹林深處，跑沒多久，一座覆蓋斷枝與海藻的小水坑出現在眼前，看了眼身後越來越逼近的追聲，再看看眼前明顯就是髒到不行的水坑，為了保命，扉空豁出去的跳了！

「撲通！」

沉悶的水音在耳邊「嘩啦」響，身周飄盪著小小的氣泡，扉空捏住鼻子往旁滑游，抓著變回原形的鍵盤靠貼在坑壁邊緣。

就算光線微弱，但水底還是可見水面上的景物，扉空緊張的看著哇哇大鱷蜥經過水坑時停下跑動，比他拳頭還大的眼盯著水面瞧。雖然時間只經過三十秒，卻像過了半世紀，扉空完全不敢挪動，怕一點小動靜都會讓那隻怪物發現自己就在水裡。

哇哇大鱷蜥似乎看不出水裡的端倪。

此時，遠處傳來的聲音吸引哇哇大鱷蜥的注意，頭轉了方向，哇哇大鱷蜥離開坑邊往某處快步跑去，尾巴掃過水面……扉空趕緊挪移位置閃過那差點打到他的恐怖巨物。

水面波紋逐漸平息，周遭停止動靜。

直到感覺不到那令土地震動的步伐後，扉空才趕緊往上一游鑽出水面。

「嘩啦！」

水面因為劇烈的動作而掀起水花，扉空趴在坑邊深深呼吸好幾下，重新爬上陸地，餘水的嗆鼻讓他猛咳了幾聲，「咳、咳咳！」

他從沒想過自己會狼狽成這樣。

那一天在看完日出後，他和亞斯媞蘭整團人告別，獨自再前往了其他地點。

用遊戲時間來計算，四個月來的旅程以《創世記典》的驚險度來說，除了某段路附設莫名其妙的獨木舟涉水，其他都還算順利，而他今天幾小時前剛離開青玉筆記本裡記錄的彩虹水橋景點，本來想到附近的東方城採購補給，誰知道一個在地圖上看起來小小的森林，光是穿越就花了他三小時都還沒見到盡頭，更別說不小心誤走進哇哇大鱷蜥的獵食區，結果運氣特背的被當成食物追了一大段路。

路上也不是沒有其他玩家，不過那些玩家都專注在自己的獵物上，就算有空的人看見他被那隻可怕的大蜥蜴追著跑，也只是瞥了一眼就閃邊躲，而他也不是那種會出聲要求陌生人幫忙的人，所以就變成這種下場。

扭了下衣服擠出水，扉空將一頭凌亂的溼髮往後撥，收起鍵盤，叫出地圖重新觀察自己所在的地方與目的地的位置，提著沉重的腳步往偏離的道路走回去。

衣服變回乾燥的狀態，扉空發現肩膀上沾黏著一片枯葉，趕緊拿下。

東方城位於東方大陸的中心點，與中央城鎮一樣是官方設立的城鎮，城鎮的風格為紅磚建築，每棟建築多數皆有拱形內廊，針形尖頂直指天空，內含銅鐘，是相當漂亮的英式建築。

東方城裡擁有各式各樣的商品貨物販賣店家，是東方大陸流通最廣的地方。

扉空找了許久，終於找到販賣食品的商店，進入店內買了一些食糧，再到對面的藥水店買了十幾罐的補充藥水，他站在商店外的內廊，叫出筆記本翻看著。

筆記本內的地點他差不多跑了快一半，雖然路途上難免會感到辛苦，但回想起來也算有趣，遇見了一些主動幫忙的人，也曾借搭別人的寵物坐騎……

說到坐騎，他好像忘了一件非常非常重要的事情……

扉空托著下巴思考，某種鬆軟的物體在腦海中晃來晃去、跳來跳去，還伴隨著某種尖尖小小的「啾」聲。面露錯愕，扉空暗喊聲「糟糕」，趕緊打開寵物欄叫出那不知道被他遺忘多少個月的寵物。

葛格一從寵物欄蹦出，立刻掛著兩坨滴滴答答的眼淚飛撲到扉空臉上，強大的衝力讓扉空瞬間跌坐在地。好在路人只是拋來幾眼看看，並沒有停下腳步圍觀，不然他一定會糗到想找洞鑽。

「啾！啾啾！」激動的叫著，葛格整顆身體在扉空臉上胡亂竄抹，看得出來與主人久違的見面讓它很感動。

「等、等等，停下、我說別蹭了！」扉空用力將葛格一把抓下，臉往旁斜偏，用手臂的布料抹掉沾在臉上的一堆眼淚與口水。低頭對上葛格一臉可憐兮兮又激動的眼神，扉空終於嘆了口氣，將葛格抱進懷裡靠著。

「好久不見。」扉空輕聲低語。

而葛格則是輕輕的「啾」了幾聲回應相同的思念。

原來他身邊還有一樣舊有的事物遺留陪伴，而他竟然到現在才想起來。

輕輕順撫葛格的毛髮，看著那雙殷切望著自己的豆豆眼，一陣沉寂之後扉空終於露出了笑。

有了葛格陪伴，扉空明顯心情好很多，原本只是要在東方城買補給品，結果卻變成逛起街來，遇見各種沒看過的新奇物品也會停下來看看，然後他站在一家店前。

看著店外擺著「今日剪髮半價」的直立黑板，扉空伸手拉起自己曾經抱怨過長的頭髮，在一陣思考之後，他走進店內。

三十分鐘後，扉空從店家走出來，原本過膝的長髮已經變成了至頸的俐落短髮，連遮臉的瀏海也剪到了不遮眼的長度，整個人頓時清爽不少。

身後空蕩蕩不太習慣，但頭卻是輕了不少。

——既然頭髮都剪了，身上這件衣服似乎也有些過於厚重，乾脆換掉好了。

下定決心準備一口氣改頭換面的扉空來到了服飾店，在老闆的介紹下翻看目錄，挑選了一件剪裁俐落的水藍服飾，並要求使用與原衣相同的布料、做點小修整。

與中央城鎮相同的作風，扉空先到街上逛了半小時再回來店裡取衣。

接過老闆笑咪咪奉上的衣服，扉空將葛格放在更衣間外，獨自進入更衣間換下原有的服飾，穿上新製的衣服。那是一件交叉拉領的合身套裝，袖子是七分上捲，露出綠色格子內裡，手臂及腿部有現代搖滾的皮帶與鍊子等細瑣裝飾品，腰間更綁著一條帶鬚的紅色短垂布，腳上搭配一雙棕褐色的綁帶短靴。

將舊衣的領帶固定在新衣上，扉空離開更衣間。看著鏡子裡倒映比以往更俐落大方的新裝扮，他向地上盯著瞧的葛格問：「怎麼樣，還行吧？」

葛格興奮的跳了幾下，蹭上扉空的褲管，表示自己的喜歡。

笑著抱起葛格，扉空將舊衣收進裝備欄裡，並付錢給了老闆。

「謝謝光臨！」老闆站在店門口爽朗道別。

離開店家，以新裝扮出現的扉空引來了不少注目，畢竟漂亮的臉不再被瀏海遮掩。或許跟服飾有關，這次扉空並沒有聽見任何套用在女性身上的詞彙調侃。難得第一次感覺被人注目其實並沒有想像中的差，就這樣，扉空一路逛著便逛到城外的空地去了。

天色逐漸昏暗，從雲彩化為滿天星斗的夜空。

四周有一些零散的玩家隊伍搭起了營區，也有人擺起攤子。扉空找了一處靠近樹邊的空位坐下，拿出一盞照夜燈放在身旁，光暈足以照亮身周一公尺的範圍。

這是扉空在商店發現的東西，畢竟他沒辦法靠自己升火，更不適合靠近火源，所以就買了這種照夜燈，裡面有團如火光般自行發亮的物體，卻沒有熱度，對他來說是相當方便的照明品。至於晚餐……

扉空叫出一盤炒麵，觸碰盤底的掌心傳來溫溫熱意，他將炒麵放在前方的地面，等稍微放涼後才拿起來食用。

用叉子捲麵吃，身旁的葛格也跟著蹦跳到扉空盤起的腿上，眼巴巴的望著主人手上的食物。

「你……想吃？」

面對提問，葛格興奮的「啾」了幾聲。

見狀，扉空便捲起了一小捲麵遞到葛格面前，只見對方大嘴一張，再度用著驚人的吃法瞬間將麵條吃下肚。

看著乾淨溜溜如同洗過般潔亮的叉子，扉空再次為自家寵物的吃法感到讚嘆，但也意外原來葛格不只是冰棒，連這種熟食都能吃，這樣說來，根本什麼東西都能餵養，不限於非得要寵物飼料吧。

——那官方幹嘛還特地設置寵物飼料販賣店？

思考了一會兒，扉空只能想到大概有些寵物有限定飼料之類的答案。如果是這樣的話，那他還真是拿到一隻方便的寵物，說占空間也還好，任何東西都能吃，下次把吃剩的都餵給它剛剛好……怪怪，怎麼突然有種自己其實是養了隻狗的感覺？

挑了眉，扉空將剩下半盤的炒麵放在地上，向葛格表示全給它吃之後，就見葛格開心的張大眼、扭了下身子，蹦的跳到盤子前，大嘴再次張開，就像是吸塵器般的橫抹過去，整盤炒麵瞬間被清得乾淨溜溜。

葛格伸出舌頭大範圍的舔掉嘴邊沾上的醬汁，盤子與叉子也在同時化為粒子消失。

——這下好了，連收拾都省了。

笑了笑，扉空抬頭觀望夜空，夏季星座的主星耀眼無比。

「不知道其他人現在在做什麼……」

看著躺在身旁打著飽嗝、明顯胖了一圈的羊駝棉花糖，扉空輕輕摸上它的毛髮。

▲▲▲◎▼▼▼

北方大陸．北邊山原——

獅獸人伽米加目光空洞的側躺在地，整個人的色彩宛如全褪去般的覆蓋一層石灰色。

「伽米加哥哥又想到什麼了，怎麼又變成這副模樣？」與用人型姿態顯形的式神威士比一起回到營地，座敷童子一臉莫名的來到坐在火堆旁顧烤肉的枚木童子身邊。

「好像米加哥在現實剛好遇見扉空哥，不過扉空哥沒理他，讓他很受傷。」

枚木童子偷偷說完，三公尺遠的死獅也傳來了哇哇大叫。

「扉空你這沒情沒意的！我又不是騙你財產，只是小小的沒及時說實話罷了，有嚴重到要當我是陌生人嘛！也不想想之前幫你多少事，替你擋了多少怪！可惡——」

火氣一上來，伽米加一個翻身就在地上亂吼亂滾亂踢，順便伴隨幾聲叫罵。

座敷童子與枚木童子無言的互看了眼，決定乖乖顧火別去打擾那正在鬧脾氣的伽米加，免得到時一個踢腿掃到他們。

不過，他們也不是不能理解伽米加的感受，畢竟伽米加和扉空並不是那種一天兩天的臨時隊友，而是一起走過無數路程的夥伴，以為只要等到對方的停權時間結束，重新上線後就能再恢復成過往的相處，誰知道扉空竟是出其不意的告別。

之後，荻莉麥亞和愛瑪尼在波雨羽的派任下，與其他公會成員前往別的地方解任務，而他們三人組則是由伽米加帶頭，接下一些小型的公會任務在各個大陸四處走。其實座敷童子和枚木童子都很清楚，伽米加這麼做的用意或許只是希望能夠再有個與扉空「巧遇」的機會。

「不過我們已經解了八個任務，五個大陸跑來跑去也幾乎都跑遍了，就是沒遇見扉空哥。」

枕木童子用木枝挑了下火。

有時候遊戲與現實的時間比例會讓人更體認到殘酷的感覺，與扉空分別之後，現實世界已經過了一個月，遊戲世界的總時數早已一年，這麼長的日子扉空到了哪裡、做了什麼都沒人知道。因為這是當初說好的，扉空留著好友不刪除，而他們絕不聯絡打擾。

至少從好友欄名字前方亮起的小燈，讓他們知道扉空還在繼續遊戲——還在同一座世界裡，就有機會再重新相遇。

座敷童子瞥向已從地上打滾變成坐起來死死盯著好友面板看的伽米加，她拍拍枕木童子示意了一下，接著便和前幾次一樣起身來到伽米加身後，雙手一伸趴上獸人寬廣的背，嘟嘴問：「伽米加哥哥，我們明天要往哪裡去呀？」

從煩躁的思緒中回過神，伽米加暫時移開那盯著扉空名字瞧的視線，改叫出任務面板開始研究，一邊指著某個任務，一邊摸著下巴思考道：「我看看，在北方大陸裡的任務都處理好了，接下來應該是……嗯……看起來西方大陸比較多任務，明天就到港口搭船前往西方大陸吧。」

伽米加喃喃說出見解，但其實身後的座敷童子早就自己研究過任務了，所以就算不問伽米加，她也清楚接下來應該是會前往西方大陸，她提問的目的只是要轉移伽米加的注意力。

座敷童子轉身對枕木童子比出拇指，枕木童子則指著火堆旁的晚餐無聲說：「肉快焦了。」明瞭的點頭，座敷童子適時加入一句提醒：「伽米加哥哥，晚餐已經烤好了。我們吃吧！」

「欸、這麼快？！」從剛剛就陷入自己情緒漩渦的伽米加，自然是感覺不到時間的流動。

「對啦！走吧、走吧！」拉住伽米加的一根指爪，座敷童子往火堆的地方跑去。

▶▶Loading...

第九伺服器

# 想要留下，就是理由。

Create Dream Online

西方大陸——又別名「洛特」，是魔族的降生之地。因為魔族並不屬於隱藏式種族，挑選此種族的玩家也很多，所以在西方大陸的官方主城「西方城」裡，幾乎一條路走過去就能看見四、五名魔族玩家。以比例來說，西方大陸聚集的魔族高過於其他大陸。

盆栽造型的圓船飄飄盪盪的駛離港邊。下船後，伽米加、座敷童子與杦木童子前往港邊城鎮的傳送點，按照地圖指示找到任務標的所在的小鎮。

三人來到看起來像是一面大圓鏡般的傳送點，伽米加說出要前往的小鎮名，很幸運的，傳送點與那名為「卡亞達」的小鎮有連接，於是獸人與雙胞胎一一踏進傳送陣，來到了屋舍零散分布的小鎮。

卡亞達是仿古日本屋舍建造的地方，所以隨處可見由白石搭成的矮牆與石階，雖然屋舍不多，但櫻花卻是連貫種著數十來株，一路走來就像是沐浴在花海裡。

看見遠處的紅色鳥居，座敷童子興奮的指著跑上前，身後綁線的鈴鐺叮噹響。

她拿出照相機連拍好幾張，還順便拉來其他兩人一起入鏡自拍，連式神也偷偷冒出參一腳。

「我看看……」伽米加打開地圖與任務表對照資訊，點頭道：「巫女在神社裡，應該是這裡上去，走吧。」

「出發！」歡呼的跳了一下，座敷童子率先跑上階梯，杦木童子則悠閒的東摸摸西看看。

「走吧。」小小的說了聲，伽米加跟在最後方通過鳥居，上了階梯，來到神社前方的庭園。

神社占地約兩百坪，兩邊各有兩座石獅子，旁邊還有座御手洗及水井，是很普通的日式神社。此時樹下有人在掃地，而伽米加發現對方頭頂的驚嘆號。

領著兩個小孩來到綁著垂髮束的女子背後，伽米加拿出被光球包裹的勾玉，出聲詢問：「妳好，我替北方大陸『尚樹廟』的土地公送來勾玉……」

最後的音未止，轉頭望來的巫女瞬間讓伽米加一張臉變得鐵青。

「原來是土地公派來的使者，感謝你們特地遠道而來，我替櫻神大人謝謝各位了。」

聲音如同嬌滴滴的女子，但非常可怕的卻是那張長著落腮鬍的粗獷男子面孔。

巫女——這其實已經不能稱為巫女了吧！

兩個小孩早已直接躲到瞬間跳出現身的大白兔身後，大白兔則是擺出十字光備戰姿勢。而為了順利完成任務，伽米加忍住想要一起躲到大白兔身後的衝動，硬著頭皮遞上勾玉，但眼睛卻是看著地面。

擁有婀娜體態的巫女身材配上一張落腮鬍大叔的臉，任誰看了都會起雞皮疙瘩。

——官方真的很愛玩這種詭異的惡作劇。

伽米加在心裡默默補話。

「謝謝。」在接過勾玉的時候，巫女的手也順勢「滑」過伽米加的手背。

「啊、不好意思~」巫女像是被嚇到般的臉紅偏向旁邊，雙眼眨動得比數鈔機還快，不時朝伽米加送秋波。

不著痕跡的舉起手擋在臉前，伽米加趕緊道：「沒關係沒關係！請問任務算是完成了嗎？」

「是的，已經完成了。」巫女發出清脆的笑聲，「物品我已經確實收到了。這是櫻神的謝禮，請收下。」

任務完成面板從鐲上的寶石跳出──

**『恭喜您完成任務【諸神的喜宴】，獲得的獎勵有：祝福的羊菱角×【3】、高級祝福水×【20】、區域傳送卷軸×【2】、創世幣＋【10000】。』**

檢查裝備欄，確認獎勵物品已經在欄位裡，伽米加慌忙道別並拉開自己與巫女的距離，慌慌張張正要下樓梯，沒想到座敷童子卻突然將目光放到神社前方的參拜處。

「等一下、等一下！」座敷童子拉住正要下樓梯的兩名男性，指著神社道：「我想要參拜，再待一下吧！」

「欸？」枚木童子愣了下，看著不等回答就跑往參拜處的座敷童子，想了想，跟著跑過去。

伽米加小心翼翼的看了一眼樹下的巫女，看起來跟剛見到時沒兩樣，重新回到掃地的動作，完全沒有剛剛送秋波的詭異姿態，看起來是任務完畢後就不會再有多餘的交談。這樣也好，不然他可真不知道該怎麼辦。

鬆了口氣，伽米加也跟著來到神社前方的參拜處，這時座敷童子和枚木童子已經雙掌合十正在許願。

「希望可以遇見十二式神的其他式神，然後從那些玩家手上搶過來！」座敷童子開心說道。

「請保佑我不管到幾歲都能長得比座敷高。」枚木童子用力祈禱。

聽見這兩句參拜詞，伽米加失笑。看了眼賽錢箱，他也萌生起參拜意願，便先向前方神明鞠躬，再拿出五創世幣，朝前扔去。

「咚隆、鏘！」錢幣順著細木中央的空洞落入賽錢箱裡，脆耳的錢幣與錢堆的撞擊聲響起。

伽米加抓著繫著鈴鐺的紅白麻繩搖了搖，在鈴鐺聲下合手拍了兩掌，誠心祈禱，本來是希望神明能夠保佑他與扉空能重新見面，但最後還是改了願望──

「希望扉空能平安且順利。」

他不強求對方回來，只希望只有自己一人的旅途，扉空能夠平安的走過。

「都好了嗎？」伽米加低頭詢問。

兩名小孩同時點頭，「嗯！」

「那我們走吧，往下個地方去！」伽米加笑著比了比拇指。

雙胞胎舉手附和，跟隨伽米加一起離開了神社，往另一個任務的執行點前進。

「越天城」，位於西方城東南方百公里處，是一座由玩家創立的城鎮。城鎮建築皆以灰白磚石打造，各處可見雕花彩燈與各類花盆裝飾屋宅。

冰花事件之後，官方在重建修整中央城時也順便進行了細部改版──在玩家創立的城鎮設置任務ＮＰＣ，提高任務的多樣化與城鎮的交流度。

由灰白磚石打造而成的兩層樓咖啡廳，剛完成與NPC承接下一階段任務的伽米加一行人從店內走出。座敷童子看著其他兩人，詢問：「接下來我們要先去吃飯嗎？」

下一個任務地點是前往兩個山頭後方尋找隱居在河邊的ＮＰＣ，現在時間也差不多快到中午了，不如就先吃飽再上路。

「先吃吧，反正接下來還有一段很長的路要走，下午再出發也是一樣。」枕木童子聳了肩。

兩個小孩都打算先填飽肚子，剩下的伽米加當然不可能讓小孩子挨餓，於是三人團隊全數同意一起去找餐館。

順著街道一路走過去，三人左右張望找尋午餐地點。

「再晚就來不及了，快點過去吧！」

兩名少年邊互相交談，邊腳步飛快的跑過伽米加一行人。不只這兩名少年，還有幾個人像是深怕趕不上火車般的依序快步跑過，與少年往同個地方前進。

「他們急急忙忙的怎麼回事？」

座敷童子相當好奇，提議先暫緩找飯吃的行動，一起去看看怎麼回事。另外兩人也是好奇，所以再度全數通過決議。

跟隨著那些人的步伐，伽米加與雙胞胎來到了應該是中央廣場的地方，廣場以中央的噴水池為中心聚集了很多人，滿滿的人潮讓矮小的雙胞胎根本看不見前方，跳著跳著也敵不過成人的身高，只好讓式神附身在白兔玩偶身上，抱起他們以便用高人一等的位置來探看。

不過，雖然位置是高過其他人，但因為距離關係，他們只能模糊的看見噴水池旁似乎有人在跳舞，多色的光彩圈不停飄上，還伴隨著流暢的鋼琴聲。

「不好意思，借過一下。」伽米加一邊小心翼翼的向圍觀的人群道歉，一邊與扛著雙胞胎的大白兔穿越人群，來到較為接近中心的位置。

這裡的視野比剛剛清楚很多，終於可以看見被人群圍住的中心是怎樣的情況。

石磚的地面就像是劃分出一區約六平方公尺的無形舞臺，伴隨著流暢的鋼琴聲，多色光圈從地面升起，街舞少年隨著不同位置竄出的高低光圈跳出各種高難度的動作，手腳劃碰光圈，光圈也在當下跟著破碎消失，變成計分加顯在上空的分數上。

數字飛快加升，直到最後一音落下，少年一個大風車劃碰最後一枚紅色光圈做完結，上方的數字停留在「1963」。

「表現得相當好耶！不錯喔！少年仔！」

「本日分數最高！」

四周傳來鼓掌與叫好。少年笑著向支持群眾揮手致意，順便感謝鍵盤手的伴奏。

「謝謝，今天我玩得很開心。」少年與對方握了握手，並付出六百創世幣的遊戲費用後，拿起自己剛剛脫放在噴水池旁的外套離去。

視線終於落在那名站在電子琴後方的鍵盤手身上，伽米加愣住了。

「不會吧……」

同樣看見鍵盤手的枚木童子拉著座敷童子從大白兔肩上跳下落地，一路衝出人牆站在人群的最前方，直盯著噴水池前正在輕輕彈奏實體電子琴試音的少年看。

少年身著與印象中完全不同的合身服飾，連過膝的長髮也剪去，整個人與當初大不相同。

注意到前方的視線，扉空低垂的金眸抬起，看著前方的來人露出錯愕表情，但很快的他就撇開視線，繼續試音，一副好像與他們完全不認識的模樣。

「扉空哥哥！」座敷童子忍不住喊道。

但很可惜，扉空並沒理會她，反而向圍觀的人群詢問：「好了，下一位要挑戰的人是誰？」

「扉空哥……」

「換我們來試試吧！」

一對男女從人群中跑出蓋過枒木童子的聲音，走進剛剛光圈跑動的範圍，扉空向兩人詢問了歌曲與節奏，又繼續開始彈奏。

光圈重新從地面飄出，這對男女也開始跟著節奏跳起雙人舞蹈。

約莫四分鐘，一曲奏畢，兩人看著天上沒超過一千的分數，喊了聲「可惜」，並在支付扉空遊戲費用之後離去。

「扉空哥哥！」

座敷童子跑到電子琴前方，喊了一聲，但扉空一樣沒有理會。

「扉空哥，這陣子你都到哪裡去了？過得還好嗎？」

枒木童子扔出兩、三個問題，但扉空只是逕自忙自己手邊的事情。

視線接觸到正站在圍觀人群前、一臉死盯著自己看的伽米加，扉空立刻移開視線。

「扉空哥哥，為什麼你要故意不和我們說話？」

問話讓扉空停下試音的手指，「現在是遊戲時間，我不聊天。」

扔下話語，扉空再次詢問：「下一個要挑戰的是誰？」

發現扉空是吃了秤砣鐵了心的不肯與他們交談，座敷童子看了一眼從人群中走出來準備挑戰的團體，咬了咬脣，高喊了聲：「等等！」

和枒木童子互看了眼，座敷童子毫無退卻的直視扉空，鼓足氣認真道：「我要挑戰！」

話一出，伽米加露出訝異神情，只見座敷童子瞧了他一眼後，便拉著杕木童子跑進光圈的舞臺範圍。

原本走出的團體團員互看了眼，聳肩，將機會讓給座敷童子與杕木童子。

注視前方的雙胞胎許久，扉空終於詢問：「你們要挑戰哪首歌？」

「在選歌之前我有條件。」

「我不接受任何條件。」

「我們是小孩子耶，禮讓一些也沒關係吧。而且我們也是遵守規則，一樣會給你錢，只是希望挑戰如果成功就能夠和你聊天，小朋友需要鼓勵！」

座敷童子說得頭頭是道，眼睛還水汪汪的眨巴眨巴盯著扉空看。

「這樣說好像也對，小哥，聊天而已沒關係啦！」人群裡某位大叔喊道。

「反正是挑戰成功，挑戰失敗就不用理他們啦！」旁邊的年輕男子笑著揮手。

此起彼落的聲音催促扉空讓讓孩子沒關係，弄得扉空只能被逼著點頭答應這條件，省得在場觀眾說他欺負小孩子。

「但我先聲明，挑戰要超過一千分才算成功，而且聊天也只有五分鐘。」說什麼都要先訂好對自己有利的狀況。

「只要肯聊天就好了！」座敷童子和杕木童子互相點頭。不論如何挑戰一定要成功。

「遊戲方式就是去觸碰那些飄出的光圈，每種顏色的光圈各有不同的加分，分數總計會在上空顯現，那麼請選擇歌曲。」

「《兔兔跳》！」座敷童子毫不猶豫的喊出。

「……這首歌本身過慢，我會調快節拍。當然，每個光圈的分數也會因為節拍的調整而變高。這樣沒問題吧？」

「可以。」

嘆了口氣，扉空在琴上輸入歌曲名，並在節拍處填上「103」。隨著琴鍵上亮起的光，扉空的手指完全不需思考的便自動跟隨那些亮光開始彈奏出略快版的《兔兔跳》。

三音和弦一蹦一蹦的在鍵盤上跳躍前奏，宛如兔子的輕快步伐。各種顏色的光圈開始從地面冒出，座敷童子和枕木童子也開始朝那些光圈撲抓。比起剛剛擁有舞蹈底子的挑戰者，兩個小孩子就像是拿網子撲蝶，毫無規律的用雙手胡亂抓，抓到多少算多少。

隨著流暢水音，樂曲也進入了中段，光圈不間歇的紛紛冒出，加速的傾向讓兩個小孩子跟著慌張起來，看到哪裡有光圈就去抓，不知道自己抓了多少，步伐團團轉。下一瞬間，中間冒出的紅色光圈讓兩人同時伸手去抓——

「咚！」

額頭與額頭互相碰撞，座敷童子與枕木童子在一致的驚呼聲下跌坐在地。

樂曲出現一秒的中止，但又持續演奏，只是卻掩飾不住扉空剛剛一瞬間的心慌。

——不能表現出來，絕對不可以。

在心裡勸告自己無數次，他只是想讓他們知難而退，但為什麼要這麼做的原因他自己也不清楚，或許是因為他還找不到留下來的理由，也或許他自己選擇的旅途還未到終結之時。

「快起來、快起來！」疼痛明顯讓座敷童子眼眶泛紅，但她顧不得那股痛，趕緊和枕木童子手拉手重新站起。

「快抓！」枕木童子一聲喊，兩人重新分開兩邊繼續撲抓光圈。

圍觀的人群不知不覺開始變成雙胞胎的助援團，開始喊著：「加油！」

樂曲進入最終章，扉空的手指在琴鍵上迅速跳動，加入節奏性的流暢伴奏。光圈進入高潮，變換不同的動線交叉替換。座敷童子與枕木童子不顧自己因為手腳不協調而摔倒了幾次，死命的把握機會伸手抓！

彈奏的和弦三兩變換，降速、停頓，最後八弦和音落下，中間冒出紅藍綠三個光圈。座敷童子和枕木童子趕緊回身去抓，三枚光圈全破，廣場一瞬間靜止無聲。

就像剛跑完百里馬拉松，座敷童子扶著腰大喘，枕木童子則是直接跌坐在地上掀拉衣領，大口吸氣。

「終於完了，我還以為會死掉。」邊喘著邊說，座敷童子撥開因汗水而貼臉的瀏海，用手搧著風。

「行了吧，我們抓那麼多，分數應該滿了吧！」枕木童子邊說邊望向上空，只是當他看見數字時，卻瞬間爬起「欸」了聲。

「很可惜，挑戰失敗。」看著上空顯示「901」的數字，扉空冷冷宣布結果。

「那、再一次！再重來一次！我們會付錢的！」座敷童子開口懇求。

但扉空卻是冷淡否決：「每個人一天只有一次挑戰機會，很抱歉，你們已經失去機會了。」

扉空望向圍觀的人群，問：「接下來誰要挑戰？」

「啾、啾啾……」葛格拖著一支不知道從哪來的糖葫蘆，從人群的腳邊縫隙往噴水池的方向鑽著前進。

一到噴水池，看見扉空的它正要飛撲上去，只是吵雜的爭吵卻搶先吸引它的注意。它看見眼熟的兩個小孩子似乎在爭吵，希望主人再給一次挑戰機會，而主人則是背過身去，擺明不想再和他們討價還價，但葛格並沒有漏看主人明顯很想要答應的眼神。

偏了下身子，葛格拋棄了自己好不容易得到的糖葫蘆，一蹦一跳的跳上噴水池外圍的矮牆，蹬著跳進主人的懷抱，「啾」了一聲。

扉空微微扯開嘴角，心事重重的順了下葛格的毛髮，沒想到下一秒葛格卻突然掙脫扉空的懷抱，用扉空的肩膀當跳板翻落至他的背後。好幾聲單音與和弦蹦蹦蹦的彈出，扉空慌忙轉身抱起葛格，卻已無法阻止彩色光圈飛出。

兩個小孩一看見光圈再現，狂奔上前就是趕緊動手抓。大白兔從旁走來，張開雙臂跳進舞池區域，直線跑過，座敷童子和杦木童子漏抓的光圈瞬間被大白兔刷得一乾二淨。

天空的計分重新翻轉，跳成「1001」。

兩個小孩和一隻大白兔看見分數，直接抱成一團歡呼。

扉空背過身去拉扯葛格的臉皮，一張臉黑了，「葛、格——」

「啾啾啾啾……」葛格可憐兮兮，一副無辜模樣。

「扉空哥，這樣算挑戰成功了吧！」身後傳來杦木童子的興奮大喊。

扉空回身看著一臉驕傲得很的雙胞胎懊惱道：「剛剛那不在樂曲的範圍內，加分不算數。」

「欸——？！」

「扉空哥，說話要算話，你是大人吧，大人要守信用，不可以欺負小孩子呀！」

——誰在欺負你們！是你們在欺負我吧！

扉空心裡喊道。

「啊、小哥，沒關係啦，不用那麼計較，就讓讓小孩子吧。」

「分數有計算上去，就當他們贏好了啦！不然和小孩子這樣爭，不好看啦！」

圍觀的群眾又開始附和，弄得扉空要繼續遊戲也沒辦法，只能被迫點頭承認這場是雙胞胎挑戰成功。

而扉空只能一臉鬱悶的向圍觀群眾擺手，道：「抱歉，休息時間。」

「呦呼！」兩人一兔互相擊掌，開心的歡呼。

葛格在琴鍵上跳來跳去，單音音節叮叮的彈奏，彩色光圈緩慢飛升，座敷童子和杌木童子以及大白兔則是抓著玩。

噴水池旁，扉空與伽米加隔著一段距離坐著，從剛剛到現在就沉默著沒交談過任何話。

扉空本來以為座敷童子提出的條件是和他們兩個小孩子聊天，沒想到他一宣布休息，準備和雙胞胎進行說好的五分鐘對談，座敷童子和杌木童子卻是把一直站在旁邊的伽米加推來他面前，笑呵呵的說：「從一開始我的條件就是要扉空哥哥陪伽米加哥哥聊天，我只是沒有把名字說出來而已呀！扉空哥哥要守信用喔，不然那些剛才圍觀的叔叔、姐姐和哥哥都會再回來喔。」笑咪咪的臉，著實百分百的惡魔心。

扉空最後只能暗罵自己傻傻上了賊船，一開始別招惹就好。然後，他就這樣坐在噴水池旁等伽米加自己開口，結果沒想到伽米加一坐就是三分鐘都不開口。

「……扉空。」

遲疑的輕喊讓扉空靠在膝上互握的雙手縮緊了手指。

「你……頭髮剪了，衣服也換了呢。」伽米加搔頭傻笑。

「早換了一段時間了。」一生澀的回答，扉空完全沒有想要進一步交談的意願。

伽米加的傻笑變乾笑，然後又變回沉默。

總得找點話題，不然根本是白白浪費雙胞胎爭取來的機會。暗暗想著，伽米加開始抹臉找話題，明明都想好了與扉空重新見面時要說哪些話，結果真的見面時那些話卻不知道飛到哪裡去，他一句也想不起來。

「五分鐘到了。」

見扉空起身要走，伽米加趕緊站起喊住對方的腳步，結果下一句說出口的不是笑談，而是一句：「對不起！」

道歉讓扉空的肩膀微微一頓。

「我不知道要怎麼解釋這誤會，我也沒想到只是沒有及時坦白會讓你這麼無法諒解，但我真的沒有想要欺騙你的意思，一開始我真的不知道扉空就是科……」想到在人來人往的地方說出那名字並不妥，伽米加往前走了兩步拉近彼此的距離，降低音量：「我真的不知道你就是科斯特，是後來碧琳來拍攝現場時，她的名字讓我想起你曾經在這裡提過，我才發現你們是同一個人……」

「我知道。」

「我真的沒想到……咦？」

扉空並沒有回頭，但話語卻未停止的繼續說道：「想也知道，你雖然聰明，但不可能聰明到剛見面就會立刻聯想到我是誰，畢竟現實那時候我們只見過兩次面……我明明知道，但是那時候被情緒沖昏頭，讓我根本無法認真思考，用那種話罵了你……抱歉。」

沒想到扉空竟然會對自己道歉，伽米加完全傻在原地，但隨後回過神，立刻上前詢問：「那你幹嘛還要離開？而且還一臉我超級對不起你的模樣。」

在現實遇見還裝成陌生人，這不是一副老死不願相見的態度嗎？若不是他還在生氣，那幹嘛這個樣子？

扉空微微側過身，皺起眉，「那時候都離開隊伍了，現實如果再說話不是很奇怪？雖然知道你是……但是看得見臉和看不見臉真的差很多，而且那時候還讓你看到那麼多……」說到這，扉空一掌抹臉，耳根似乎微微發紅。

結果自己失意的模樣全被看光，叫他怎麼面對他，怎麼看就怎麼尷尬啊！

「等等等等——結果你完全不是因為我沒對你坦白才走，只是因為不好意思？」

那他介意這麼長一段日子是介意假的喔？結果他從頭到尾都摸錯對方的心思。

「如果只是不好意思，我大可永遠都別玩《創世記典》。」扉空嘆了口氣，看著前方來往的行人玩家。

這裡的每個人雖然處於同個時間，但前往的目標卻各不相同，有些是自己決定的，有些是隊友決定的，但不管是獨自前往或是聽從團體，一開始進入遊戲時，那些人都是抱持著各自的理由才來到這座世界。

「當初我來玩遊戲，只是因為碧琳的一句話，她要我找到她，找到她藏著的寶藏，但現在這裡卻不再有她……」

就算失去那個待著的理由，但他並不想就此離開。

「有時候不能為了想要待著而任性的留下，離開才是最好的選擇。我想要重新找到留下的理由。」

伽米加小心翼翼的問：「那……你找到了嗎？」

扉空搖頭，「只是看了很多從沒見過的漂亮景色，但那些並不是足以讓我留下來的理由。」

雖然照著碧琳的筆記本去走走，卻也只是去見見碧琳曾經見過的風景，只要旅程終結，那麼理由就會結束。

傳遍城鎮的鐘聲噹噹響起，提醒城內的玩家時間已經正午，也終止扉空的思緒。

「就到這裡吧！」

「什麼？」

還沒釐清話語的意思，伽米加就看扉空單方面終止對談，走到琴前喊了聲「Ｆ１」，電子琴瞬間連同腳架縮小變回銀藍鍵盤的模樣。

收起鍵盤，扉空拿出筆記本翻看下一個要前往的地點，「今天已經聊得夠多了，就在這裡道別吧。」

「咦？！扉空哥不跟我們回去嗎？」雙胞胎以為只要讓伽米加和扉空聊天就能讓他們喜歡的哥哥重新回來，沒想到最後扉空還是要走。

「一開始只說聊天。」扉空不理會兩個孩子發出的驚愕哀求，朝葛格說了句：「不走的話你就跟他們回去。」

言下之意很清楚，再不跟行就等著被扔棄。

葛格依依不捨的看著雙胞胎與大白兔，再望向一臉失意落魄的伽米加，嘴巴顫抖的「啾」了聲，便跳著跟上扉空，只是才跟沒幾步，扉空卻突然停下了腳步。

扉空的手指停止在筆記本的頁面遲遲未翻過，頁面上貼的不是神奇的漂亮風景，而是一張合照，照片的下方如此寫著——

「公會領地．白羊之蹄。」

「這是一個所有的風景都比不上的地方，哥哥，希望你會喜歡。」

扉空難以言喻心裡的複雜。

之前翻到這一頁，那時他的身旁已經沒有任何人陪伴，在夜晚獨自一人看著這照片連分享都無法。現在再看見那熟悉的建築、熟悉的人，過往相處的回憶卻在腦海重現……他想起了與伽米加可笑的相識，與座敷童子和枚木童子意外的相遇，被荻莉麥亞從山賊窟裡救了一命，然後因緣際會來到白羊之蹄。

他走過無數的路途，只是想要找到一個留下來的理由。但他卻從未想過，其實有些事情根本不需要理由，如果非得用一個理由才能留下來的地方，那麼會是他所喜歡、是他自願的嗎？

合上筆記本，扉空閉上眼深深吸了口氣，回身看著呆站在原地明顯難以接受的三人，他想了想，終於走回到伽米加面前，然後伸出了手——

「你好，我叫做扉空，職業是吟遊詩人，不知道你的隊伍缺不缺這項職業的玩家？」

他想留下來，就只是想留在他們身邊，這樣，能不能當成他往後繼續在這座世界裡行走的理由呢？

似乎還無法消化扉空的話語，伽米加一雙眼張大大的愣在原地。

「不缺？那我走了。」

扉空挑眉，正要縮回手，回過神的伽米加終於意會到扉空是在給機會讓他們挽留，他立刻用力握住扉空的手，趕緊道：「缺！我們隊伍超缺！」

「這樣的話是代表扉空哥……」

「願意回來了！」

座敷童子歡呼，拉著枚木童子開始跳著轉圈圈，大白兔也一起加入了轉圈圈的行列。

「扉空。」

他一轉頭，熟悉的墨綠布料占據視線——扉空瞬間被伽米加抱滿懷，連腳都離地三十公分踢踏不到。

「快放我下來！」

扉空掙扎著要伽米加快鬆手，沒想到伽米加卻是越笑越開心，不只沒有鬆手，還抱著扉空連轉好幾圈。警告無用讓扉空極度不爽，他將頭往後仰到極限，再重重朝前方那張笑得合不攏嘴、完全不聽人說話的獸人的鼻骨狠狠撞擊！

一聲慘叫，損敵損己。

伽米加壓著臉哀痛，而出「頭」的扉空也是痛到壓著隱隱冒煙的額頭蹲在地上狂揉。

「叫你放手不放！」回頭罵完，扉空也揉著額頭小聲哀道：「啊……超痛……」

「我開心嘛！」離開許久的同伴重新回來，還有什麼比這更要緊？他開心的抱他轉圈圈也是應該，雖然最後被撞了一記。

「那你不會用別種方式！我不是說過我很討厭別人隨便碰我！」

「誰叫你離開那麼久，你也不能怪我忘記……哎喲！扉空你這沒良心的又用冰塊砸我！停停停、會痛、會痛……等等、好好好算我錯，等一下、等一下！」

看著眼前久違上演的單方面教訓戲碼，座敷童子眨了眨眼，「結果還是這樣呢。」

「沒辦法，誰叫米加哥就是改不了M體質。」枕木童子聳了聳肩，雙手交叉靠在腦後。

兩個小孩互看了一眼，然後噗嗤的笑了。

「希望這次扉空哥可以一直留下來。」

「嗯！如果能夠永遠在一起不分開那就更好了！」

他們誠心祈禱，希望這份重逢的喜悅能夠持續到永久。

▲▲▲◎▼▼▼

藍色的傳送粒子憑空出現，四道身影出現在鋪磚的空地。

扉空看著眼前的公會大樓，與他最後一次見到時並沒有什麼大改變，建築依舊，也沒有新建其他屋舍，唯一不同的是兩邊的花圃已經沒有空地，全種滿了花，七彩繽紛的花朵盛開綻放，隨風姿意搖曳，還有數隻蝴蝶悠閒飛舞，相當漂亮。

「扉空哥哥，我們走吧！」

座敷童子笑咪咪的牽起扉空的左手，枕木童子則是牽起扉空的右手，一路拉著他往前跑到公會大樓前。

緊閉的門板似乎在等待一個打開的機會。

扉空有些緊張，畢竟當初只傳了封信給波雨羽、寄回房間鑰匙，連面對面的道別也沒有就退出公會，現在又要重新加入……總覺得自己很任性、很厚臉皮。

「別怕，哥罩你！」伽米加拍拍胸脯，要扉空別擔心，放膽開門，若真有人反對，他就搶第一先壓制那個人。

「這裡又不是你作主。」說得這麼有魄力，可加不加入又不是他在決定。扉空撇了撇嘴。

「別擔心啦！扉空哥，你就安心的開門吧！我已經先用私訊跟羽哥報備過了，大家都知道你要回來啦！」枕木童子笑得一臉燦爛，指著自己的手鐲。

「什麼？！」他完全沒想到枕木童子會來這一招。

一想到裡面的人說不定已經準備好亂七八糟的整人方式在等他了，扉空剛做好一半的心理準備全被嚇跑，轉身才要逃跑，卻被從座敷童子裝備欄裡蹦出的大白兔擋住去路，黑色豆豆眼盯得扉空發毛不已。

伽米加一把搭上扉空的肩，完全不給扉空挪移的機會，笑容發閃，但卻是用十足十的邪惡音調道：「你以為這次回來了還能再出去嗎？」

「欸？！」

還沒反應過來，在場三人同時彈指，大白兔瞬間將扉空整個人打橫抱起，低沉的男性嗓音從沒有嘴巴的白兔臉部傳來：「請乖乖聽話，群眾的命令不可違抗。」

不給扉空掙脫的時間，雙胞胎一人一手「啪」的推開公會大門。

大廳裡，原本正在說話的人紛紛停下原有的談論，下意識望向門口，只是當眾人看清楚進入大廳的一行人是誰後，卻是瞬間愣住，還有人就這樣維持端杯喝水的姿勢，水拚命從僵住的嘴角流出。

所有的人目光全集中在被大白兔公主抱的那人身上。

本來還想掙扎逃跑的扉空，在發現眾人的目光全聚集到自己身上時，背後竄出了冷汗，不知道該說些什麼，沉默約一分多鐘後才尷尬的說了句：「呃……大家好……」

「……是扉空啊啊啊啊啊——」

伴隨不知道從哪邊傳來的大喊，眾人瞬間從定格回神，全朝門口的人衝來。

扉空想逃都來不及，只能一臉驚恐的看著人群眼淚帶鼻水的迎面撲來——

「碰！」

巨大的撞擊揚起灰塵，可憐的扉空就這樣被一群人壓在地上抱著又蹭又親，他動手動腳卻推也推不開上方的猛獸，只能黑著一張臉狂拍地面要伽米加快救人。

伸出的手被握住，扉空也不管是誰，反握住那隻搭救的手，順著對方的拉力從人群中掙脫。腳步順勢站起上前，扉空本要道謝，卻在看見來人時愣住。

波雨羽摸著下巴繞著扉空走了一圈，打量扉空的新樣貌，笑著說：「看起來清爽很多呢！」

「咦?喔……嗯。」扉空尷尬的摸了下空蕩的後頸。

一隻手進入視線範圍，扉空愣了一愣，看著波雨羽笑咪咪的臉，再看看那併直五指的手掌，他慢慢的將自己的手靠上。

手掌被握住，同時一股拉力也將扉空拉著上前——波雨羽用力抱住扉空。

「歡迎回家。」

完全沒有多餘的話語，就是一句誠心的低語。

扉空心裡有種如釋重負的感覺。以為自己離開之後或許不會再有與這些人重逢的機會，結果終究到最後他還是回來了，回到這座如同「家」一樣的公會。

手掌放在對方的背部，扉空回擁住波雨羽。

「嗯，我回來了。」

打開門，扉空走進當初公會分配給他的房間。

本來以為在他離開後，這間房間應該會分給其他新來的會員，沒想到波雨羽竟然將房間保留下來。

「我說過了吧，我看人是百分之兩百的準，雖然無法預測時間，但我知道你一定會回來。」

當明姬將房間鑰匙交還給他時，在他意外的詢問下，旁邊的波雨羽用自信的笑容如此說著。

深深吸了口氣，房間裡意外的完全沒有封閉久時的悶味。扉空觸摸各處的家具，手指上完全沒有髒髒的灰汙，乾淨得不像沒人住。

「你離開之後，大家都輪流幫你打掃，我也有幫忙擦窗戶喔！」枕木童子比出了勝利手勢。

「我也有幫忙擦桌子！」座敷童子單腳蹺起，舉手認真說。

扉空「嗯」了聲，雙手懷胸轉向伽米加，挑眉詢問：「那你做了什麼？」

「我當然……」

「米加哥很努力的掃廁所呢！」

「對啊！伽米加哥哥只要有回來公會，都會把廁所刷得亮晶晶！」

兩個小孩搶在伽米加之前接下話，然後同時對伽米加豎起大拇指，眼角閃過一枚星光：「清潔工的好榜樣！」

本來想偽裝成打掃整間的光榮工作，沒想到座敷童子和枕木童子竟然完全不留面子的直接掀他底，伽米加垮下臉，抓下那兩隻舉著的拇指，不滿道：「喂喂喂……」

「呵呵。」

突然傳來的笑聲讓三人同時停下玩鬧，望向窗邊的藍髮少年。

發現自己竟不自覺的笑出聲，扉空慌忙用手遮住嘴，趕緊轉身打開窗戶，遮掩自身的困窘。

涼風從窗口吹進，吹動天藍色的短髮，扉空雙手撐在窗檻眺望底下開滿花的花圃，難得的讚道：「真漂亮。」

「啊、對了！」枒木童子突然搥了下掌心，從裝備欄翻出一樣物品，快步來到扉空身後，喊了聲：「扉空哥。」

扉空一回頭，二十朵太陽花瞬間擠到面前。

金黃花瓣如光暈般襯托中央的黑色花心，靠近的距離讓扉空聞到一股特殊的花香。

「這是？」

「那時候我不是問你喜歡什麼花？你說的，太陽花。這花是你不在的時候開花的，所以我先採收起來，現在你回來了，剛好就送給你。」

扉空眨眨眼，接下花朵，道謝：「謝謝。」

枒木童子靦腆的笑了，隨後四處觀望房間，摸著下巴道：「不過這裡沒花瓶呢……」

「花瓶的話我有，用這個吧！」伽米加驕傲的走上前，隨口喊出物品名稱，一個古代皇宮才會出現、約七十公分高的寬口圓肚大紅瓷花瓶瞬間出現在他做捧的雙手上。

將花瓶放到桌面，伽米加抹了下汗，笑道：「怎麼樣，這個超讚的對吧！為了慶祝你回來，這個就直接送給你吧！」

「這是你不想要的吧。」扉空指著花瓶，完全不賞臉。

這花瓶怎麼看都不像正常人會買的物品，肯定是伽米加不知道在什麼樣的機緣下碰巧拿到，自己又不想擺著看才收在裝備欄，現在聽見枕木童子的話才拿出來。

「說成這樣，我是好心！而且這個在雜貨店賣至少可以賣兩千創世幣耶！」

「那你怎麼不拿去賣？」

扉空一句話就把伽米加堵回去。

伽米加發現自己吵不贏扉空，頓時撇了撇嘴，用著一副受虐待的媳婦樣三不五時向扉空瞥去幾眼，悶悶道：「我是好意耶……」

——我只是不想收破爛，結果弄得好像是我在欺負人。

相當了解伽米加的扉空當然知道自己如果不收下，伽米加會直接擺著不收走。

嘆了口氣，扉空指著靠窗的桌邊角落，無奈道：「擱下去。」

悶臉變笑臉，伽米加併攏五指靠眉梢，「遵命！」

開心的將花瓶搬到書桌旁邊的空位，座敷童子和枕木童子也幫忙用杯子去洗手檯裝水來添進花瓶裡，待水添到七分滿時，扉空將懷中的花束插進花瓶裡，原本七十公分的高度擴增到一公尺，完全可以說是目前房內最大的裝飾物了。

窗戶的陽光灑落在二十朵盛開的太陽花上，黃嫩的色調變得鮮豔，夏天的味道盈滿房間。

來到床邊，扉空看著空蕩的牆壁思考了一會兒，轉身詢問：「伽米加，能幫我一下嗎？」

難得扉空開口尋求幫助，伽米加自然義不容辭，「當然！你想要做什麼？」

「鑽洞。」

「……啊？」

「嗡嗚——嘟。」

停下手上的電鑽，伽米加退了步，指著問：「這樣行嗎？」

看著牆壁上多出的兩枚掛勾，扉空點頭，搬起床上的軟木塞板來到牆壁前試掛，掛勾恰恰好勾住板子邊邊的掛孔。

扉空往後一退，看了看。拿起桌上的一疊照片回到軟木塞板前，身兼小助手的座敷童子與木童子依序遞上圖釘。他順手接下圖釘將照片一張一張釘在板面，像是接軌火車般的接過一張又一張，最後整張軟木塞板幾乎滿了一半。

「這些就是你去過的地方？」

在回到公會之前，伽米加有和扉空聊了一些，他知道扉空拿到了青玉留下的筆記本，也按照筆記本上的紀錄去了很多地方。

炫目的風景照片，伽米加見過幾個地方，但大部分卻沒看過，而且看起來不像是個容易到達的地方，很難想像扉空竟然獨自一人前往這些地點。

「本來我是打算按照筆記本的內容去走到最後，但沒想到會提早遇見你們。」

如果走完這些風景都還找不到那份留下的理由，他也不知道自己會不會留下來繼續尋找，如果會，那麼回不回這些夥伴身旁就靠緣分了。只是他沒想到，這段旅程才剛過一半，這份緣竟然會先回來。

「你還剩多少地點沒有去？」伽米加抱胸詢問。

扉空叫出筆記本翻數了下，「大概十七、八個吧。」

「那接下來大家一起去吧！」

「……咦？」

「要一起去找神秘的境地嗎？酷耶！」枕木童子興奮的看著照片上炫目多變的風景。

「我會準備很多野餐點心！」座敷童子拍了一下掌，開始細數著各種甜點的名字。

看著興致勃勃已經在做行前討論的三人，扉空趕緊揮手道：「等等！什麼叫大家一起去？這些地方應該要我自己去才是……」

「青玉有在筆記本上規定，只有你才能去看那些風景嗎？」

「是沒有……」

「那我們也想去看不行嗎？」

「當然不是……」

「這不就好了嗎？」伽米加扠腰笑道：「之前你扔下我們，自己一個人去玩了那麼多地方，現在換你陪我們去玩也是應該的吧。」

說得好像有些道理，但是又有哪裡怪怪的。

「而且是不是自己一個人真的有那麼重要嗎？」

扉空呆愣的看著伽米加從自己身旁走過，打量著軟木塞板上的照片，道：「你不是說了，你還沒找到留下來的理由。但是你還是願意回來，所以不管這些地方是不是真的非得要你自己去看，也已經不重要了吧！」

當他決定回來的那一刻，尋找的旅程就已經結束了。

打從一開始他需要的就不是理由，而是一個念頭，想要留下的決定，就是這麼簡單的道理。

明明很簡單，但他卻過於糾結而摸不透。

扉空深吸一口氣，終於鬆口道：「……我先說，某些地方可不好走。」

「這樣正好，我們最喜歡挑戰了！」

伽米加拍拍自己的手臂，證明自己百獸之王的種族可不是擺好看的，而兩個小孩子也歡呼著互相擊掌，看得出來扉空的同意讓所有人都很開心。

「那接下來你想要朝哪個地點前進？」伽米加詢問。

扉空打開筆記本翻了翻，目光停留在貼著水面倒映海市蜃樓風景的瀑布照片頁面，轉向三人說：「這裡，夢幻瀑布，上面寫在西方大陸……」

他話還沒說完，房門突然「碰」的一聲被打開，所有人瞬間朝門口望去，只見荻莉麥亞站在門口，露出難以置信的錯愕表情。

「荻莉麥亞妳等……」愛瑪尼停在荻莉麥亞身後，指著房內的扉空驚訝道：「那些傢伙說的居然是真的！」

「看來還會再多上一個人了。」伽米加朝旁小聲說道。

扉空瞧了眼伽米加，搔了搔臉，向荻莉麥亞舉手遲疑的打招呼：「呃……好久不見。」

▶▶Loading...

最終伺服器

# 未來・新的旅途，新的朋友！

Create Dream Online

初冬到來的十一月，中央公園的演藝廣場以舞臺為中心搭起了環繞隔板，兩邊分布放置大型音響，舞臺中央的投影布幕也已降下，為即將開始的盛宴做準備。

人群手持門票從入口進入，走向自己購買的票位就坐。

坐在舞臺前中央第五排ＶＩＰ座位的薇薇安看見走進同條座位走道的夜景項，趕緊和江陵金一起站起，禮貌的招呼：「夜導演。」

「薇薇安、江小姐。」夜景項禮貌的點頭回應，在薇薇安身旁的空位坐了下來。

薇薇安和江陵金也跟著坐回座位。

「沒想到夜導演也會來，您今天不是有事要忙嗎？」薇薇安好奇提問。

夜景項笑著晃晃手上的票根，「主角都自己拿票來請我蒞臨，就算再忙也要抽出時間。」

前個禮拜科斯特在石川的陪伴下特地到優游來找他，那時科斯特臉上的經典表情他可忘不了，一臉完全不敢看他的將票塞進他手裡，最後還臉紅的跑走，活像是來投情書的少女，讓他整晚看著票笑得合不攏嘴。

該怎麼說呢？就是覺得很好笑又很開心，所以不論如何他都得趕來，不然就太對不起特地降低傲嬌指數來面對他的科斯特了。

「科斯特也特地拿票來給我，讓我很驚訝呢！」薇薇安笑道。

當她工作結束回到公司，電梯開門時竟然看見科斯特特地在大廳等待她，讓她相當吃驚。後來科斯特拿演出唱會的入場票券遞到她面前，說希望她可以來看時，她還懷疑自己是不是做夢而甩了自己一巴掌，結果卻嚇到科斯特。

這在平常根本是不可能發生的事情，以前科斯特的演唱會都是她偷偷拜託石川替她留票，現在卻是科斯特主動來邀請她，這讓她感到超開心又特別幸福。所以她拿到票之後就擺在床頭期待日子快點來，等著等著終於等到今天。

「啊啊、真期待今天的演唱會。」夜景項注視舞臺，期待的說。

「是呀。」薇薇安笑著附和。

觀眾逐漸入座，還有人舉著特製的ＬＥＤ加油板興奮的等待。入場時間結束，還沒就座的人趕緊快步跑到自己的位子。待所有人就座後，設立在周圍的白色照明燈光慢慢轉暗。黑暗中，交談聲逐漸靜下，寧靜到足以聽見蟲鳴、看見天上的星光。

一瞬間，四方和舞臺上方炫目的雷射燈光交叉掃射，在一陣快速閃動之後，前臺五盞以及上方三盞舞臺燈同時亮起照亮舞臺，身穿一襲由紅色緞帶拉構而成的幾何線條服裝的科斯特佇立於舞臺中央，紅色的髮單邊編髮側夾，眼角由眼線勾勒出上揚的線條。

身後的投影幕開始放映鞦韆樹下的鞦韆風景，風吹動樹梢，葉面飄落。

科斯特握著直立麥克風，低垂的眼緩慢抬起，在如水流般的輕盈伴樂下，開口唱出男女莫辨的歌聲——

那樹下的鞦韆　搖晃　如同當時的記憶
曾經　降下的紛紛綿雨　落在妳我掌心
百天戀曲　深刻我倆的心
聲聲　唱出　不分離

六名舞者從舞臺兩邊走出，用與科斯特服裝相襯的緞帶互動拉出纖柔的舞蹈，燈光在科斯特身上打出一個亮眼的焦點，歌聲高音柔唱，帶著剛柔並濟的力道，即便不看舞臺的人，閉眼傾聽也是種音樂饗宴。

我們度過無數的回憶　放棄又談何容易
風葉呢喃細語　妳是否聽見這熟悉的耳語
妳的淚　如風沙的痕跡
百天戀曲　埋沒我倆的心
抱著我　緊緊相依

一曲唱畢，燈光暗下，觀眾紛紛尖叫鼓掌。下一刻，投影幕上換了影像，是各種光線粒子交互變換的動畫，四邊的LED燈打上舞臺變換圖案。

換上另一套服飾的科斯特，戴著單邊耳麥從左邊走出來到舞臺中央，踏步、停頓、身子側傾滑步，在電音的前奏彈出時，雙腳一個踢躂，雙手橫劃跳出大動作的舞蹈，唱出較為搖滾曲風的舞曲。

臺下興奮的尖叫不斷，就連薇薇安也忍不住起身跟著跳著喊：「科斯特！我、愛、你——唔喔——」

身旁的蓬蓬裙被拉了下，她一低下頭，就看見江陵金勸說冷靜的示意眼神。

「可是人家真的超興奮的嘛！而且妳看夜導演……」

順著薇薇安手指的方向看去，只見夜景項已經舉起兩支螢光棒跟隨人群揮舞。

轉頭對上薇薇安興奮的視線與江陵金明顯錯愕的眼，夜景項先是尷尬了一下，隨後從身旁拿出整包未拗折的螢光棒，好意詢問：「要嗎？」

這標準粉絲道具也太不符合平常的形象了吧……江陵金心想。

薇薇安開心點頭，立刻抽出三支螢光棒拗折發亮，並將其中一支塞進江陵金的手裡。

「陵金，一起來幫科斯特加油吧！」開心的說完，薇薇安一手一支螢光棒跟著眾人的方向一起揮舞。

看看自己手上的螢光棒，再看看已經融入演唱會氣氛的兩人，江陵金笑嘆口氣。

——算了，就當薇薇安長久以來那麼努力的工作，偶爾回到這年紀該有的娛樂生活也不錯。

輕輕揮舞手上的螢光棒，觀眾席遍布如星光般的螢海。

舞臺左邊被大型看板遮擋住的工作區，石川站在與舞臺接連的階梯下方，探看舞臺上的演出，一邊用耳麥向燈光與音效的工作人員下達微調指令。

熱烈的舞曲結束，科斯特也趁燈光暗下時趕緊朝石川所在之處跑來，一邊脫下身上裝飾華麗的服飾。服裝助理趕緊拿著縫有金釦的白色斜領套裝，替科斯特更換衣服，妝髮助理也一邊幫忙整理頭髮。三十秒換衣完畢，科斯特接過石川遞來的潤喉水喝了一口清整喉嚨。

「科斯特，還可以嗎？」

面對詢問，科斯特點頭：「沒問題。」

「那好，接下來就是那一首主打新歌了，加油。」石川豎起拇指。

科斯特笑著點頭，調整了下耳麥的位置，趁著燈光亮起前的空隙重新回到舞臺中央。

閉眼、深吸氣，舞臺下傳來了觀眾的呼喊與加油聲，ＬＥＤ加油板在黑暗中清晰亮眼。

「啪！」

聚光燈從頭頂落下，科斯特環視觀眾——以前他從沒好好的去看過。就算在舞臺歌唱，也只是為了在電視機前等待的碧琳，在他眼裡，他眼前的觀眾就只有那名少女。可是現在，這些人喊著他的名字，座位擠得毫無空隙，他們努力的前來就是為了這三小時的演唱，他以前卻從來沒有回應過他們的呼喊，以為完美的做完演唱就是全部，但這種想法是不對的。

科斯特垂下手，邁步走到舞臺前方，嘴脣開闔，吐出的卻不是歌聲，而是誠心的話語。

「各位。」

聽見科斯特開口說話，所有人紛紛停止了聲音，注視臺上那出眾耀眼的偶像。

「前些日子發生了很多事情，相信各位都知道我送走了我最愛也最重要的那名家人，失去她，讓我非常痛苦，因為這樣，給很多人添了麻煩，讓各位失望，真的很對不起。」

科斯特彎腰鞠躬。

站在樓梯旁的石川為科斯特的突然剖白先是訝異一愣，隨後垂下眼，扶著耳麥向工作人員說了幾句指示。

重新抬起頭，科斯特觀望臺下靜聲聽著的人，視線落在那個特地留給碧琳、無人坐著的空位，還有在座位後方注視著自己的薇薇安與夜景項。

他以為只要不去體會、不去看，那麼就不會感受到那股難過的情緒，但後來他發現這種消極的做法有多麼的錯誤，因為不管有沒有去感受，那股疼痛都會自己出現，並不是每天妄想著時間停止就不會感受到，而是……

「我並沒有各位所想的那麼光鮮亮麗，成為歌手也只是因為當時的我只能選擇這條路。我是個自私的人，有很多缺點，但面對這樣的我，各位還是願意來到這裡，替我喊一聲『加油』，其實我早該跟各位說了……」

深吸一口氣，科斯特用自己最大的勇氣，喊著：「真的，很謝謝你們一路走來的支持，還有今天願意來到這裡陪伴我度過這三小時！」

以前他的目光不在這些觀眾身上，而是望著那透過電視收看的碧琳；但現在，他想要好好的看清楚這些人，花了時間特地來這裡替他加油的人，他想要好好的看清楚。

臺下的觀眾席，某名少女和身旁的友人互看了眼，微微笑，開口回喊：「謝謝你！」

聽見這聲音，四處也開始響起此起彼落的「加油」與「謝謝」。

他們都知道，因為他們是一路看著他走過來，他有多努力他們都知道，也知道失去妹妹時他有多痛苦。

他們的人生一路走來，從教育學習到出社會工作，每個人的模式都一樣，沒有例外，也沒有出色亮眼的表現，普通到就算混在一堆人群裡也沒人認得出來誰是誰，但只要慢慢的存一點錢，買張票來看喜歡的偶像的演唱會，聽見那總是在自己感到辛苦時會讓疲憊紓解的歌聲，就會有種很幸福的感覺。

沒有人不自私，大家都有為了自己而去做的事情，只是那件事情是大是小、以及有沒有人看見罷了。

沒想到觀眾會傳來這樣的回答，科斯特覺得鼻間有些酸楚，他忍住那股快要哭泣的感動，再次說了聲「謝謝」，接著道：「那麼各位，接下來的歌曲是已經預定發行的下一張專輯的主打新歌，希望你們會喜歡。」

聚光燈緩緩轉成柔和的鵝黃光線，舞臺上沒有舞群，只有科斯特一個人，等待著前奏音樂。就在科斯特正要準備歌唱時，雙邊音響卻突然傳出令人難以置信的聲音。

「咦？這樣是已經開始錄了嗎？」

臺下的人全朝科斯特的身後投注訝異視線。

科斯特緩慢轉身，在看見投影幕上的影像時，整個人難以置信的瞪大眼——影像裡是坐在病床上的碧琳。

「呃……我要說什麼突然忘記了耶，等等喔，我想想……啊！對了！」碧琳雙掌貼合，手指抵靠在下巴，笑著說：「哥哥，恭喜你辦了第三場演唱會！雖然沒辦法親眼去看，但我想現場一定會有很多很多人，因為哥哥的歌聲是那麼的好聽。」

明明沒機會再見面，卻沒想到還能用這樣的方式重逢。

「我一直都知道，哥哥非常的努力，雖然哥哥自己並沒有發現，但就算是只能透過電視機觀看的我也能看得出來，哥哥正在逐漸樂於自己所做的事情。」

碧琳微笑的垂下眼，將手放在自己的胸口。

「雖然有些時候會感到孤單與寂寞，但哥哥能開始喜歡除了我以外的事情，讓我真的非常開心，我希望哥哥能去追求自己喜歡的事物，不管是過去、現在或者是未來都一樣。」

「哥哥。」

輕聲呼喚，如同往常。

科斯特忍著眼眶中的淚，抬頭注視著螢幕上的人，看著對方露出笑容，對自己伸出了手——

「不管我們能不能站在一起，我永遠都會在你身邊陪你一起度過，所以……盡情享受自己喜愛的事物吧！好好加油，我可是在看著呢！」

她總是能看清楚周遭的一切，替他看見他所沒能看見的事物。

用袖子抹掉囤積的淚水，科斯特緩緩的舉起手掌，看著因為視覺而重疊相靠的雙掌，他低聲喃喃：「結果卻還是讓妳看見這麼難看的模樣。」

不管身處何處，不管是否站在一起，只要心意在，那麼她就會一直陪伴著他。

科斯特重新轉身面對觀眾，隨著落下的奏樂唱出抒情般的歌曲——

記得初次見到妳　妳可愛的笑容深印我心底
妳就如同春風般　只要有妳陪伴　就令人無比幸福
聲聲迴盪不止　是妳帶笑的話語
當我因苦痛而停滯不前時　是妳帶我走向光明
相守的承諾已成為回憶
聲聲迴盪不止　是歌聲還是泣鳴
未來已不再令人感到畏懼　愛滯留我心
胸口怦跳脈動　如妳燦爛笑容

來吧　邁步奔跑向前　讓我們牽手走向黎明……

未來的日子他不會再有所迷惘，不管是悲苦還是傷痛，他都會努力的走過，雖然無法再牽住她的手、雖然無法再真正的聽見她喊的那一聲「哥哥」，但已經沒有關係了，因為他知道……

她會一直都在，活在他的心中。

▲▲▲◎▼▼▼

如果至今還停留在自己的世界中獨處，那會是怎麼樣的處境？

窗簾隨著風吹而飄動，扉空坐在書桌前提筆於紙面寫下一行行的字句。

最後一筆落下，扉空望向牆壁上掛著的軟木塞板，原本剩下的一半空位已貼了滿滿的照片，好幾張都是漂亮的風景配上超過二、三十人的團體合照。原本說好的小組旅行，最後卻變成公會旅遊，雖然和一開始的打算完全不一樣，但也因為如此讓他擁有了更多美好的回憶。

扉空不自覺的露出笑意。

窗外傳來熟悉的呼喚，扉空起身向窗外探望，只見熟悉的夥伴正站在樓下對他揮手。

「等一下！」

扉空隨便收拾了下桌上的物品，離開房間來到樓下的空地。

快步跑到眾人面前，扉空帶著歉意道：「抱歉，讓你們久等了。」

「沒關係啦！反正任務又不限時間，就算明天再出發也沒關係呀！」座敷童子笑著說。

「是啊，這一趟就算路程順利也要兩個禮拜後才會回來，看有什麼要緊的先處理好再出發也比較安心。」枕木童子擺手要扉空放寬心。

原本正在看花的荻莉麥亞揹起狙擊槍朝這邊走來，詢問：「要準備出發了嗎？」

「嗯……」才剛點頭，扉空立刻發現某個應該在場的人竟然不在，納悶問：「伽米加呢？」

「伽米加哥哥剛剛被羽哥哥叫去了，說什麼有新人報到……啊、他來了！」

順著座敷童子的手指望去，只見伽米加正走出公會大樓，左右張望，看見他們之後便揮手笑著跑來。

「荻莉麥亞！」跟在後面出來的愛瑪尼越過伽米加，邊揮手邊開心的跑到荻莉麥亞面前，興奮道：「這次的任務我也要一起去！」

四個人中除了荻莉麥亞，其餘人士全都垮下臉，同時抱怨：「怎麼你又要跟了？」

「有什麼關係，上次出事我也幫了不少忙呀，有我在好處多多！好了，這次我就勉為其難再度擔任隊長吧！這個重責大任果然還是……」

愛瑪尼嘰哩呱啦的說個不停，而扉空則是乾脆直接忽略那吵雜的聲音，望向伽米加問：「波雨羽找你說了什麼？」

「喔，沒什麼啦，就是分了個新來的會員，讓她跟我們一起去解任務，認識認識。」

「新會員？」

「嗯，對啊。」

伽米加笑咪咪側了身，一名身穿紫色武打套服的少女跟著從伽米加身後走出。

少女留著一頭俐落的羅蘭紫短髮，金色的眼笑著瞇起，她毫不畏生的自我介紹：「大家好，我的名字是『花花兒』，昨天才剛加入白羊之蹄，這是我第一次玩線上遊戲，很多東西都好有趣，如果我有任何地方給各位添到麻煩，還請大家多多包涵。」

——花花兒？！

——這樣說來碧琳的信裡，確實有一封信是要給花花兒的，應該是巧合吧。

扉空露出思考表情。

「花花兒姐姐妳好，我是座敷童子，這是我弟弟杦木童子，我們是雙胞胎，今年十一歲，請多多指教！」座敷童子立刻拉著杦木童子開心的自我介紹。

而杦木童子則是看著花花兒，點頭說了聲：「請多多指教。」

「真的耶，你們長得好像，而且都好可愛。」花花兒雙手撐在膝蓋，微蹲著，臉上映著粉紅色調的笑意。

聽見稱讚，座敷童子笑得更燦爛，而杦木童子則是紅了耳根背過身。

兩個孩子雖然反應不同，但心裡都是開心的。

「我是荻莉麥亞，職業是聖槍王，請多指教，花花兒。」

與荻莉麥亞伸出的手握了握，花花兒點點頭說：「我的職業是武道家，請多多指教。」

至於剛才與花花兒一起從公會大樓走出來的愛瑪尼和伽米加，想必是已經互相介紹過了。

最後花花兒的視線停駐在扉空身上，她伸出手，開朗的笑容如同太陽花，「你好。」

扉空先是為那眼熟的感覺一愣，隨後伸手與之相握，道：「我是扉空，請多多指教。」

「嗯……」花花兒翹起嘴像是在思考什麼事情般的停止動作，隨後傾身上前，縮短自己與扉空的距離，用著只有兩人聽見的音量說：「請多多指教，科斯特。」

扉空瞪大眼，上下打量著花花兒，只見對方和伽米加相視而笑之後，花花兒指著自己的臉，道：「是我啦！是我……薇薇安。」最後三個字變為無聲。

扉空瞬間錯愣，大大的「欸」了聲。

看見這反應，花花兒直接噗嗤的笑出聲來。

「我就說他在這裡的反應超有趣的吧。」伽米加一爪拍在花花兒的肩膀上。

花花兒開心的點頭附和：「真的！」

「……等等！你早就知道她是誰了？」扉空指尖在伽米加與花花兒之間來回，目瞪口呆。

「我是因為導演的邀請才會來玩玩看。」花花兒笑著解釋，隨後握了握拳感嘆道：「啊……我老早就想試試看這種真正的武打，陵金一直不敢讓我嘗試這種戲路，我可是期待好久呢！」

「別這麼說，妳來了我可開心了，多了可愛的女生一起玩，多好。」伽米加拍拍胸膛笑道。

「導演也超有趣的，在這裡竟然是獅子，讓我好意外。」

「哈哈哈！很威武很帥對吧！」

看著已經聊得開心到無視旁人的伽米加和花花兒，扉空無言的眨眨眼，然後花花兒突然從交談中抽離，面對扉空笑著說：「不過讓我最開心的是能夠和你一起玩。」

花花兒雙手五指互抵，小心翼翼的詢問：「只是不知道會不會讓你覺得不愉快……」

她的話語，讓扉空微微一愣。

其實他一直都知道，卻總是裝成視而不見，因為她實在太過耀眼。

淺淺的吐了口氣，扉空將手放在花花兒的頭上，微笑說道：「不會，我很開心。」

「真的？！」

「……嗯。」

花花兒笑著喊了聲「YES」，隨後發現自己的失態，臉紅的拍拍臉，往後退步拉開距離。

「好了好了，我們也差不多該上路了，接下來有很長的時間夠讓你們培養感情的了。」伽米加笑著搭上兩人的肩膀，示意一堆人可是在等著出發。

「你在說什麼啊！」皺眉斥責伽米加的胡話，扉空掙脫肩上的手掌，往前邁步跟上前方的人，但是走沒幾步就回頭來看還杵在原地的伽米加與花花兒，催促道：「還待著幹嘛，不是說要走了？」

伽米加拍拍花花兒的背，花花兒頓時回神朝扉空喊了聲「是！」，隨後與伽米加一起跑著追上前方的夥伴。

雖然有過傷痛與絕望，也曾經失去許多，但如果因此而停下腳步，那麼就永遠沒有機會了。永遠的失去或是重新獲得，唯有走過才能真正的看見。

扉空與其他人一起來到傳送陣前方，圓鏡裡顯現的是人來人往的街道。其他人一一踏進傳送陣，花花兒在伽米加的說明下一起進入傳送陣。

雖然還是有些不捨，但他為自己選擇跨步向前而感到慶幸，因為如此，他才能看見自己一直忽略的事物。

圓鏡的另一端，那些他熟悉不已的夥伴正在對他招手。

深吸口氣，扉空踏出了步伐——

「走吧。」

那些逝去的事物，其實一直在他的心中，他的回憶裡。

而現在，他將繼續獲得更多更多……

七彩光芒渲染視野，新的旅途從此處開始。

▲▲▲◎▼▼▼

開敞的窗戶，陽光將室內照得溫暖，也將信紙上的字體映襯得發亮。

窗簾吹動，一朵白色小花隨著微風從窗外飄進，旋轉停落在書桌的信紙上。

給碧琳：

妳和媽媽在那邊過得還好嗎？

我想，不論在哪裡都討人喜歡的妳應該已經認識了許多新朋友吧，希望他們能代替我好好陪妳解悶。

其實到現在我還是會想念妳，想起妳以前對我說的每一句話，對我露出的各種表情，不管是生氣的妳，或是靦腆笑著的妳，都讓我很懷念。

對了，最近公會陸陸續續有好幾個新人加入，變得相當熱鬧呢！

波雨羽現在在考慮擴增宿舍的同時，順便將建築翻修成新風格，等這次的任務完成回來時應該就能看見了，到時我再拍照與這封信一起寄給妳，我想妳看到了應該會很感興趣。

另外，之前提過的網聚，大家在討論近期舉辦，看樣子應該一半以上的人都會來參加，我想用「科斯特」的身分參加，應該可以吧？寫一寫都開始期待了，希望到時能夠順利舉行。

沒有妳的日子一開始很不習慣，總覺得空蕩蕩的少了些什麼，很難過，也很痛苦，畢竟我是那麼的愛妳，真的沒辦法說放下就放下。雖然還需要一段時間，但我會慢慢的適應沒有妳的生活，因為就算沒辦法看見，妳也一直在我心裡陪伴著我，對吧。

還有，妳的筆記本我收到了，謝謝妳，讓我看見了許多漂亮的風景。

也很抱歉，讓妳一直為我擔心。

PS.我現在過得很好，請別為我擔心，替我向媽媽問候一聲。還有，要是妳們有空的話，就來夢裡看看我吧。

想妳的哥哥

Fine

▶▶Loading...

番外

# 【白羊之蹄】特別的一天

座町咖啡廳——位於A市中央商區的C商店街最邊緣，人潮最多的黃金地段區，於七年前在此開設。不同於其他類似商家以機器調煮，座町咖啡廳堅持手工研磨、燒煮，將咖啡的精華發揮到極限，濃濃香味從門外就能聞見，老饕聞香而來成為老主顧。

七年來店內幾乎天天高朋滿座，客人絡繹不絕，現在更成為A市商店街的代表性店家之一。

金髮男子——也是座町咖啡廳的店長「莫德柯爾」，正站在櫃檯內研磨烹煮咖啡。

另外，店裡有兩名穿著黑色女僕服飾的服務生，長髮於肩側綁成一束的女子「蒂亞」，以及剪著一頭俐落短髮的「莎娃蒂」，則是來回穿梭在桌邊端遞餐點。

透過玻璃窗可見店內已滿滿都是客人，男女老少互相招呼笑談。

今天座町咖啡廳門口正掛著一塊小黑板——今日店內為白羊之蹄聚餐會所，不招待其他客人，請多多包涵、見諒！

銀色轎車在店門前停下，兩名年輕男女各從副駕駛座與後座開門下車。

「石川，謝謝你今天送我過來。」薇薇安拉了拉側背包的細背帶，稍稍彎腰，從降下的車窗探頭向駕駛座上的男子道謝。

今天的聚會本來是江陵金要送薇薇安過來，沒想到就在剛剛江陵金接到廠商的來電，說有些問題需要她去處理討論，沒辦法之下江陵金便委託石川幫忙接送。也因為如此，薇薇安才能有機會與科斯特搭坐同輛車子。

——簡直就是上天特別給的恩賜！

雖然一路上科斯特很少開口與薇薇安說話，但還是不減薇薇安整路搭車過來時，腦袋裡產生的滿滿幸福感。

石川哈哈的笑了聲：「快別這麼說，我才要感謝您不嫌棄和科斯特同坐這輛車。」

「不會、不會！我，超開心的！真的！」

慌忙的解釋完，薇薇安才發現自己的話不正是在表露自己對科斯特的心意？！她趕緊偷偷瞧了眼身旁的科斯特，好在科斯特沒有多說什麼，不然可真的不好意思了。

石川笑著將視線移到科斯特身上，囑咐：「科斯特，等一下聚餐結束後打電話給我，我再來接你們。」

「嗯，路上小心。」

落下道別，科斯特與薇薇安目送石川開車離去，隨後開始觀察身後的店面。

「裡面那些人就是白羊之蹄的人嗎？」

薇薇安好奇的注視滿滿都是人的店內，男女老少起身互相聊天，看起來相當開心的模樣。

科斯特抬頭打量招牌，隨後上前來到玻璃門前，看著門上掛著的小黑板，點了頭，「應該是這裡沒錯。」

薇薇安快步上前，笑著說：「好期待今天的聚會，我們快點進去吧！」

手握上門把，科斯特才正要推開門，沒想到玻璃門卻被人從店內搶先一步拉開。

夜景項站在門內，臉上堆滿笑的招呼：「科斯特、薇薇安，你們來啦。大家都在等你們呢！」

「夜導演。」薇薇安禮貌的回了聲。

科斯特微微點頭作為回應。

夜景項往後側讓出入口，道：「快點進來吧！」

科斯特和薇薇安從夜景項側讓的通道進入店內，才剛環顧座位上的人們，連面孔都還沒看清楚，就聽見周圍傳來此起彼落的驚呼。

「天啊……居然是薇薇安？！」靠窗座位的青年一臉不可思議。

「真的還假的？連科斯特都來，他們來這裡喝咖啡呀？！莉莉，等一下陪我去要簽名！」另外一桌綁著包頭髮型的少女雙眼發光，興奮的拉了拉身旁人的衣服。

桌子對面的男子傳來了否定話語：「今天這店讓我們包了，哪來別的客人喝咖啡……等等，這樣說來……」

「扉空哥哥！」

「扉空哥！」

兩個雙胞胎從沙發座位蹬的跳下，直跑到科斯特面前，與在遊戲裡一樣熟稔的一人牽起一邊手，指著自己對面的空位要科斯特去那裡坐下。

雙胞胎一喊，眾人也跟著確定想法無錯。

眾人指著薇薇安與科斯特，異口同聲的錯愕道：「是扉空和花花兒？！」

在薇薇安與科斯特尚未到來時，店內的人已經做完了一輪自我介紹。

所有人來自四面八方，一半人數是各年齡層的學生，另一半則是各行各業的人才，不只有貿易公司的董事長、計程車公會理事長、專職設計師，就連知名小提琴首席都有。

尤其當李孝萱與夜景項一進門，這當紅少女漫畫家與影劇導演瞬間讓所有人驚嘆連連。

本來以為吃驚的事情就到此為止，沒想到緊接而來竟是科斯特和薇薇安的出現。誰能想到自己平常瘋迷崇拜的偶像，竟然是遊戲中相處打鬧的夥伴，簡直就跟中了百萬樂透一樣讓人瘋狂又驚喜。

眾人閃閃發亮的視線，讓科斯特和薇薇安互看了一眼。

薇薇安噗嗤的輕笑了聲，隨後雙手在胸前比出「心」狀手勢，率先自我介紹：「大家好，我是花花兒，同時也是薇薇安．密索，請大家多多指教。」

薇薇安親切又可愛的模樣讓一堆年輕男性都冒愛心了，紛紛跟著舉手回喊：「妳好～」

至於科斯特則是不自在的提了提帽簷，短短的說了句：「大家好。」

年輕女性們紛紛紅了臉小聲尖叫，有些人更不知道從哪掏出寫著「科斯特I♡Y」的應援紙板大力揮動。

對方不熱絡的態度完全不是重點，只要是自己支持的偶像，在她們的眼裡都會自動冠上神聖光輝。

「對了，會長呢？不是剛剛還一直唸著扉空什麼時候來，期待得很，怎麼不見人？」某道詢問傳出，四周人也開始四處張望。

明姬──身穿一身短褲休閒裝扮的少女「陸筱詩」朝窗外抬了抬下巴，說：「剛剛外面有小孩子的氣球卡在樹上，他去幫忙拿氣球。」

轉頭望去，還真看見窗外的樹下確實有兩個人──金髮青年正笑著將手上的氣球交給一個小弟弟。

突然，青年向店內望來，像是發現什麼般的露出驚喜表情，接著快步跑過轉角推開店門，直朝前方的背影就是一個撲抱！

科斯特穩住差點往前摔的身子，心臟的地方因為措手不及的驚嚇而怦怦快跳，他轉頭望去，青年正靠在自己肩上，並露出了燦爛笑容。

「好久不見！科斯特！」

沒有遊戲的種族特徵遮掩，而是比記憶中更成熟的面容，有種熟悉中摻雜陌生的微妙感覺，雖然科斯特早已做了心理準備，但沒想到真正見面時還時會感到緊張。

遲疑了許久，科斯特終於生澀的開口：「……好久不見，小禹。」

聽見記憶中的稱呼，東方禹開心的笑了。

店門對面的靠牆桌位，沙發區由右至左分別坐著林座敷、林杴木、李孝萱、楊智元，而對面的椅位則坐著薇薇安、夜景項與科斯特。

一些人拿起飲料或咖啡在各個桌子間來回招呼聊天，夜景項更被拉著離座，讓幾個人圍住嘰嘰喳喳的述說自身對於《夜華月》這部作品的崇拜。

科斯特拿著叉子戳起最後一口蛋糕吃掉，用餐巾擦了擦嘴。

剛剛一些人都來向科斯特自我介紹自己是誰，當然也包括李孝萱和楊智元。

科斯特很意外荻莉麥亞竟然是《閃耀之心！GO LOVE！》的作者。難怪他以前在遊戲裡聽見這詞時總覺得耳熟得很，原來是因為在病房裡曾經聽石川和碧琳交談過。

至於楊智元則是愛瑪尼，現任職業是風景攝影師，好像自己創了個小小的工作室，和上一份工作一起離職的同事以花、鳥、風景這類自然主題進行攝影，並朝寫真書出版的路線去走，據說銷售還不錯。

夜景項也跟他解釋，在他那段失意的日子裡，李孝萱和楊智元都幫了他許多，那時記者能不繼續追蹤報導也是因為李孝萱的大膽提議，更別說楊智元為了保護他連原本的工作都辭了。

楊智元將自己的甜點推到李孝萱面前，單手托著下巴，一臉幸福笑著；李孝萱也不扭捏的直接接下蛋糕食用。

——很像情侶的相處，但李孝萱卻堅持兩人並沒有在交往。

科斯特偷偷打量，一邊心想。

斜對面，林座敷在蒂亞的幫忙下切好肉排，並握著叉子叉起一塊肉塞進嘴裡咀嚼，發現隔壁的林杕木臉上沾了醬料，還拿起餐巾幫忙擦拭，活脫脫是個小家長。

東方禹端著一杯飲料穿梭在不同的桌間閒聊；陸筱詩默默喝著自己的咖啡，偶爾朝東方禹瞄了幾眼，或其他人來到她身旁問了些問題時才開口回了幾句；薇薇安接過一個個遞來的各式物品，在上面大方簽下自己的名字，說是小型簽名會也不為過。

小小的空間，每個人的表情都相當耀眼。

這是科斯特從沒想過的生活。

離家出走後，他變得不善與人交際，只以碧琳為中心的活著，他以為自己就會以這種方式一直活下去，從沒想過有一天能和許許多多人在同個空間裡悠閒的聚會聊天。

拉開椅子，從人群抽身的夜景項回到自己的位置上，和正在四處張望的科斯特對上眼。

夜景項比了比拇指，詢問：「你不去和其他人聊聊天嗎？」

難得實現討論許久的網友聚會，一直悶在座位上多浪費，應該把握機會去和其他人聊聊天、套套人際關係才是。

「……不了，待著看挺好的。」

奇妙的回答讓夜景項失笑，「年紀輕輕的幹嘛把自己弄得像在夕陽光輝下，準備度過餘生的老頭子。」

「我只是選擇比較適合我的相處方式。」

與其和人七嘴八舌的聊天論地，待在位置上傾聽其他人交談會比較適合他。

「真意外。」

科斯特微愣，只見夜景項露出了笑，舉起食指道：「雖然傲嬌值下降了是有點可惜，不過坦白值上升確實更討喜。」

科斯特皺起眉，正要回嘴，沒想到對面竟傳來要所有人保持安靜的指示。

「噓！」

楊智元左手食指靠在脣前，右手指了指正拿著傳出鈴聲的手機、面露嚴肅的李孝萱。

李孝萱緊緊抓著手機，拿起自己的杯子，發現杯中沒水，乾脆直接拿過楊智元的杯水，四處瞧看著，在發現目標後便趕緊拍拍楊智元的肩，要他趕快到隔壁桌去拿來糖漿瓶。

楊智元半刻都不敢馬虎，趕緊抓了隔壁桌的糖漿瓶雙手奉上。

接過糖漿瓶，李孝萱完全沒有遲疑就整瓶阿莎力的全部倒進水杯裡，隨便用湯匙攪一攪，接著深吸一口氣，在右手按下通話鍵的同時，左手抓起水杯灌進自己嘴裡。

霸氣的舉動讓所有人看得目瞪口呆，就連科斯特都看到嘴開開。

將手機靠在耳朵旁，喉嚨的甜膩感讓李孝萱毫無做作的就連咳好幾聲，聲音變得像是重感冒般的低啞，她一邊咳，一邊道：「喂?編、編輯……咳咳咳！抱、抱歉，我突然重感、咳咳、重感冒了……抱歉，本來說要、咳咳、說要今天交稿……但真的沒辦法……咳咳、咳咳咳！真的？替我延後？」

長長的鬆了口氣，李孝萱小聲道：「咳咳、編輯，謝謝妳，真的非常抱歉……」

此時，一名留著蓬鬆短捲髮的女子手持手機，停步在店外講話。

如果李孝萱這時抬起頭，就會發現自己的行為有多愚蠢，只可惜她完全專注在通話上，完全沒有任何危機意識，反而繼續道：「會的，我會趕快、咳咳、治好感冒，謝謝妳，編輯。」

李孝萱切掉通話，在鬆了一口長氣之後，她抬起頭——此時窗外的女子也收起手機，抬頭時恰巧與李孝萱對上眼。

窗外女子先是一愣，下一秒直接秒速推門衝進店內，雙手環在傲人的胸前，伴隨著一身黑氣，沉重的步伐停在科斯特和夜景項的座位後方。

身後的不妙氣息，讓科斯特和夜景項在發現來人之後，便同時往兩邊側挪身子。

女子緊盯著緊張到抓著手機直發抖的李孝萱，雖然她臉上掛著燦爛笑容，但眼裡卻是殺氣騰騰：「孝萱，身體不舒服怎麼不在家裡休息，和朋友聚餐呀……」

「編編編編編、編輯——？！」李孝萱發出無聲的慘叫。

林座敷和林枕木趴在櫃檯的甜點櫃前，睜著晶亮的眼盯著櫃裡的漂亮甜點看。蒂亞蹲在兩個孩子身旁，笑著詢問他們對甜點的喜好。

櫃檯內的莫德柯爾則順勢探頭向蒂亞說了句：「如果我們能生個雙胞胎應該也不錯。」然後，看蒂亞紅臉垂頭的模樣發出爽朗的笑聲。

莎娃蒂拿著抹布替打翻飲料的女子擦拭桌面，女子不停道歉，莎娃蒂則搖頭要她別放在心上，並重新替女子送上新的飲料。

男生手持飲料，將杯子集中互敲，大喊：「乾杯！」

女生分成好幾區小團體，互相聊著女性話題。

看似歡樂的空間內，某個角落正瀰漫著悲慘世界的氣氛。

李孝萱握著繪圖筆，死命用最快速度在虛擬繪圖介面上繪製精細的線稿，隔壁的楊智元則充當助手幫忙貼網點。旁邊，捲髮女子雙手環胸，兩眼帶光的緊盯著李孝萱的繪圖進度。

被盯到整個背都汗溼了的李孝萱只能默默吞淚，暗罵自己怎麼前幾天被動漫新番吸引了目光，連看了好幾集就是沒靈感畫圖。

「孝萱，可別說我對妳不好，為了確保妳明天『感冒』能好好休息，我特地放棄今天原本要去施行的休閒計畫來陪妳，所以，五點前一定要給我呦。」

編輯笑笑的一句話讓李孝萱連呼吸、休息都不敢了，進入截稿前的瘋狂繪圖世界。

對面的慘況讓扉空默默將椅子換個方向，單手擋在桌前。

——總覺得去看都不忍心了。

「漫畫家很辛苦呢。」夜景項單手遮嘴，偷偷說出感想。

「……這樣說來，我記得你一開始騙我說你是作家。」

被扯出往事，夜景項頓時搔頭看向桌面上方的圓形紙吊燈，稱讚道：「這吊燈設計得真不錯，等等去問老闆在哪裡買的好了。」

「別以為扯開話題就沒事。」

一句話瞬間堵得夜景項乖乖坐好，反駁道：「我又沒有直接說我就是作家，而且那也是你自己猜的，況且如果真要計較的話，你不也說了你是唱跳舞者。」

開什麼玩笑，要說沒老實說職業，科斯特也沒說出來，怎麼能全怪他錯。

「唱跳舞者和歌手的差別只不過是經紀公司和舞臺罷了，但你作家和導演根本天差地遠。」科斯特瞇起眼針鋒相對。

「誰說的，作家是把故事寫在紙上，導演是用影像處理出來，半斤八兩嘛！哈哈！」乾笑兩聲，夜景項接受到科斯特的不滿目光，瞬間舉起雙手做出投降狀，認錯：「是，對不起，是我不該狡辯，不管扉空大人要怎麼處罰我都沒關係。」

等了許久都等不到對方回應，夜景項偷偷抬眼瞧了下，卻見科斯特露出若有所思的表情。

「怎、怎麼了？」

「……沒什麼。」

科斯特垂下眼，隨後唇角微微揚起，露出了令夜景項幾乎看傻的笑容。

「只是突然覺得偶爾這樣，確實還不錯。」

以前他很排斥與人接觸，因為就算那些傷口消失了，心裡卻還是一直覺得那些地方仍在隱隱作痛，他很害怕別人如果碰觸到並且發現那些傷，不知道會用什麼異樣眼光看待他——其實不是他不願與人接觸，而是他害怕別人眼中的自己是特異的存在。

但並不是每個人都會用異樣眼光看待與自己不同的人。

在那座隔絕的世界，偏偏有個白目一直來招惹他，強迫他去看身周之外的世界，也因為如此，他才有機會看見世界不同的樣貌，遇見了現在在這裡歡笑同聚的朋友。

有時候他不免想——如果這樣的時光能一直維持，那麼那些失去的傷痛或許有一天他能真正的遺忘。

肩膀被人一拍，科斯特轉頭看，只見東方禹拉開他左邊的空椅坐上，完全無視對面的緊迫氣氛，笑咪咪的說道：「抱歉呢，科斯特，剛剛被大家拉著聊了些話，接下來終於可以好好的和你敘舊了。」

——敘舊？

這倒是，從餐點吃完後，東方禹就被其他人拉去別處東聊西扯，他們兩個除了進門的那聲招呼，完全沒有聊過其他話題。

想了想，科斯特先詢問：「你……現在是大學生吧？」

「嗯，對啊。」東方禹端起桌上的飲料喝了一口，「我現在在I市教育大學就讀，如果你哪天不小心逛回I市來，記得來找我……你呢？」

「什麼？」

「生活……」東方禹攤開雙手，道：「這幾年來發生的任何事情都可以，說給我聽聽吧。」以前他未能分擔的，他想要好好了解，聽聽科斯特這幾年來的生活經歷。

「任何事情……」科斯特認真的思考，但卻想不起一件值得說的事情，他困窘的摸著耳朵，緩緩說：「到A市生活後就只是在醫院與工作地點兩邊跑……」

未成年要找工作不容易，基本上有店面的商家不會想聘請，所以除了私下打零工或一些勞動活，根本沒有選擇；若是僱主不好，薪資也會被壓低，但為了賺錢他還是無可奈何。在麵店打雜洗碗、在停車場當指揮或是幫忙工地做一些整理打雜的工作，一天的時間他在這些地方跑來跑去，才能賺取一個月他和碧琳吃飯、住院的費用，繳完這些，就幾乎沒剩什麼零錢了。

直到十五歲時便利商店願意聘請他，他才能有好一些的收入。

看著自己有著軟繭的掌心，雖然已經沒有過往的深硬，但他還記得當時這雙手為了扛起兩人的生活，而弄得全是傷痕的模樣。

但也因為這些傷痕，他和碧琳才能一起走來。

「這幾年來除了工作地點和醫院，你都沒有到其他地方去玩過嗎？」

科斯特一愣，搖了搖頭。光是跑工作和醫院就沒剩下多少休息時間了，哪還有空閒去其他地方玩。

「嗯……」東方禹笑著舉起食指，提議：「那下次我們約去海邊玩吧！」

「喔喔！這提議不錯呢！陽光、排球、比基尼妹妹，很適合當成一堆人出遊旅行的好去處！」夜景項彈了下手指，搶在當事人之前率先贊成。

「什麼什麼？要去海邊啊？那，狐狐，等一下陪我去買泳衣！」穿著一襲粉色洋裝上衣與黑色七分褲的天戀，笑著推推身旁穿著學生制服的馬尾少女。

「妳沒有泳衣嗎？」浴血銀狐吃了一口咖啡凍，反問。

「不是買給我，是買給妳的啦！妳看妳，今天明明就是週末，但妳還穿制服過來，很明顯妳不挑穿著，這樣的話肯定沒泳衣。放心啦！我會幫妳挑一件超級可愛的泳衣！對不對，水諸？」

「噗！咳咳、咳咳咳！」

一口噴出嘴裡的水，對面穿著深色西裝的胖潤男子拍著胸口猛咳，一邊接過旁邊人遞來的衛生紙擦拭桌面，不停說著：「對不起！」

浴血銀狐不著痕跡的抬起眼，恰巧與對面小心翼翼打量的水諸對上視線，水諸微微一僵，臉紅的低下頭，而浴血銀狐則是如同以往的繼續默默吃著自己面前的食物。

天戀在兩人之間來回打量，心想：喔喔喔，似乎嗅到了什麼不尋常的味道喲！

天戀這桌因為浴血銀狐與水諸的異常反應，而瀰漫一股秘密氣息的同時，捧著一個小布丁吃著的林座敷從東方禹的椅子後方冒出，好奇問：「咦？要去海邊玩嗎？現在嗎？」

「所以現在要去海邊嗎？那我要趕快跟萱媽媽說一聲！免得等等她白跑一趟來接我們。」手快的抓住正要跑往櫃檯、請莫德柯爾幫忙打電話的林桄木，科斯特立刻否決：「不是現在要去海邊，也沒有要去海邊。」

「蛤——」

不顧雙胞胎的失望喊聲，科斯特瞪了眼第一個附和的夜景項，再轉向東方禹，為難道：「小禹，我不太喜歡去海邊，所以……」

「你討厭海邊？」東方禹愣愣的問。

「呃……不是……」

「討厭沙灘？」雙胞胎睜著大大的眼，失望問。

「也不是……」

「該不會討厭看見比基尼正妹吧？！」

夜景項這話一出口，瞬間博得科斯特的激動反駁：「你為什麼只能想到這個理由！」

「不然呢？」

面對東方禹的詢問，科斯特不知道該怎麼說，以前他討厭那種戲水場所是因為害怕別人會看見他身上的傷，但現在卻是已經變成了習慣。他還是不知道在那種聚集了許多人的地方，他要怎麼跟人相處玩耍。

科斯特為難的模樣全看進其他人眼裡。

東方禹搔了搔頭，向雙胞胎示意了一眼，聰明的兩個小孩子馬上會意過來，鑽進科斯特椅子兩邊的小空位，雙手互握靠在下巴下，眼睛晶亮亮又楚楚可憐的望著他道：「扉空哥（哥），我們一起去海邊玩好不好？拜託嘛～」

果然！完美的大絕招，小孩子使用起來威力就是不同凡響！如果是夜景項用這種臉，大概會被一拳招呼，但林座敷和林枚木完完全全把精華表現出來，雙眼水汪汪又求著的模樣讓科斯特臉色越來越僵，最後過沒多久，就認敗的垂下頭。

「隨你們開心……」

「OH～YA! Give me five!」兩個小孩同時朝最接近自己的大人伸出五指，而夜景項和東方禹也很配合的一掌拍上，一起喊了聲：「萬歲！」

相較於開心的四人，科斯特卻是扶額嘆息。

——真是的，怎麼每次都不由自主的栽在這兩個孩子手上……

不過，雖說無奈占大部分，但無可否認，他心裡確實是有一絲期待。

如果能趁這機會跨出那一步，那麼也許……

店門傳來開啟的「叮鈴」聲響。所有人皆抬頭望去，就連科斯特也跟著回頭——站在店門口的少女不是以往的病服穿著，而是漂亮的休閒裙裝。

東方禹起身讓了座位。

碧琳來到東方禹面前笑著道謝，並且在科斯特身旁的空位坐了下來。

明明不該在此出現，大家卻像是理所當然般的熱絡打招呼。

碧琳一一向所有人揮手回應，隨後對科斯特露出了笑容，「看見我都傻了呢，哥哥。」

「……我沒想到妳會來。」科斯特收起呆愣的表情，微微一笑。

「難得的聚會嘛，說什麼也要趕來。如果能真的和大家聊上天就好了呢。不過我很開心吻……本來還有些擔心，但現在已經沒問題了，對吧！」

窗外透進的陽光將碧琳的笑容映照得璀璨，她將手輕輕靠上科斯特的臉頰，笑著說：「因為哥哥你現在的表情相當漂亮呢！」

明明無法觸碰到，但現在卻觸碰到了。

明明無法聽見的聲音，但現在卻真實聽見了。

緊緊握住那隻手，科斯特將自己的額頭靠上對方的額頭，看著那雙與他擁有相同色調的漂亮雙眸，輕聲回應：「嗯。」

雖然很捨不得，但現在已經沒問題了，不管是現在或是以後，不管是「他」或者是「她」，一定……

睫毛微微顫動，科斯特緩緩睜開眼，撐起原本趴著的姿勢。抹了抹臉，殘留的睡意讓他覺得燈光刺眼。等到稍稍適應後，科斯特左右張望，才發現店內原本坐滿的人潮幾乎都走光了。

蒂亞和莎娃蒂正在擦拭整理桌面，莫德柯爾則是在櫃檯內洗杯子，另外還有一名看起來約莫一百六十公分高的少年正在打掃地板。

「你醒啦？」

身旁傳來的詢問讓科斯特回頭看，只見夜景項站在空椅後方，手肘交叉靠在椅背托撐。

「薇薇安現在在洗手間，等她出來就可以走了。不過你也真是的，竟然聊到一半就睡著了，好不容易有些小女生提起勇氣來跟你要簽名，全都失望回去了。」

——睡著？

科斯特按了按僵硬的肩膀，詢問：「我睡了很久嗎？」

「其實也不算久啦，大概半個小時。怎麼，昨天因為太興奮所以沒睡覺嗎？」

面對夜景項的嘻皮笑臉，科斯特直接送上兩枚白眼，「興奮到沒睡覺的是你吧。」

十指反扣扭動了下，夜景項摩拳擦掌正要開啟拌嘴的序章，沒想到薇薇安卻在這時來到兩人身旁，打斷拌嘴，道：「抱歉，讓你們久等了，我們走吧！」

「那我打電話給石川……」

摸索口袋，科斯特卻發現口袋裡沒有任何物品，張望了下，才發現手機在桌上。

他拿起手機正要撥打，而薇薇安下一秒說出的話語卻讓他愣住了。

「科斯特，剛剛你睡著時石川有打來，他說臨時有事會晚點到，所以夜導演現在要送我們回去呢。」說完，薇薇安轉而向夜景項道謝：「謝謝您呦，夜導演。」

夜景項晃轉著手上的鑰匙串，哈哈兩聲，笑道：「不客氣，這就是成熟大人的風範，我們走吧。」

推開店門，夜景項率先離開。薇薇安則是走到一半停下步伐，回頭看還呆愣在座位上的科斯特，她快步回到科斯特面前，好奇問：「科斯特，你怎麼不走？啊……該不會是你不習慣搭別人的車？這樣的話我去跟夜導演說一聲，請他自己先離開，我陪你在這裡等好了。」

他確實不習慣搭別人的車，不過看見薇薇安如此體貼的樣子，就算真不想搭也難以說出口。

——算了，反正也不是陌生人，在遊戲裡都相處那麼久了，現在只是搭個便車罷了。

「不，沒關係，我們走吧。」

▲▲▲◎▼▼▼

金黃雲彩的晚霞如同禮服尾襬橫布天空。

黑色轎車在路邊停下。路邊建築的玻璃大門在幾秒後開啟，江陵金從室內走出來到車子旁，此時薇薇安也打開後座車門下車。

「夜導演，謝謝您特地送薇薇安過來。」江陵金彎腰感激道。

「這沒什麼，薇薇安我送到了，妳們事情處理完後也早點回去休息吧。」夜景項笑著擺手。

「夜導演、科斯特，掰掰囉～」薇薇安笑著揮手道別。

車子重新開駛。

科斯特將視線放在窗外飛逝的風景，五顏六色的商家招牌一個一個晃過，下一個路口轉彎後，紅燈亮起，車子停駛。

一本稍有分量的紙本也在幾秒後遞到科斯特面前。科斯特看了眼夜景項，好奇的接下紙本。紙本的頁面印著「水調彩菊」一詞，他翻了幾頁，沒想到竟是電影劇本。

科斯特納悶問：「這是？」

「下個月要公布的新電影，身為導演的我很看好你的潛力，所以想邀請科斯特．桑納再次擔任本劇的男主角一角。」

科斯特眨眨眼，撇嘴道：「這算內定吧。」

「現在哪部電影角色不是導演內定的？」夜景項不以為意的聳了肩。——電影角色說穿了不就是導演看中哪個人適合就找哪個人來演嗎？

「那……不是人情吧？」科斯特小心翼翼的詢問。

畢竟他在收尾時的表現並不好，所以除了彼此認識的人情，他真想不到自己哪一點可以讓夜景項再找他合作。

夜景項手肘靠在窗檻，托著臉頰，挑眉看著科斯特，「我還沒到會把人情和工作混為一談的地步。《月華夜》上映之後票房相當亮眼，比預估的票房多了百分之三十五的比率。我認可你的表現，就是這麼簡單的理由。」

沒想到會聽見這樣的回答，科斯特倒顯得有些不好意思。

「如果你是對自己的能力感到沒自信，覺得由我這導演來講沒有說服力，那麼去看看那些影評怎麼說吧，幾乎一面倒的認同我挖掘到你的新才能。」

《月華夜》上映後，原本不看好科斯特，或是抱持著存疑的影評人士紛紛給予認同的評論，而這風潮持續到現在都還未消滅。

「如何？這樣願意接下這份工作，和我再次合作看看嗎？」

「……等我先讀完劇本再說。」

科斯特沒有承諾，也沒有反對。不過願意看看劇本，相信離再次合作的機會並不遠。

夜景項微微一笑，「我期待你的好回覆。」

「然後……不要再繼續用那種詭異的視線盯著我看。」

他可沒忘當時每次與夜景項進行開拍事項的討論會議時，一直被夜景項盯著看，雖然他已經知道那是夜景項個人的「怪癖」，對有興趣的演藝人才會一直盯著看，但現在回想起來還是讓他覺得心理陰影很大。

這個要求讓夜景項愣愣的問：「這是我賞識人時的習慣，不覺得有個性的導演就該這樣嗎？」

「別把自己的怪癖合理化。」

面對科斯特的不滿回嘴，夜景項反而哈哈大笑。

紅燈變為綠燈，車子重新起步，但開沒一百公尺就因為科斯特的一聲大喊而靠邊停下。

副駕駛座的車門打開，科斯特慌忙下車，趕緊往回跑了幾步，在來回行走的人潮裡，他看見了剛剛與車輛反方向走過的一男一女。

——林月？

事隔一年，科斯特從沒想過會再次遇見林月。

從他被停權後開始，他就再也未曾有過林月的消息。

那時林月如同浮木般出現在差點溺斃的他的面前，他根本無法思考，只能憑本能的去抓。如果他那時早早看透，就該知道林月的那些保證根本不可能實現……他明知道結果，卻還是抱持一絲希望。

林月與身旁的男子笑談，並將手放在自己稍稍隆起一個弧度的腹部。

眼前的背影已經沒有當初的強勢與瘋狂扭曲的毒蠍感，而是一股他從沒見過的柔和——即將為人母的喜悅。

看著林月露出幸福笑容的樣子，科斯特本想上前的步伐頓時轉回車旁，懷抱著複雜的心情回到車內。

「那是你認識的人？」

科斯特深吸口氣，垂下眼，「不，應該是我看錯了。開車吧。」

明知道科斯特並未誠實說話，夜景項也不硬要他誠實回答。目光重新放回前方，夜景項將車子開回原本的路途。

透過車門的後照鏡，科斯特看著那逐漸遠去的背影。

就如碧琳說的，只有原諒才能忘懷。不論林月過去說的那些話是真是假，但那時做出選擇的是他，現在追究也沒有意義了，不是嗎？

嘴角稍稍揚起，科斯特露出了宛如放下重擔時會露出的輕鬆笑容。

唯有學會放下，才能繼續向前走。

車子朝道路的遠端駛去。

番外　【白羊之蹄】特別的一天　完

▶▶Loading...

番外

# 【科斯特】回家

I市市區——

炎炎夏日，路上行人來來往往，紛紛找有屋簷陰影的地方走。

某間位於轉角處的便利商店，從整面的玻璃窗可見座位區幾乎快要坐滿，且人手一杯盒裝飲料，吹著冷氣邊滑手機。

林馨怡點數著架上的商品數量，亞密拿著拖把清潔冰櫃前的地面，姜涼負責櫃檯作業。三人雖然年紀不同，但三年的工作相處卻讓他們成為忘年之交與好夥伴。

玻璃門開啟，在客人離開的同時，一名戴著鴨舌帽的少年也跟著進入店內，他來到櫃檯前詢問了姜涼幾句話。

姜涼點了點頭，朝正在冰櫃前方拖地的背影喊了聲：「大叔！有人要找你呦！」

亞密停下手邊的工作朝櫃檯望去，在看見少年時，原本呆愣的表情變成難以置信。

「……科斯特？」

店內的角落，方形桌的兩邊各坐著一人。

林馨怡來到桌邊，將左右手上的咖啡依序放在亞密及科斯特面前，眨眼道：「為你們送上本店的特調咖啡，小涼說他請客。」

「不好意思，馨怡，讓你們先暫代我的工作，等一下我馬上就回去。」亞密面露歉意。

「沒關係啦！你們父子難得見面，就多聊點，那些點貨、拖地的交給我和小涼就可以，而且等等西里爾就會過來了，就當你提早十分鐘下班嘛！」

「這……」

「欸，大叔你就別推辭了，下次要是我有需要你就多代班一些，補這十分鐘回來不就好了。」林馨怡手扠腰笑道，順便朝亞密偷偷比了拇指，用脣形說聲「加油」之後，便回到自己的工作崗位上。

看著桌面的咖啡，再看看對面從坐下之後就沉默不語的科斯特，亞密抿了抿嘴，本來想說點什麼，但想來想去只能想到一句話。

「你……過得還好嗎？」

兩年前的喪禮過後，他就不敢再去探望，只能從報章雜誌注意科斯特的動向，不敢再妄想自己有生之年能再與科斯特見上一面，卻沒想到今日科斯特竟然會主動來找他，這讓他很驚訝，也很不知所措。

「還可以。」

意料內的簡短回答讓亞密垂下眼，雖然不知道科斯特特地前來的目的，但可想而知面對自己時，科斯特還是不願多談。

瞧了眼對面有些落寞的亞密，科斯特撇開眼，開始打量店內的環境。從那兩位店員與亞密的交談，他看得出來亞密在這工作場所適應得不錯。

——這樣的生活至少比以前好太多了。

對腦海突然冒出的感嘆想法而錯愕，科斯特提了提帽簷，想起自己前來的目的，他問：「你什麼時候下班？」

亞密頓時一愣，等意識到科斯特是在詢問他之後，亞密趕緊看了下自己的手錶，回答：「大概再五分鐘，等換班的人來就能離開了。」

「我知道了，那等你下班我再跟你回去。」

「咦？！」

比起科斯特的主動提問，他說要回家的意願反而更讓亞密難以反應，因為這是他不敢再想的奢望。

瞧了眼亞密的驚愕表情，科斯特撇開眼，道：「我只是想去看看媽媽，並不是要回家，別會錯意了。」

「……我知道了。」亞密輕聲回答，語氣已沒有過往的強留。

——不論是因為什麼樣的理由都沒有關係，只要他願意再踏進那間屋子就好。

看著那刻著歲月痕跡的臉龐露出苦澀的笑容，科斯特別開頭，等待著時間靜靜走過。

▲▲▲◎▼▼▼

走在早已印象模糊的道路，某些住宅與他離開前所見的有些不太一樣，有些屋子加蓋了一層樓頂，有些屋子則換了新磚瓦、種了花圃。

科斯特的視線落在前方的背影——在經過轉角時就會停下步伐等待他跟上的亞密。

一路上亞密都因有所顧慮而不敢回頭閒聊，但只要經過轉角時就會停下腳步，像是怕科斯特沒跟上般的往後瞧看，確定科斯特與自己的距離拉近後再繼續往前走。

走著走著，兩人停在一間兩層樓的屋宅前。屋宅為中型大小的住屋，頂樓為斜頂遮蓋，正門前有用磚石矮牆隔出一個內院草坪的範圍，牆邊有一個信箱。

重新回到八年前曾經生活過的屋子，久違的記憶在科斯特的腦海裡打轉。

他記得很久很久以前，在一切還很溫馨的時候，那個門口，是他們一家四口拍攝紀念照的地方，明明那時候笑得很開心，但現在卻什麼都不剩了。

亞密解開欄杆的鎖，推開半身高的欄杆門進到內院，拿出鑰匙打開屋門鎖。

門板隨著動作而開啟，陽光灑落玄關，映入眼簾的空間竟讓科斯特一瞬間覺得難以呼吸，只能往後退步，抓著背帶縮蹲在門口旁，靠著深呼吸來穩定那從記憶中攀爬而出的顫抖。

「早知道你會來，我昨天就努力打掃了。」

似乎是想讓氣氛輕鬆點，亞密說出了這段話後進入屋內，但幾秒後，他發現科斯特並沒有進來。他回到門前探望，才發現科斯特竟整個人縮蹲在牆邊。

「科斯特？！」

他才正要上前，沒想到科斯特卻傳來了壓抑的話語，阻止他靠近。

「你先進去，我……等一下就會進去。」

本想觸碰的手指僵硬縮回。

「……我知道了。」

亞密知道科斯特會這樣是來自於他，所以他只能選擇先進屋子裡。

科斯特抱著雙膝，雖然努力克制卻還是無法忍住顫抖。

本以為自己可以忍耐住，可沒想到這扇門一打開，看見那與印象裡如出一轍的黑暗空間，沒來由的心開始感到畏怯。以往他努力想要忘懷的聲音出現在耳邊盤旋，他聽見那些哭鬧與打罵，他很想就這樣直接轉身離開……但他不能。

拿下背包緊抱在懷中，他能感覺到背包內那傳遞著無限情感的物品，那是碧琳的希望，他必須要替她送達才行。

「別害怕，我永遠都會陪伴在哥哥身邊。」

手指縮緊，像是在勸告自己般，科斯特低聲喃喃：「別怕。」

一次又一次的唸著，直到那股令他無法行走的意志終於稍稍壓下些之後，科斯特扶著牆壁重新站起。

室內的燈已經打亮。

科斯特腳步遲緩的走進玄關。走廊雖短，但在科斯特眼裡卻像是好幾百公尺的長。深深呼吸，科斯特終於鼓起勇氣重新踏入他最為畏懼的空間。

客廳已經沒有當初的凌亂與滿地垃圾，各個家具的位置都很整齊，報紙與雜誌收納於桌下，原本東倒西歪的物品也回歸原位；地板看得出來經常打掃，幾乎看不見什麼灰塵，拉開的窗簾透進大片陽光，將一切照亮得有如重回那曾經有過的溫暖時光。

科斯特低下頭，視線落在正跪坐於龕櫃前、點上一炷短香的亞密身上，以及龕櫃裡放置的照片——露出溫柔笑容的母親。

亞密往旁挪讓了位置，而科斯特也放下背包來到龕櫝前跪坐，闔眼拜了一拜。

——媽，我回來了。

科斯特在心裡默唸。簡短的一句話，卻是無比思念。

從母親去世的那天起，所有的一切就開始走向變化的路途。離家八年，本以為這輩子不會再回來，但最後他還是回到這間曾經令他無比畏懼的地方——或許這次的見面是第一次，也是最後一次了。

拿來背包，科斯特從背包裡拿出一封信遞給亞密。

亞密一愣，伸手接過，只見信封上寫著「給爸爸」。

「這是？」

「碧琳的信。」

一句話讓亞密心頭一震，手指顫抖的打開封口，取出信紙閱讀。信裡的內容讓亞密難以克制的全身顫抖，鼻酸的落下眼淚。

「就算你如此的傷害她，碧琳卻還是選擇原諒你，所以我才會特地來這一趟，只是為了不讓她有所牽掛。」

不是為了回家，而是為了那即便離世卻還是掛心著他的女孩，為了不讓她的付出白費，所以她無法送出的心意就由他來傳達，就算他有多麼的不想回來、不願將這封包含著原諒心意的信件送到亞密手中，他也非逼自己做到不可。

科斯特起身揹起背包，連道別都沒有落下就轉身離去，如同八年前的那一天。唯一不同的是，以前是害怕被發現而偷偷離開，但今日卻是直接在亞密面前離去。

「等一下，科斯特！」

腳步因為身後的低喊而停下。

「能不能請你再多待一會兒？讓我……至少吃一頓飯後再走，拜託。」

聲音包含懇求，與過往施暴的強勢天差地遠，科斯特不知道該如何表達心裡的複雜，其實他不該停下腳步，也不該聽對方的懇求，他應該要拒絕……

真的，應該要拒絕……

客廳與廚房只用一個料理檯分隔開，前方的餐桌已擺滿了數盤家常小炒，亞密與科斯特相對而坐。

結果最後科斯特還是沒有離去，而是選擇繼續待上一頓飯的時間。

看著桌面的菜色，科斯特很意外亞密竟然能自己料理出這些小炒，因為在他的印象裡，亞密是個連洗米都不太會的人。

——這幾年來他是不是真的有所改變？

明明不想思考，腦海卻自己冒出這疑問；明明不想了解，但卻有股想要傾聽的衝動。

——就算問了、就算聽了又如何？失去的也不可能再回來。

科斯特心裡悲傷的嘆息，對面的亞密傳來了小心翼翼的話語。

「抱歉，我只會弄這些簡單的菜色……趁熱快吃吧。」

科斯特沉默了好半晌，終於拿起碗筷夾菜食用。

咀嚼嘴裡的青菜，熟悉的調味方式讓科斯特眼裡出現訝異，但很快的就隱瞞下來。

亞密一邊吃飯，一邊觀察科斯特的表情，他不知道自己煮的菜色合不合科斯特的胃口，也沒勇氣詢問，深怕一個出錯這一頓飯的時間就會立刻消失。

這些菜色是他在決定重新振作之後，一邊回想著妻子做過的料理，一邊自己琢磨，不知不覺間幾樣簡單的炒菜也能上手。或許，他是希望總有一天當孩子們願意回到這個家裡來的時候，自己能夠煮頓熟悉的飯菜來招待他們，只是原本該有的機會被他破壞得只剩下其一。

想起碧琳的信，亞密突然覺得胸口酸澀。

「我原諒你，並且期望您能夠重新獲得幸福。」

——像我這種人，還有資格再擁有幸福嗎？

亞密垂下眼，緊緊握著碗筷。

「咚。」

對面傳來的聲音讓亞密從思緒中回神，只見科斯特放下空碗筷，起身揹起背包，這讓亞密也趕緊放下碗筷跟著起身。

「你、你要再吃一碗嗎？」

慌張詢問只是為了再爭取一點相處的時間。

「不用了。」

話語沒有留戀，只有想要離開的欲望。

科斯特離開廚房、穿過客廳、踏上走廊，而亞密則是一路跟隨。他沒想到時間竟過得如此快，但，一頓飯的時間……確實不長。

再也想不出任何理由挽留的亞密，只能眼睜睜看著好不容易回家的兒子穿上鞋子，打開屋門。

橘黃的夕陽將科斯特的身影染上背光。

——又要失去了。

——絕對，不能再失去理智的強留。

惶恐與理智在心裡交雜，比起失去，現在的他最害怕的是無法挽回，因為他過往鑄成的錯讓女兒就這樣離世，他不能再傷害科斯特。

不論如何，絕對不要再強拉住對方。

「我嘗試過了，但就是沒辦法原諒你。」

前方傳來的話語讓亞密一愣。

科斯特閉上眼，道：「你做過的事情，我無法忘記。」

要他忘記那些過往而去原諒，對他來說太難，因為傷害他的並不是別人，而是他曾經無比尊敬的——父親。

「……我知道。」亞密低聲回答。

他有多麼的不可原諒他知道，別說科斯特無法原諒他，因為就連他也無法原諒自己，他永遠無法忘記因為自己的過錯害碧琳失去雙腳、失去性命，他也不敢想以後當他離世之時，還有沒有那個臉去見妻子。

這個家支離破碎不是別人的錯，是他自己親手毀掉。

科斯特停下的步伐重新起步，而亞密只能站在門口，看著對方推開欄杆門卻無法阻止。

原本行走的步伐停在草坪與石泥路的交界線，科斯特看著對面的住家——他童年時見過的道路風景。

本來他回來就只是為了將碧琳留下的信件交給亞密，順便看一下母親，只是這樣而已，真的只是這樣……

但為什麼聽見亞密挽留的話語時，他卻停下了步伐？

明明說什麼也無法原諒，為什麼當他吃進那些飯菜時，會起了稍稍想多待一下的念頭？

母親死了。

父親親手摧毀了他們的家。

碧琳也過世了。

他根本找不到理由留下，只要看見這間屋宅就會覺得痛恨且畏懼、就會想起過往，但看見亞密眼裡的悔意卻又忍不住想要回頭。

其實，他真的不該再回來。

「雖然無法原諒，但偶爾……也許偶爾會回來吃頓飯。」

他不知道自己為什麼會脫口而出這句話，只是這樣的想著，如果有一天他真的能放下過往，那或許並不是不可原諒。

又也許……在他心裡其實還抱持著那一絲絲的期望，期望這間屋子能重新變回那溫暖的家、期望讓他感到無比怨恨的人能變回過往他尊敬的樣貌。

亞密的眼眶瀰漫熱意，看著離去的背影屈膝蹲下，用袖子抹著流落的眼淚。

科斯特重新邁步。

「我走了。」

亞密目送對方離去，道：「路上小心。」

如同童年時的平凡送別，但很多事情都已經改變了。

他不知道自己是不是會真的再回來。

但也……並不是不會再回來。

番外　【科斯特】回家　完

▶▶Loading...

番外

# 【林座敷、林校木】家人

Create Dream Online

林座敷身穿一襲高中制服，站在鏡子前方打好蝴蝶領結。看著鏡子裡擁有與成人女性相同高度的自己，她順了順額前的平整瀏海。

提起床邊的行李箱，林座敷來到隔壁房。與自己擁有相似長相卻比自己要高出半顆頭的少年站在鏡子前，剛拿起外套穿上。

將行李放在門邊，林座敷來到林杦木面前替他拉好外套領口，扣上鈕釦。

「不過就是見見領養人，有需要穿得那麼正式嗎？」林杦木不滿的撇了嘴。

林座敷和林杦木是雙胞胎姐弟，五歲的時候一起被父母棄養在收容院門前，最後被收容院的院長收留。時光過得很快，不知不覺他們已經十六歲了。

收容院會安排國小、國中的課程讓孩童學習，但隨著年齡增長，到了高中，每個人就得自己考取外面的學校就讀，且年滿十六歲後，收容院的照顧義務也到此結束，他們必須自己工讀負擔自需費用，收容院頂多再多提供兩年的住宿。

杦木和座敷考上了相同的高中，各自找了打工，一邊半工半讀，本以為他們會像以往的其他孩子一樣，十八歲後獨立，但沒想到竟然會在此時收到有人願意收養他們，並且資助他們學費，直到他們完成想要完成的學業的消息。這對收容院的孩子們是天大的恩賜，但對林杦木來說卻有種未知的惶恐。

難保這領養人不是一時興起，到最後覺得負擔不起又將他們棄扔不顧，就像那對面孔早已模糊、不負責任的父母。他受傷無所謂，但唯獨座敷……

「人家可是願意收養我們，又資助我們學費，總不能失禮了。」

將布料拍直，林座敷注視著與自己相似的面孔，眉毛微垂，道：「我知道你在想什麼，但不管那個領養人起意是如何，有人願意資助我們也沒什麼不好，比起其他人，我們幸運很多呢！重要的是……」

林座敷牽起林枕木的手緊握，「我們，還在一起。」

有些兄弟姐妹會因為被不同人收養而分別，但那名領養人卻是願意領養他們兩個，比起其他人，他們真的幸運很多很多。

林枕木垂下眼，傾身將頭靠在林座敷的肩頭，說：「如果沒有我，座敷妳原本能擁有真正的家人……」

她知道的，枕木從未放下過，即便在所有人面前裝作無所謂，但其實還是一直在意，他認為他們會被父母扔棄，全是因為自己不討喜害得她受到牽連……但並不是這樣。

「我們被扔棄並不是枕木你的錯，名字什麼的根本無所謂，當一個人不想負責任時，任何藉口都能當成理由。況且誰說我沒有真正的家人？你一直都在呀！」

林枕木訝異的抬起頭，而林座敷則是露出燦爛笑容。

「從我出生開始就一直陪在我身旁，從未離開，我們是雙胞胎姐弟，還有誰能比我們更親？我知道喔……枕木你其實比任何人都還要溫柔。」

就像她一直以來努力勸導他乖巧聽話，也只是希望他能快快被好人家領養，過上好生活；枕木所做的卻是拚命對別人惡作劇，不過是為了讓她討厭與疏遠——他希望她能別管他，去獲得她自己的幸福。

雖然他們用的方式是對比，但都是希望對方能過得好。不過無論做了什麼，他們還是一起走過了這些年，沒有被好人家領養，也沒有分離，她不再像以前那樣老是說要管教弟弟，他則變得穩重，然後直到了今天。

林座敷來到門邊提起行李，向林杴木伸出手，「所以接下來……願意再陪我一起走嗎？」

其實他們過往做的所有事情都是多餘，只有對方陪伴在自己身邊，他們才能真正的過得好。

林杴木抿了嘴，右手提起床上的行李箱，左手則是牽上了一直陪伴在自己身旁不離不棄的手，挑眉道：「除了這條路，我還有別的選擇嗎？倒是妳，如果沒有我在身邊才會不習慣吧。」

「說成這樣，你之前誤聽成有人要領養我還半夜躲在棉被裡哭。」

「我才沒有！」林杴木面紅耳赤的反駁。

林座敷嘟嘴回道：「有，柯賽跟我說的，他全聽見了，還安慰你一整晚。」

正當林杴木還要再回嘴，一名少女出現在房門口，通知道：「座敷、杴木，院長要你們快點到院長室去，領養人已經來囉！」

小小的辦公室除了基本的辦公設備，還有一組沙發。

林座敷和林杴木坐在靠牆的三人座沙發上，等待前去與領養人辦理手續的修蘭回來。

辦公室門由外向內打開，有著些微白髮的修蘭走進辦公室，看見沙發上的雙胞胎，喜悅的喊道：「座敷、杴木。」

林座敷和林杴木同時起身，只是當他們看見跟在修蘭後面進來的一男一女，卻同時露出錯愕的表情。

「為、為什麼？」

在他們面前的不是別人，而是從他們十歲的時候就常常來收容院陪伴他們玩耍、成長的家扶志工──莫邵萱與黎昊群。

為什麼跟院長進來的是莫邵萱和黎昊群，他們不懂。

修蘭雙掌互握，露出和藹的表情說：「座敷、杴木，雖然你們已經認識了，但基於『規定』，我還是來介紹一下，你們的領養人──邵萱和昊群。」

林座敷和林杴木目瞪口呆，完全忘了該如何反應。這是他們從未料想過的結果。

莫邵萱和黎昊群來到兩人面前，笑著互看了一眼。

莫邵萱解釋：「這是我和昊群哥認真討論後才決定的，我們真的很希望能和你們成為真正的家人，你們願意嗎？」

好不容易回過神，林座敷停停頓頓道：「但你們……並不是夫妻，也才剛工作沒幾年不是嗎？……要負擔我們的支出……」

兩個高中生所需要的支出費用並不便宜，就算他們努力的爭取公立學校、負擔部分學費的工讀，但支出的費用還是很龐大，他們只會成為莫邵萱和黎昊群的負擔。

「規定上並沒有只有夫妻才能領養的條款。」黎昊群攤開掌心，道：「況且我們並不是隨便決定，是邵萱她家和我家，兩家人一起決定的事情，我們會一起合力分擔你們的所有支出。學校方面，你們可以選擇繼續就讀原本的學校，不用非得轉學到A市的高中，只是放假的時候記得回來A市；至於A市的住所，你們可以選擇是要住在邵萱家或是我家，反正在隔壁而已，來回很方便。你們只需要放輕鬆的成為我們的家人，這樣就可以了。」

「為、為什麼？」

「嗯？」莫邵萱偏著頭詢問。

「為什麼要對我們這麼好呢？」林杹木還是忍不住問出口。

他真的不明白為什麼有人會願意付出到這種地步，明明沒有任何血緣關係，他們只是別人不要的孩子，為什麼這兩個人還願意為了他們做到這種地步？

收養，是個很沉重的責任，從今以後必須負擔到老死的責任，如果未來他們結婚了也會有小孩吧，那麼又何必要多費心的領養他們，造成自己的負擔。

莫邵萱一愣，她來到雙胞胎中間，將手放在林杹木的頭頂，順摸了下，溫柔的笑道：「因為想和你們成為真正的家人呀！」

她一路看著他們的成長，為什麼對他們好，她自己其實也想不出理由，只是偶爾有這種想法——如果有能力的話，她希望能給他們一個真正的家。

林座敷不安的摩娑著手掌，遲疑問：「那如果以後你們有了家庭或是孩子，那麼我們……」

「那麼就是孩子一出生便有哥哥和姐姐疼。」

林座敷一愣，而莫邵萱則是握住了她的手，說：「座敷，我知道妳在擔心什麼，但請放心，當我們下了這決定的那一刻起，就已經做了負責到底的決心，即使未來有任何新的生活，也絕對不會改變我們是一家人的事實，當然……」

另一手牽起林杦木的手，莫邵萱繼續道：「杦木也是一樣，記得我以前和你說過的話吧？你並不是被扔棄之物，而是珍貴無比之物，如此珍貴的你，希望我有那資格可以成為你的家人。」

林杦木咬著脣，眼淚無聲落下。

「你們，願意和我成為一家人嗎？」

對於這句問話，根本不用思考，林座敷和林杦木同時抱住了陪伴他們六年、而今後也會一直陪伴他們走下去的女子。

一直以來他們曾經這樣妄想過，如果能和莫邵萱和黎昊群成為一家人不知道該有多好，如果這兩人真的能成為他們的爸爸和媽媽，那他們一定會是這世上最幸福的小孩……只是沒想到他們的期待會真的實現。

「等等，我也在耶，沒人想跟我成為家人嗎？」黎昊群笑著張開手。

林座敷抬起頭，林杦木則是抹掉眼淚，同時喊了聲「我想」，便轉而抱住了比自己高出一顆頭的黎昊群。

黎昊群拍拍兩人的背，與莫邵萱的視線對上，兩人相視而笑。

▲▲▲◎▼▼▼

「噹噹！這就是我家特地準備給你們的房間，喜歡嗎？」莫邵萱雙手打開，環比整座房間。

房間有主臥室般的大小、兩組書桌椅，兩張單人床分別用藍色系與粉色系的寢具組鋪設，地板是木質鋪底，牆邊還有一個書櫃及衣櫥，窗簾的布料是綠色系植物圖騰，整體色調清爽，即便夏天不開電風扇也不會讓人產生悶熱感。

林座敷用眼睛打量，林杦木則是開始東摸西摸，兩人對於整間房間的新穎及能夠擁有個人桌椅與床鋪感到很開心。

「我們……真的可以住在這裡嗎？」林座敷到現在還是很不敢置信，房間的家具看得出來是新買的，整個房間是以符合他們的喜好而布置，種種的好讓她有種置身在夢中的感覺。

「耶~座敷妳已經決定要住邵萱家了嗎？」黎昊群手扠腰，裝作不滿道：「我家呢？剛剛看過，比這間多了個人浴室呢。」

「這……」

相較於不知所措的林座敷，莫邵萱倒是用手肘輕輕撞了下黎昊群，輕笑道：「嚇跑座敷你負責喔！」

黎昊群笑著搔了搔頭。

莫邵萱牽起林座敷的手，微笑道：「座敷妳可以放輕鬆沒關係，昊群哥家是你們的家，我這裡也是你們的家，喜歡哪天到哪邊住都可以，反正就在隔壁而已，根本不用幾分鐘，重要的是……這兩個家妳還喜歡嗎？」

林座敷趕緊點頭說：「超喜歡，都很漂亮！」

「那麼杦木呢？」莫邵萱朝正在翻衣櫥好奇探看的少年喊了聲，在對方呆愣回頭時，她笑著問：「還滿意嗎？房間。」

林杦木合上衣櫃門，快步來到三人身旁，認真感謝道：「超讚的！真的很謝謝你們！」

莫邵萱與黎昊群互看了眼，同時露出笑容，接著莫邵萱舉起食指，像是朗讀般的詢問：「那麼，就來問問吧——今天第一晚，你們想要住在我家還是住昊群哥家呢？」

林座敷和林杦木同時一愣，露出思考表情。

睜開右眼，莫邵萱補述：「今天住在這裡我能陪睡喔～」

「當然是萱媽媽家！」

雙胞胎同時豎起拇指，眼角也閃過一抹精光。不過下一秒林座敷立刻就捏住林杦木的雙頰向外扯，黑臉道：「杦木，你知道你剛剛說了什麼嗎？你這男生跟萱媽媽一起睡個什麼勁，你要打地鋪，打、地、鋪知不知道！敢爬上我和萱媽媽的床我就……」

林杦木冷汗拚命外冒，為了保命只能拚命點頭表示自己絕對遵守規則。即便已十六歲，但對於黑化的林座敷，他依然很沒轍。

當雙胞胎正在上演姐姐威嚴戲碼時，這方大人也傳來了抱怨。

「這太詐了吧！」雖然嘴裡如此說著，但黎昊群並沒有任何責怪的表情，而是無奈的苦笑。

莫邵萱比出了食指與中指同舉的勝利手勢，笑著說：「兵不厭詐嘛！」

傷害人很容易，但給一個人幸福卻很難。她希望從今以後自己能有那份資格帶給許多人幸福，幫助許多人撫平傷痛，這是她對過往的自己許下的承諾。

「那麼——」

正在打鬧的雙胞胎同時朝莫邵萱望去，只見莫邵萱張開雙手整個人撲抱而來，將林座敷與林杦木一起壓倒在床鋪上。

「準備好要當我的抱枕了嗎？」俏皮的眨了眨眼，莫邵萱坐起身，舉起十指嘿嘿的抓了抓。

「我要先刷牙！」林座敷扔下一句話後，就抓出行李裡的牙刷、牙膏衝進浴室。

「男女有別，我、我打地鋪……」林杦木臉紅的摸摸鼻子，乖乖到衣櫥前搬出毯子鋪在床邊的地板。

看來比起抱著喜歡的萱媽媽睡覺，林杦木還是選擇保命要緊，如果他不乖乖打地鋪，林座敷是很有可能把他直接挫骨了。

沒多久，刷完牙的林座敷也跳回床鋪上，興奮的抱著莫邵萱一起躺下。

「昊群哥，麻煩你幫忙關燈囉！」

床上傳來一聲喊，黎昊群只好笑著關上電燈，順便落下一句道別與晚安。

「晚安！」房內的三人同時傳來回應。

房門關上，房間變得漆黑。

林座敷看著被窗外路燈照出光影的天花板，鼻間吸進的是陌生的氣息，但她不討厭。

雖然陌生，但卻讓她感覺到非常的溫暖。

身旁傳來了入睡的淺淺呼吸聲。林座敷翻身看著身旁的睡顏，小聲的說道：「晚安。」

——謝謝妳給了我和杦木一個家。

番外　【林座敷、林杦木】家人　完

►►Loading...

番外

# 【NPC】長老相聚茶會

遼闊的綠草平原，一條小河從中橫切流過，河邊生長數棵遮蔭的大樹。樹下有名綁著雙馬尾的紅髮女孩，正在地面鋪放餐巾與餐點，旁邊則有一群人在石桌旁圍觀。

石桌上正有兩人在對棋廝殺。

留有金色短髮的年輕女子，天羽族長老落燕微笑看局。

身穿一襲紅色戰甲、長有雄偉鬃毛的獅子，獅獸人族的長老炎帝一臉苦思，舉棋不定，在將近一分鐘之後終於將棋子挪移位置。

「呦呦呦呦呦呦～別說我不讓你，炎弟弟呀……」纖手夾起木棋，定指壓下，小兵直對大將，落燕瞇眼微笑道：「將軍。」

炎帝憤恨的搥了石桌面，不甘心道：「再來一局！」

「小炎炎你就別浪費時間了，對戰一千兩百三十六局，輸了一千兩百三十六局，小心你那群獅獸人族的初心者見到天羽族都沒面子了。」留有一頭漂亮冰藍長髮的女子盤腿坐地，晃著喝到見底的啤酒罐，托著下巴揶揄道。

「妳這女酒鬼有什麼資格說我！你們冰精族才是吧！出了一堆看不出性別的初心者，出去都讓人笑話！」

雪晶冷冷一笑，起身走到桌邊，啤酒罐重重一放，強勁的力道讓罐底瞬間陷卡進桌面一公分。她挑眉道：「哼，說成這樣，也不知道是誰家產的小朋友，一天到晚在吾家小扉空身後屁顛屁顛的跟著跑，啊——」

「嘖！那個伽米加，早在他出村時就告誡過他，看見冰精族有多遠閃多遠，誰知道……」炎帝不悅的順了下下巴的長鬃毛，憤憤道：「不知上進！」

不顧自己身穿暴露服飾，雪晶一腳踩上石椅，白皙的大腿讓一些原本就崇拜雪晶的男性抹了抹嘴邊流下的唾液。

雪晶抬了抬下巴，挑釁笑道：「怎麼，自己面目全非看不見一個樣，就羨慕吾等冰精族基因優良，忌妒生恨啊！在吾眼裡看來，伽米加弟弟可真是你們獅獸人族最有主見的獅子了，對嘛，扉空那麼可愛，哪會有人不喜歡，呵哼哼哼……」

「妳！」自知自己辯不過對方，炎帝憤憤罵道：「妳這暴力女酒鬼！」

「呦～」

雪晶帶著咬牙的笑，炎帝則是切齒憤怒，兩人的雙眼中間連結出一條爆出火花的雷電。

「又吵起來了，他們可真是一天不吵都不行呢。」有著巨大蝴蝶翅膀的女子，蝶族長老安麗可露出苦笑。

另一名長著兔耳朵的俊俏青年，兔族長老風水流鳴無奈扶額，「算了吧，百年宿怨，他們見面不吵架就是奇蹟了。」

眼見雷光電火越燒越旺，旁邊的人士紛紛退後拉開距離，就在雪晶和炎帝從耍嘴皮變成要動手腳時，一根枴杖瞬間插進兩人中間，一把戳掉那半空相碰的雷光。

宛如大夢初醒，雪晶和炎帝從情緒中回神，同時望向旁邊站著的老人，異口同聲喊道：「迪爺？」

人族長老迪張開缺牙的嘴，勸說道：「雪晶、炎，不要一見面就吵架，吵架對身體不好吶……」

「他先找吾麻煩！」

看見雪晶率先打小報告，炎帝也不服輸的趕緊道：「迪爺，你可得評評理，明明就是她一直挑釁！」

「說吾挑釁？是誰先說吾等冰精族男不男、女不女！」雪晶的食指戳上炎帝的心窩，怒斥。一把打掉雪晶的手，炎帝雙手環胸，不可一世道：「這叫實話實說，妳敢說妳剛剛沒罵我們獅獸人族是面目全非嗎？」

「那吾也是實話實說。你敢說你們除了頭上那頂毛看得出性別，每頭都長得差不多，分得出誰是誰嗎？」

挑釁的話又讓炎帝氣得跳腳。誰說他們獅獸人族分不出誰是誰，他就分得清清楚楚，每位獅獸人明明就不一樣，只有眼瞎的才分不出來！

眼見兩人又要再度吵起來，迪的白色眉毛一挑，咳了幾聲後，掏出手機點按了幾個數字，靠在耳邊道：「喂～梅梅啊？沒事沒事，爸爸很好，就是遇到了兩個精神旺盛的年輕人在吵架，想說請妳來一趟開導開……」

手機被人一把搶過，炎帝驚恐的壓住迪的雙肩防止對方搶回手機，雪晶則像是看見什麼世紀大魔王般趕緊按掉通話——明明剛才還在對峙的兩人瞬間變成默契特好的夥伴。

——開什麼玩笑！如果真讓迪爺的女兒過來，那三天三夜的大悲咒一唸下去是真的會死人！

迪瞇起眼，將柺杖反手上舉，用柺杖俐落的往肩上的爪子一敲。

吃痛的鬆開手，炎帝跳腳的摸著被狠敲一記的手背。

迪朝雪晶伸出長有老人斑的手，藏在眉鬚下的眼閃過銳利紅光，五指彎起縮了縮。

雪晶吞了吞口水，慢慢的雙手奉上手機遞還。所有人裡面她最不敢惹的就是迪了，表面老人樣，但內心可精明得很，更別說動作其實很利索。

——真不知道那群人族初心者是怎麼被騙的，明明就是披著羊皮的狼，怎麼會看不出來呢？還傻傻的以為他是位和善的老人家！

在雪晶暗暗腹誹時，一旁綁著雙馬尾的女孩——魔族長老橘散恰好擺完餐點，朝著他們這方開心的招手。

「大家快點過來吧！我餐點都準備好囉，可以吃飯了！」

人群分散而坐，形成一小區一小區的組合。

橘散拿著茶具斟花茶，一杯一杯裝盛給圍繞在周圍的人，形成一個小小的茶會區域。

除了以橘散為中心的茶會開張，周遭其他小組也各自進行不同的休閒，有人拿著小瓷杯互相乾酒暢談，有人躺在草坪上靜靜的看著天空休息，更有人搬出打麻將專用的臨時桌凳擺了幾桌，小賭怡情。

雪晶離開人群，來到坡邊，扔了幾顆蘋果餵給樹下待著的巨鳥小風，在小風身旁靠著坐下。

變出一罐啤酒拉開拉環，灌了一口，冰涼沁心的感覺讓雪晶直喊聲：「舒服！」

冰藍的髮絲隨著吹起的微風飄動，六角冰花的髮夾閃閃發光。

視線落在遠處看不見邊境的天地一線，雪晶閉眼回想那些初心者來到她的管理區域，懷抱著各自的夢想拚命努力，然後離開遠行的畫面，她抱著雙腿垂頭靠上膝蓋。

——果然還是有些想念。

雖然努力的忍耐，但就算身為長老，偶爾還是會忍不住想起那些孩子，想問問他們現在過得好不好。被侷限在自己區域活動範圍內的他們，只能藉由流動的資訊來知曉那些人的動向，但根本無法離開去親眼看看那些在各處生活冒險的族人。

小草磨動的聲音停在自己腳前，雪晶抬頭看，發現是炎帝後立刻收起鬱悶表情，擺出剛才的挑釁笑容，「怎麼，小炎炎閒到發慌，想要吾陪你吵吵解悶嗎？」

炎帝聳了聳鼻，「哼」了聲：「要是讓迪爺看見又打電話叫他女兒來，我們都甭活了。」

「喔？那你來幹嘛，難道是想跟吾搶小風？！」雪晶驚恐的抱住身旁的巨鳥，斥喝：「壞蛋！吾就知道你對小風還沒打消念頭！」

炎帝翻了白眼，「就跟妳說過了我對這隻鳥沒興趣，雖然牠是好坐騎，但是獅子騎一隻鳥能看嗎？」

雪晶瞇起眼，冷吐一句：「骯髒的傢伙。」

「……妳的腦袋到底裝了什麼？為什麼總是能挑自己想聽的？」炎帝白了雪晶一眼道。

或許某些人無法聽懂雪晶的話，但和雪晶相對許久的炎帝卻馬上意會，他覺得雪晶的腦袋肯定某個程式短路了，不然好好的一句話為什麼她只能聽到那個「騎」字。

不過，繼續和雪晶鬥嘴也沒意義，畢竟他來不是為了和雪晶繼續爭吵。炎帝在雪晶面前盤腿坐下，掏出一罐貼著「白乾」字樣的酒瓶放在兩人中間，再另外變出兩個啤酒杯。

拔掉瓶塞，炎帝將兩個杯子斟到八分滿，並示意雪晶其中一杯是她的。

才剛拿起杯子喝了口酒，沒想到對面竟傳來遲疑的話語。

「小炎炎你這麼好心請我喝酒，該不會你……」雪晶皺眉的端起酒，嗅了嗅，道：「是想劫色吧？」

「噗——」一口朝旁噴出嘴裡的酒，炎帝面紅耳赤，怒道：「誰想劫妳色啊！」

——真是夠了，為什麼這女人的腦袋越來越難懂了？真不如剛誕生時來得好，至少那時沒那麼多雜念。

炎帝一臉無言的想著。

「居然不是啊……」

「妳那鄙視的眼神是怎麼樣？」

「沒什麼，只是對你的話抱持懷疑態度。」雪晶擺了擺頭，喝了口酒，「不過想想，這是吾等從母體程式分隔出來之後，第一次這樣面對面坐著，還一起喝酒呢！照理來說，吾等應該要互相為種族爭吵的才是。」

「是因為『設定上』就是如此吧。」炎帝挑眉，乾掉烈酒，毫無醉意的再斟一杯。

在創世開發團的設定上他們就是互相敵對的兩人，因為曾經的細故演變至捍衛種族的對立，雖然一開始是設定，不過最後吵著吵著卻也開始真的因為那些小事而爭執。

「人類喜歡掌控吾等程式的走向，不過偏偏啊……」雪晶放下酒杯，伸了個懶腰，眺望遠處她所見不著的那個點，「吾還是無法討厭人類，因為他們讓吾了解了吾原本所沒有，那名為『情感』的美妙事物……吶，小炎炎，你想念你們家那些小獅子嗎？」

炎帝輕哼一氣，嘴角揚起，「雄獅可是會把小獅子踹下山，再看牠們自己爬回來。想念有什麼用？只要知道他們能過得好那就夠了。」

比起鬱悶的想念，不如繼續看著下一位到來的初心者，嚴厲的教導他們生存方式，給予他們足以在大陸行走冒險的絕對防禦。

「你還真豁達，不過吾可是超想念的，那些離家的孩子……不知道他們現在過得如何。」

對每一位離開的初心者，她都落下相同的話語：「記得回來看看吾。」

只是卻沒有一個真正的回來探望過。

「有妳這樣暴力又嗜酒的長老，他們出村之後肯定撈不少。」

「別把那些孩子說得像暴力討債！」雪晶嘴角微抽，不耐的怒道。

此時，遠處突然傳來幾人的驚呼，讓雪晶和炎帝頓時中止談話，朝人群聚集的方向望去。然而，一群人圍在一起也看不出個什麼，兩人只能起身來到人群旁探看，才發現竟是Eraprotise one與Eraprotise two現身了！

因為ＥＰ１與ＥＰ２在兩人過來前就已經和其他人聊了一些話，所以當他們走過來時只聽見ＥＰ１說了這句：「為了感謝各位一直以來堅守自己的任務，這禮物還請收下。」

說完的同時，ＥＰ１與ＥＰ２一起向前彈指，地面瞬間出現了一個如大圓鏡般的物品。

尚未詢問那物品是何物，雪晶就見圓鏡用著緩速跳轉著大陸各名玩家目前的影像直播。

有正在任務地點與怪物廝殺的精靈騎士，也有與同伴互相吃飯打鬧的團隊，許許多多的影像不停播轉，數名長老看見影像裡的熟悉身影先是訝異，隨後紛紛露出懷念的表情。

原來ＥＰ１所謂的禮物，就是讓長老們看看那些出村的玩家現在擁有的新生活。

「啊啊！是吾家的小扉空！」雪晶驚呼著來到圓鏡旁跪下，直直看著那在樹蔭下乘涼打小盹的冰精族少年。

此時，一名獅獸人來到樹下喊了少年幾聲，笑著說了幾句話。

「是伽米加呀，看起來頗可靠的模樣！」炎帝順著下巴的鬃髮，露出長輩般的慈愛眼神。鏡子裡，扉空起身伸了懶腰，和伽米加拌嘴了幾句，然後一起走向其他正在整理裝備的夥伴所在的方向。

影像轉到下一個地點與玩家繼續播放，然後在幾輪過後轉為黑暗並關閉影像。

許多長老皆感慨從自己村子離開遠行的玩家都擁有了不錯的新生活，想起當時到來、身上帶有一、兩樣缺點的模樣，不免莞爾。

想起剛剛在圓鏡看見的少年，雪晶心想：這樣不是很好嗎？交到了很多好朋友，眼神也沒有當時的寂寞了……

再也沒有什麼比看見孩子有所成長更令人開心了。

「人類真的無時無刻都在改變呢。想想當時那孩子來到新手村時的模樣，誰能想到現在已經擁有了那麼多朋友與夥伴，還成為了一城之主，且在許多人心中擁有重要地位。」迪摸著鬍鬚呵呵笑道。

「我們雖然是由數據構築而成，但我們並非單單就只是個程式。」落燕來到人群前方，攤開手掌，一塊如魔術方塊般不停翻轉色彩的彩色數據浮現。

「看遍人類情感，看著他們進化走過各個世代，人類確實是個相當奇妙的種族，即便受到沉重的哀傷與痛苦，卻還是努力的掙扎爬起，抬頭挺胸只為了抓住那讓自己向前行走的光明。他們的心裡擁有在數據世界裡所沒有的『感情』，也間接影響了我們……」

手指放在胸口，落燕微笑道：「看著那些孩子成長，讓我們深感欣慰。當然，若不是Eraprotise one與Eraprotise two你們，我們也無法用如此靠近的距離與他們共生存。」

被遺棄的程式並非就此終結，由人類手中誕生的程式碼並非一開始就毫無生命，每一字句都擁有各自的意識，在經過組合之後變成一個統集那些意識的完整個體，只是他們無法體會人類口中所謂的「情感」。

在與那些來到《創世記典》這世界的玩家相遇後，有些人訴說自身對於環境的無奈，有些人興致勃勃的高喊來到此地開心遊玩的目的，那些璀璨的表情與話語讓他們逐漸體會且產生情感。

喜怒哀樂，雖然人類用簡短的詞來述說，但其實人類的感情遠遠超過這四個字表達的範圍。而不管是難過或是開心，不管是絕望或是喜悅，人類的感情卻都是相當美好的體會。

真的，相當美好，豐富璀璨的一生。

「但在開發團那些人面前，你們可不能表現出太多異狀呢，如果是對玩家小小的惡作劇倒是無所謂，畢竟你們的『設定』都頗有個人性格，可是如果被抓到，那些傢伙會很囉唆的。」ＥＰ2聳了聳肩，食指抵在臉頰，嘟嘴道：「我們兩個就讓他們挺頭痛的了，再讓他們發現其實所有長老都已經擁有自主意識，可不太妙，對吧？不過我是無所謂啦！反正在他們眼裡我就是毀滅創世一次的大魔王，不過看他們苦惱到歇斯底里……想想也是有點可憐。」

ＥＰ１環視其他人，最後視線停留在雪晶身上，他來到她面前，道：「冰精族的長老，因為一些緣由我與扉空相識，據我所知……他最近似乎會在任務途中順道回去冰靈山看看妳，算一算……如果沒碰見開發團設立的路障，大概兩天之後會到達。」

沒想到會收到這樣的訊息，雪晶頓時難以反應，過了好幾秒，順便外加炎帝的敲敲腦才回過神，喃喃道：「扉空真的要回來看看吾？」

意識到自己期盼許久的願望終於能實現，雪晶完全忘了自己與炎帝的對立立場，直抱著對方歡呼了幾聲。

「對了，既然扉空要回來，那麼吾也該好好打扮，用著長老風範迎接他才是！這樣才不會讓他在伙伴面前丟臉！」認真握拳，雪晶衝向山邊的小風，駕著大鳥衝進出現於前方的空間轉換區域，急忙飛歸冰靈山。

「她到底心靈有多寂寞？不過就一個人要回來而已，又不是一大群。」炎帝拉了拉剛剛被抓皺的衣物，雖然嘴裡如此說著，但若沒那層毛髮遮掩而能清楚看見他的臉色，必定會被見到滿臉通紅的表情。

「哎呀，雪晶就是這樣嘛～」橘散雙手互靠，嘆息道：「其實人家也想見見那些可愛的孩子們呢，只可惜每次他們經過魔域村的時候，不知怎麼回事都繞著走，就算人家用黑影引誘也不肯踏進來。」

——他們又不是笨蛋，踏進去讓妳再精神虐待一次嗎？

眾人心有靈犀的同時在心裡吐槽。

雖然橘散看起來天真無邪，但只要是長老和魔族初心者都知道，只要橘散不順意，性格就會變得相當黑暗，最常用精神攻擊，親手捅一刀笑著目送你回重生點都有可能。

「不過雪晶走了，這茶會少一人，大家還要繼續嗎？」安麗可擺手詢問。

「當然！Eraprotise one和Eraprotise two也一起來吧！餐點還剩很多呢！」橘散開心的拍了下掌。

「那我就不客氣囉！」ＥＰ２在一群人的簇擁下來到放置許多餐點的野餐墊上坐著，並向ＥＰ１招手：「ＥＰ１，快點過來吧！不然我要全部吃掉囉。」

ＥＰ１無奈的笑著，一個彈指收起圓鏡，走向人群的所在之處。

由數碼而生的程式並非毫無生命，只要時間還持續走動，他們就會繼續眺望著人類。

番外　【ＮＰＣ】長老相聚茶會　完

《幻魔降世07重返創世．我們在這裡等你》完

《幻魔降世》全套七集完結，全國各大書店、租書店、網路書店持續熱賣中！

# 後記

大家好，我是蒼漓。

首先感謝各位沒棄坑的看到這裡，來個華麗的擊掌吧！（旋轉三圈＋舉手）

蒼某一直認為社會上有三大社會議題，是我們看見，卻去忽視的——校園霸凌、家庭暴力、以及性侵事件。

很多事情其實我們都看得見、在我們周遭發生，但是卻因為怕被牽扯而裝作沒聽見那些人的呼救，久而久之就變成了一種很奇怪的現象——除非被新聞媒體報導出來，不然在那些小地方發生的事情，又有誰會去注意、發現？

蒼某承認自己對於這種社會現象很無力，只能妄想從故事裡面告訴大家一些想法。

《創世記典》挑選的主題是「校園霸凌」，而《幻魔降世》的主題則是「家庭暴力」。相信看過文章並且深讀過的讀者應該可以看得出來。

我們確實對某些事情無能為力，但至少在自己能力所及的範圍內，盡量的去幫助他人。

這次以新的結構、新的故事為啟發，有幸邀請到了繪師「生鮮Ｐ」來合作，看見（偽娘）葛格蒼某就嗨了。其實一開始蒼某只是要塑造一個長相偏女性化的男主角，結果後來等到角色圖出現，以及許多人的留言，蒼某才突然驚覺：哎呀！原來葛格是偽娘來著！？

雖然《幻魔降世》到此結束，但文內角色的人生還沒完結，比如科斯特跟某人（自己妄想）的後續交往、ＡＲ的真正去向、水諸和銀狐，還有最重要的邵萱的感情動向……歡迎有興趣的人去看部落格的完整版後記。順帶一提，之後會挑個好月份開始網路連載《創世＆幻魔的萬聖節性轉番外》，地點有可能是部落格也可能是冒天專欄，到時就請大家關注公告囉～

蒼某從《創世》到至今時日，了解到一件事情——我們沒辦法要求每個人都要喜歡我、喜歡我的作品，但我能要求我喜歡自己、深愛著自己的作品。

「創造，就是改變的開始！」——相似的話語，不一樣的心境，蒼某來送給各位，希望大家都能突破自我想要的改變。

感謝責編迴子、繪者生鮮Ｐ和touko、還有不思議工作室的同仁們，各位辛苦了！

不管是舊讀者還是新讀者，蒼某都在此致上萬分謝意，買了這本書的人更是天使般的存在，請接受蒼某的膜拜感謝。（你們都是好人GJ！）

歡迎各位到「創世記典Online」、「蒼漓的什錦小居」Facebook粉絲團來按讚。（喂）

新書、文章會在部落格與粉絲團發布資訊，需要找空間放鬆的可以來聊天喝茶，也歡迎追蹤Plurk呦！另外辦了ASK，歡迎提問！

PS.看完整套《幻魔降世》之後，別忘了到部落格的心得區留下您的心得呦～

蒼漓　筆　　二〇一五年八月

飛小說系列137

# 幻魔降世07（完）

## 重返創世．我們在這裡等你

出版者■典藏閣
作　者■蒼漓　繪　者■touko
總編輯■歐綾纖　人設原案■生鮮P
製作團隊■不思議工作室
郵撥帳號■50017206采舍國際有限公司（郵撥購買，請另付一成郵資）
台灣出版中心■新北市中和區中山路2段366巷10號10樓
電　話■(02)2248-7896　傳　真■(02)2248-7758
物流中心■新北市中和區中山路2段366巷10號3樓
電　話■(02)8245-8786　傳　真■(02)8245-8718
ISBN■978-986-271-619-9
出版日期■2015年8月
全球華文國際市場總代理／采舍國際
地　址■新北市中和區中山路2段366巷10號3樓
電　話■(02)8245-8786　傳　真■(02)8245-8718
新絲路網路書店
地　址■新北市中和區中山路2段366巷10號10樓
網　址■www.silkbook.com
電　話■(02)8245-9896
傳　真■(02)8245-8819

☞**您在什麼地方購買本書？**☜

1. 便利商店（______市／縣）：☐7-11　☐全家　☐萊爾富　☐其他______

2. 網路書店：☐新絲路　☐博客來　☐金石堂　☐其他______

3. 書店（______市／縣）：☐金石堂　☐蛙蛙書店　☐安利美特animate　☐其他______

姓名：______地址：______

聯絡電話：______電子郵箱：______

您的性別：☐男　☐女　　您的生日：______年______月______日

（請務必填妥基本資料，以利贈品寄送）

您的職業：☐上班族　☐學生　☐服務業　☐軍警公教　☐資訊業　☐娛樂相關產業　☐自由業　☐其他______

您的學歷：☐高中（含高中以下）　☐專科、大學　☐研究所以上

☞**購買前**☜

您從何處得知本書：☐逛書店　☐網路廣告（網站：______）　☐親友介紹
（可複選）　☐出版書訊　☐銷售人員推薦　☐其他______

本書吸引您的原因：☐書名很好　☐封面精美　☐書腰文字　☐封底文字　☐欣賞作家
（可複選）　☐喜歡畫家　☐價格合理　☐題材有趣　☐廣告印象深刻　☐其他______

☞**購買後**☜

您滿意的部份：☐書名　☐封面　☐故事內容　☐版面編排　☐價格　☐贈品
（可複選）　☐其他

不滿意的部份：☐書名　☐封面　☐故事內容　☐版面編排　☐價格　☐贈品
（可複選）　☐其他

您對本書以及典藏閣的建議______

______

______

✌未來您是否願意收到相關書訊？☐是　☐否

✎**感謝您寶貴的意見**✎

**印刷品**

$3.5
請貼
3.5元
郵票
不思議信箱
FUSIGI POST

235 新北市中和區中山路二段366巷10號10樓

# 華文網出版集團　收

（典藏閣－不思議工作室）

重返創世．我們在這裡等你

# 幻魔降世

Create Dream Online 07

END